Les MÉCHANTS

ÉPISODE 7

DINO-SORS-
NOUS-DE-LÀ !

Catalogage avant publication de Bibliothèque et Archives Canada

Blabey, Aaron
[Do-you-think-he-saurus?! Français]
Dino-sors-nous-de-là! / Aaron Blabey ;
texte français d'Isabelle Allard.

(Les méchants ; 7)
Traduction de: Do-you-think-he-saurus?!
ISBN 978-1-4431-7309-4 (couverture souple)

I. Titre. II. Titre: Do-you-think-he-saurus?! Français

PZ26.3.B524Din 2018 j823'.92 C2018-902635-9

Version anglaise publiée initialement en Australie en 2018,
par Scholastic Australia.

Édition publiée par les Éditions Scholastic, 604, rue King Ouest, Toronto (Ontario) M5V 1E1 CANADA avec la permission de Scholastic Australia Pty Limited.

6 5 4 3 2 Imprimé au Canada 121 19 20 21 22 23

Le texte a été composé avec les polices de caractères
Janson Text Lt Std, Goshen, Shlop, Housepaint, Providence Sans OT
et ITC American Typewriter Std.

MIXTE
Papier issu de sources responsables
FSC® C103567

· AARON BLABEY ·

TEXTE FRANÇAIS D'ISABELLE ALLARD

Les MÉCHANTS

ÉPISODE 7

DINO-SORS-NOUS-DE-LÀ!

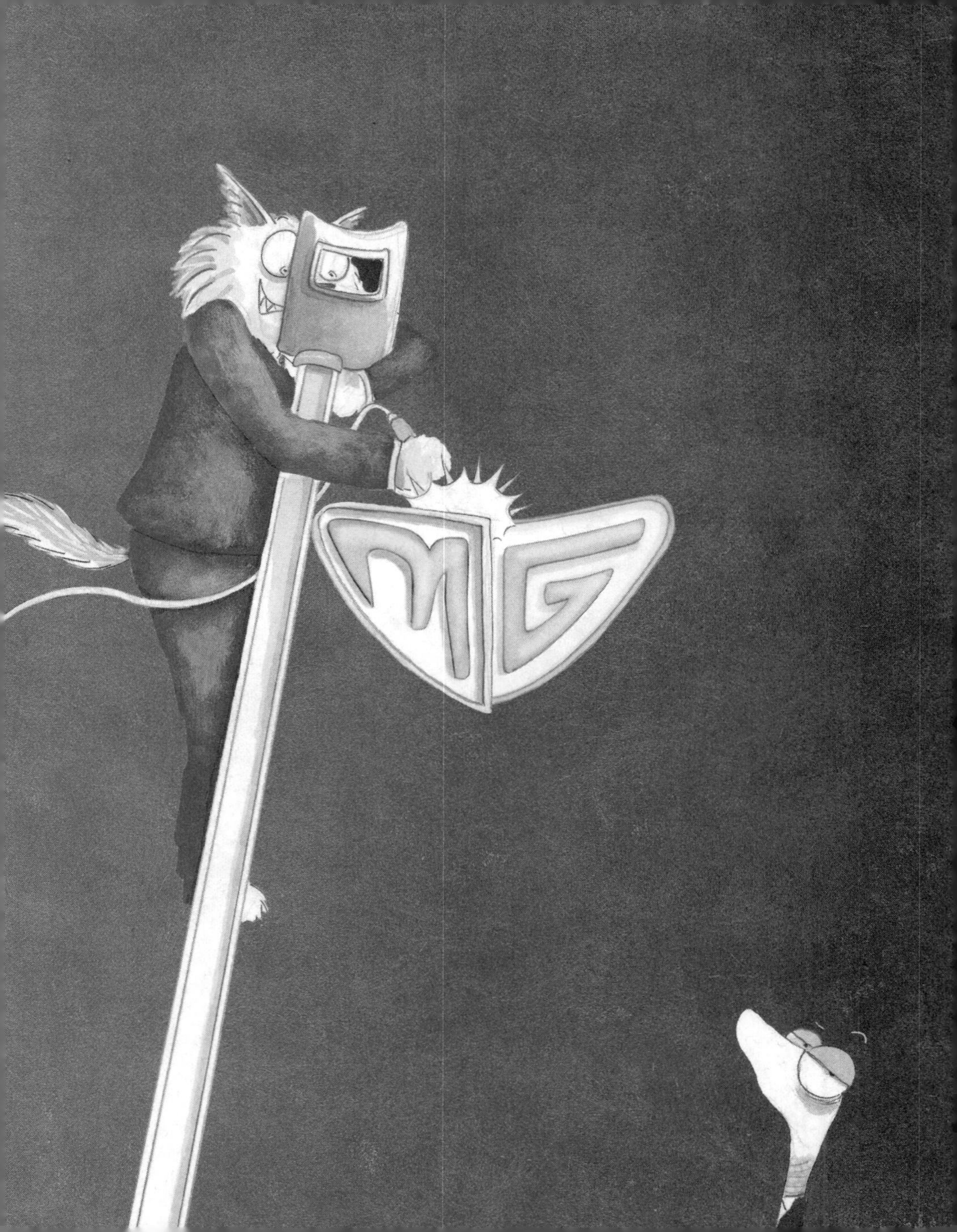
MG

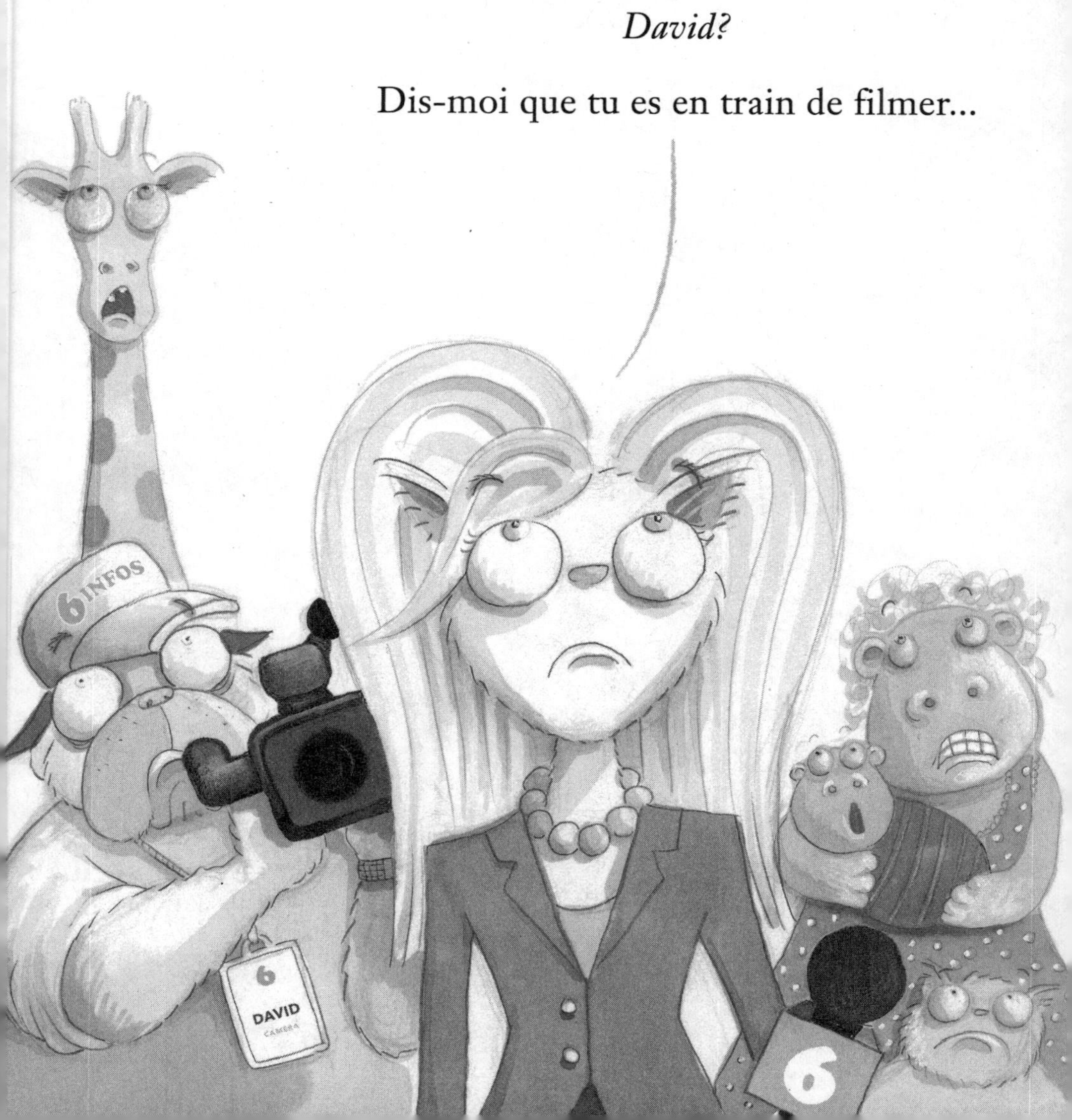
David?
Dis-moi que tu es en train de filmer...
6 INFOS
DAVID
CAMERA

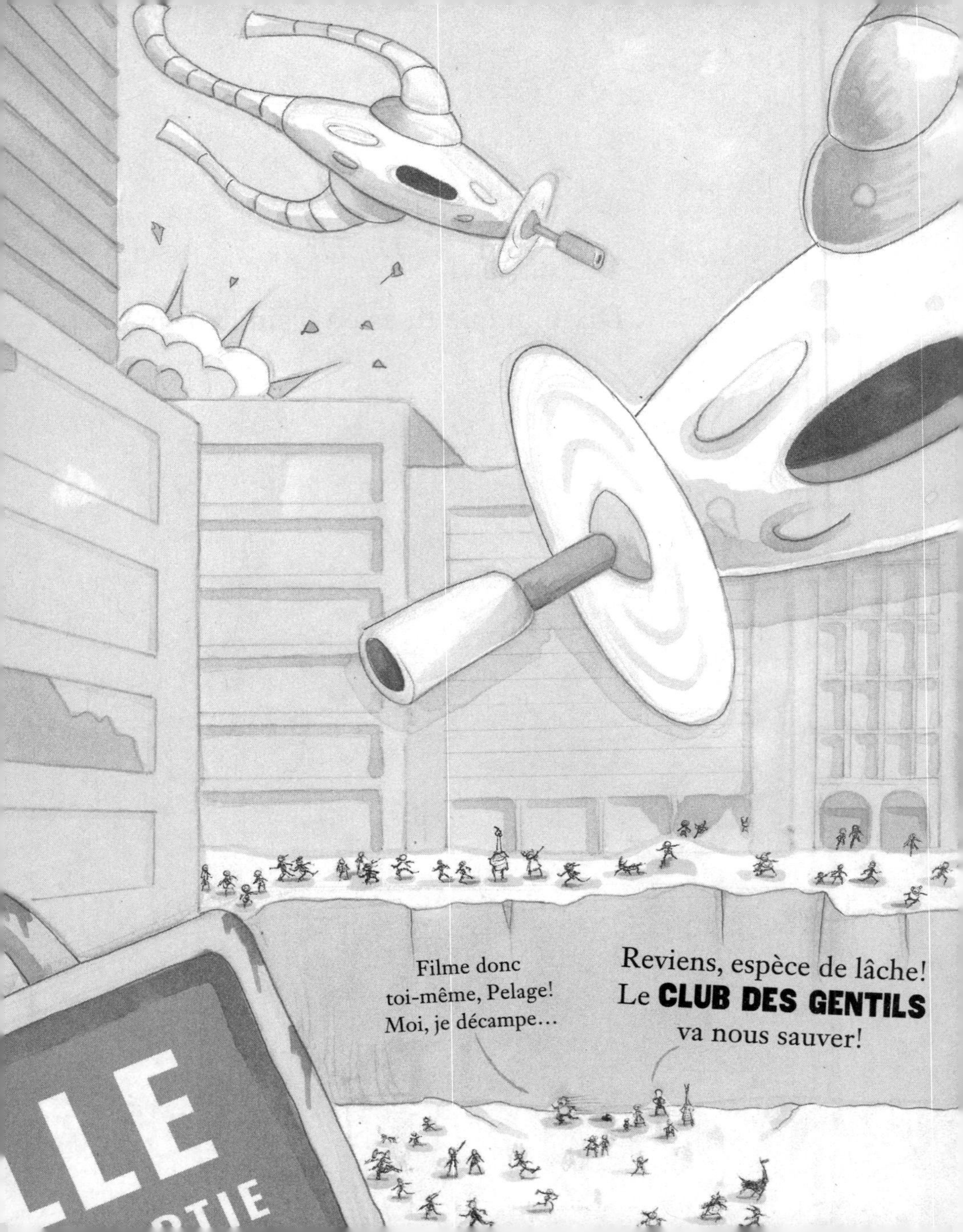
Filme donc toi-même, Pelage! Moi, je décampe…
Reviens, espèce de lâche! Le **CLUB DES GENTILS** va nous sauver!

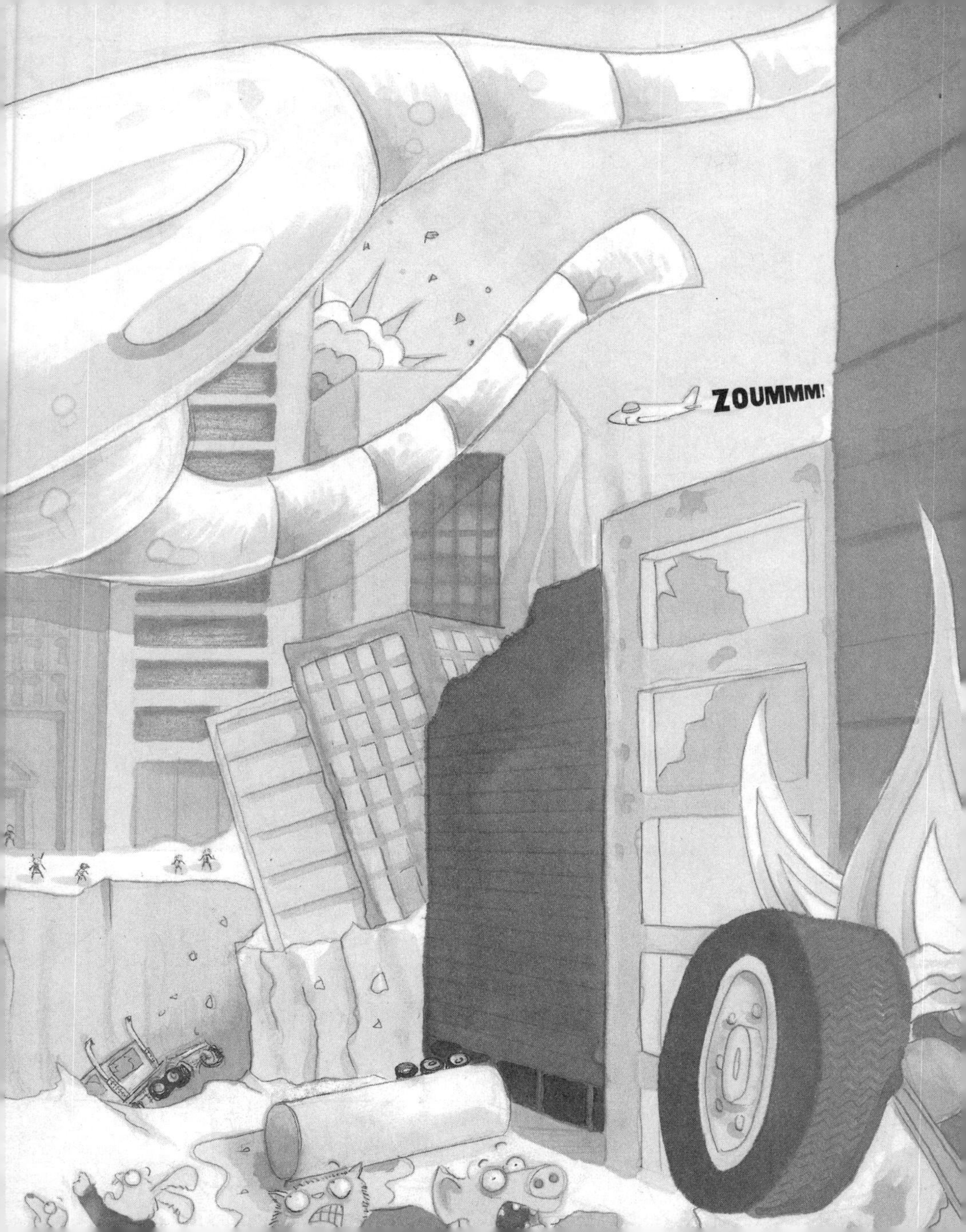
ZOUMMM!

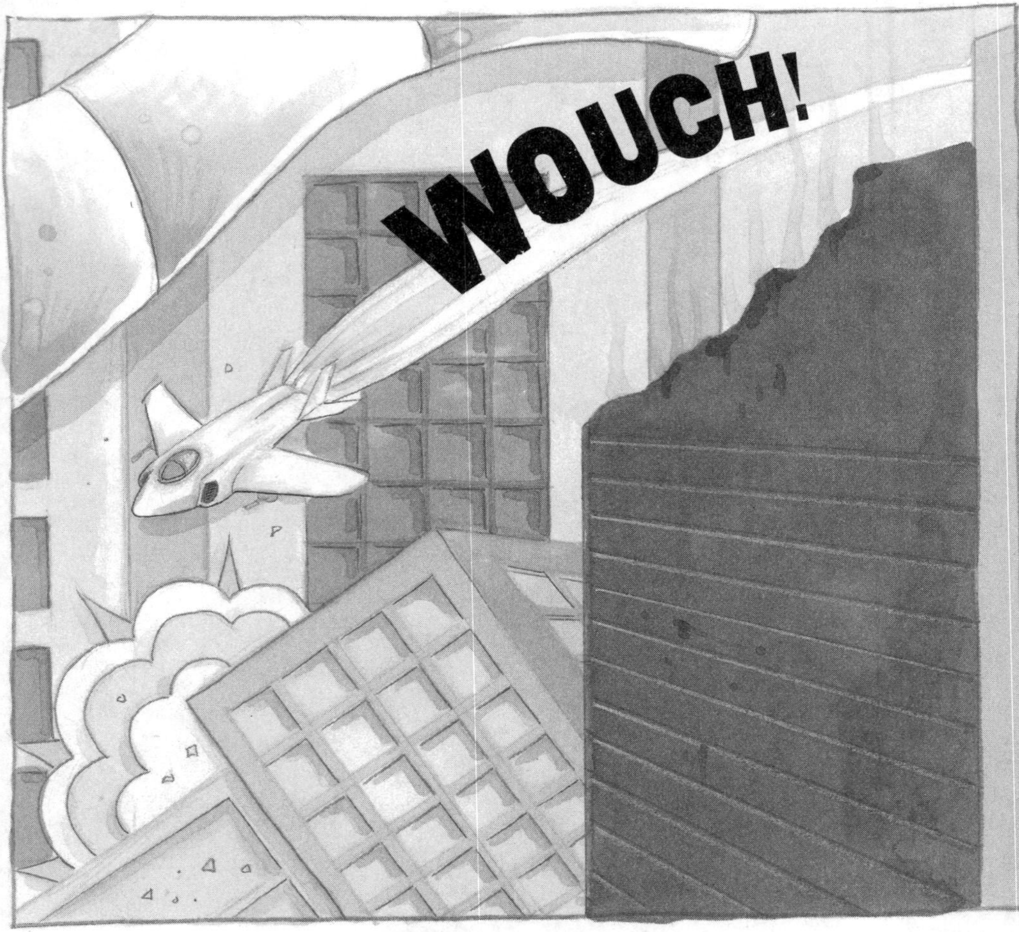
WOUCH!
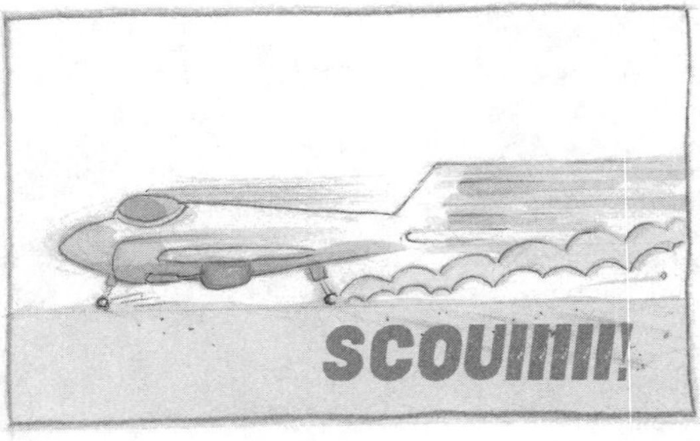
SCOUIIIII!
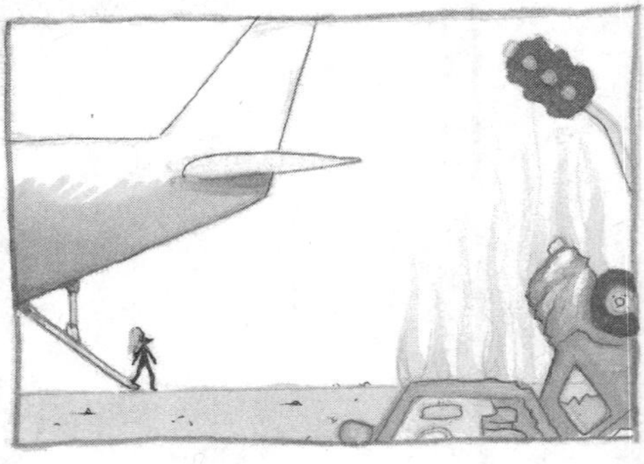

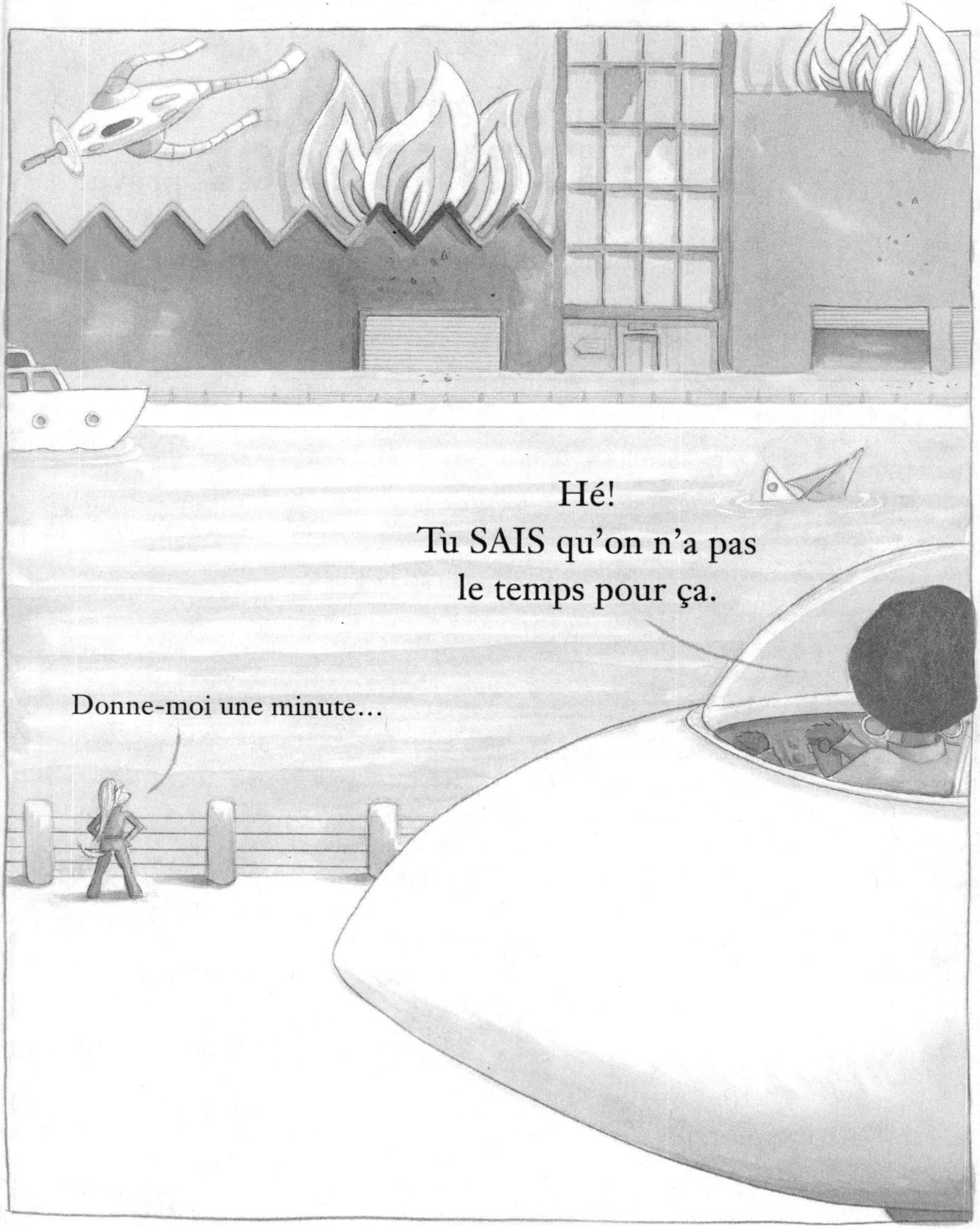
Hé!
Tu SAIS qu'on n'a pas
le temps pour ça.
Donne-moi une minute...

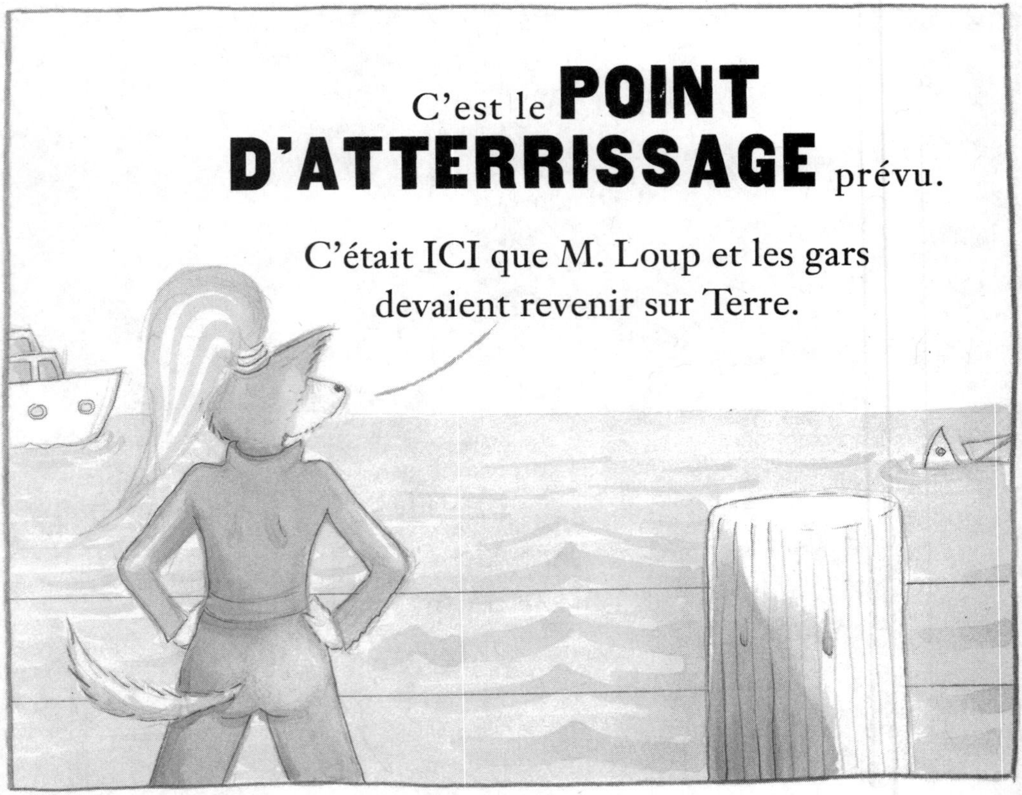
C'est le POINT D'ATTERRISSAGE prévu.
C'était ICI que M. Loup et les gars devaient revenir sur Terre.

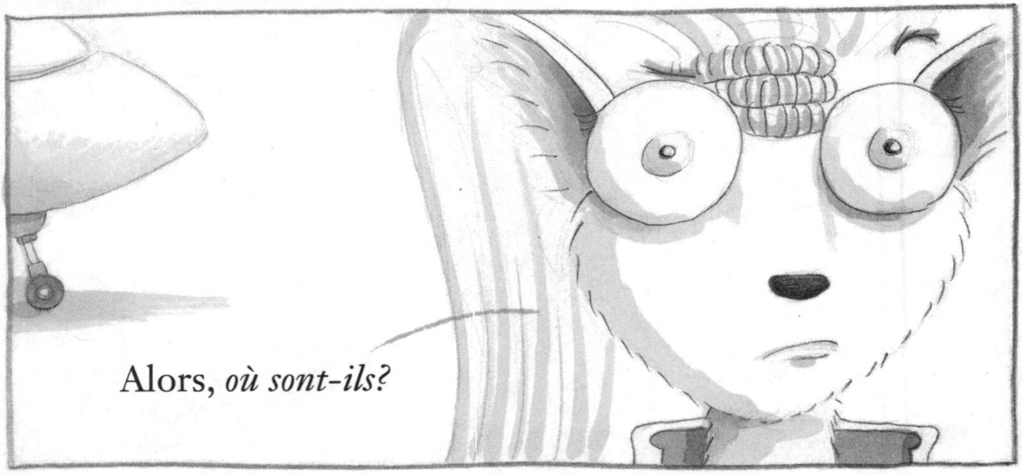
Alors, *où sont-ils?*

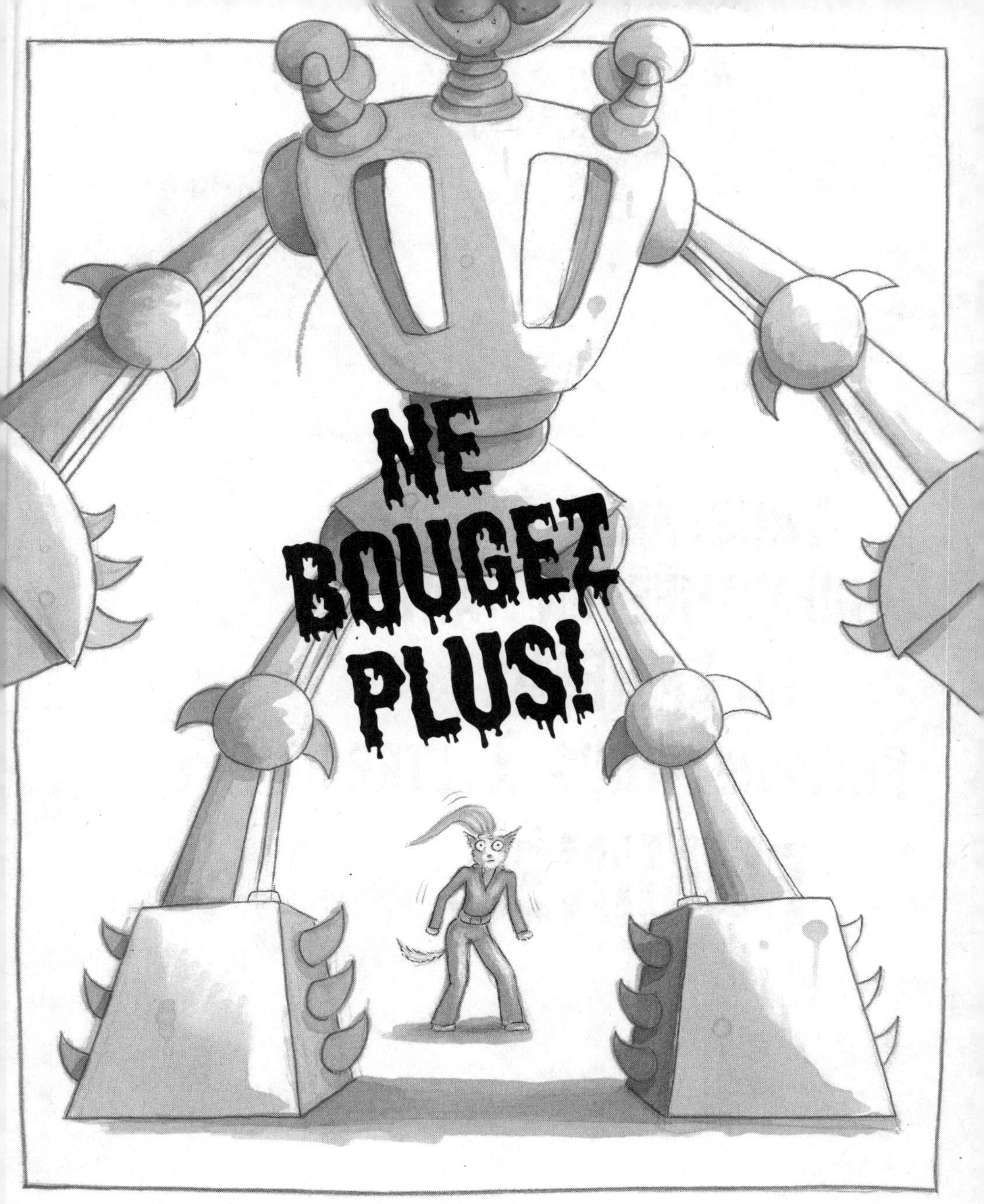
NE
BOUGEZ
PLUS!

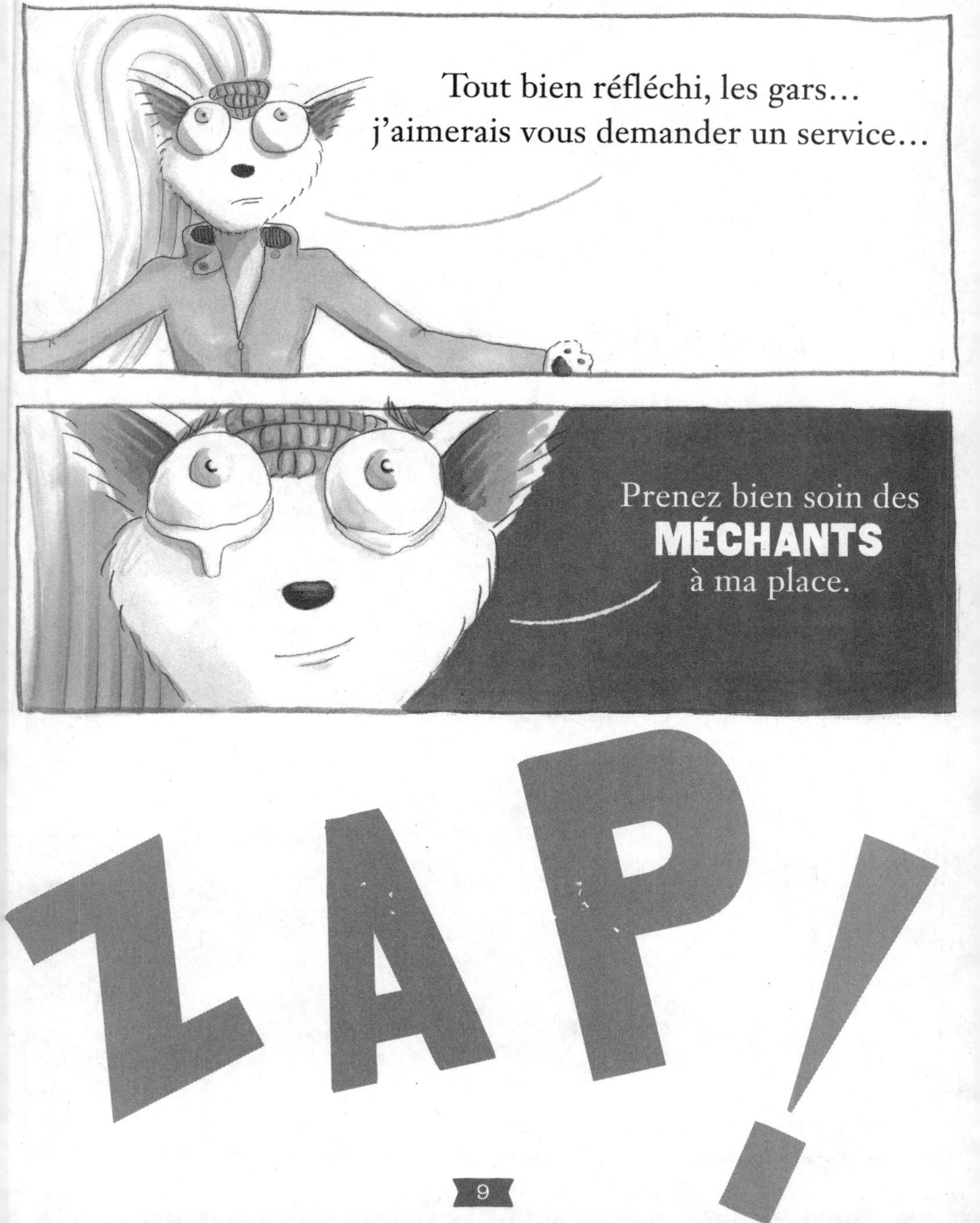
Tout bien réfléchi, les gars…
j'aimerais vous demander un service…
Prenez bien soin des
MÉCHANTS
à ma place.
ZAP!

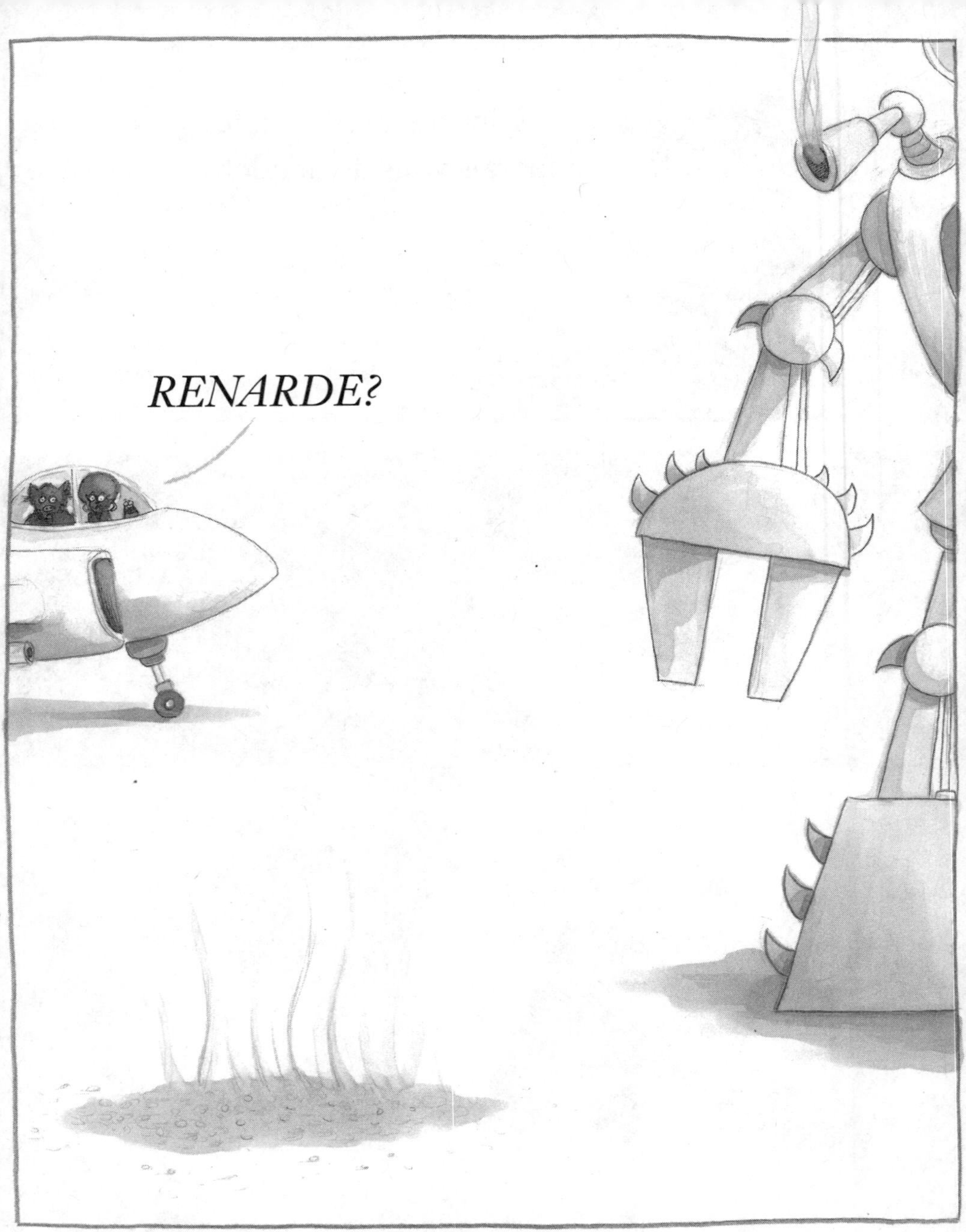
RENARDE?

Chapitre 1

BON ENDROIT, MAUVAIS MOMENT

65 MILLIONS D'ANNÉES PLUS TÔT...

BON.

Si j'ai bien compris…

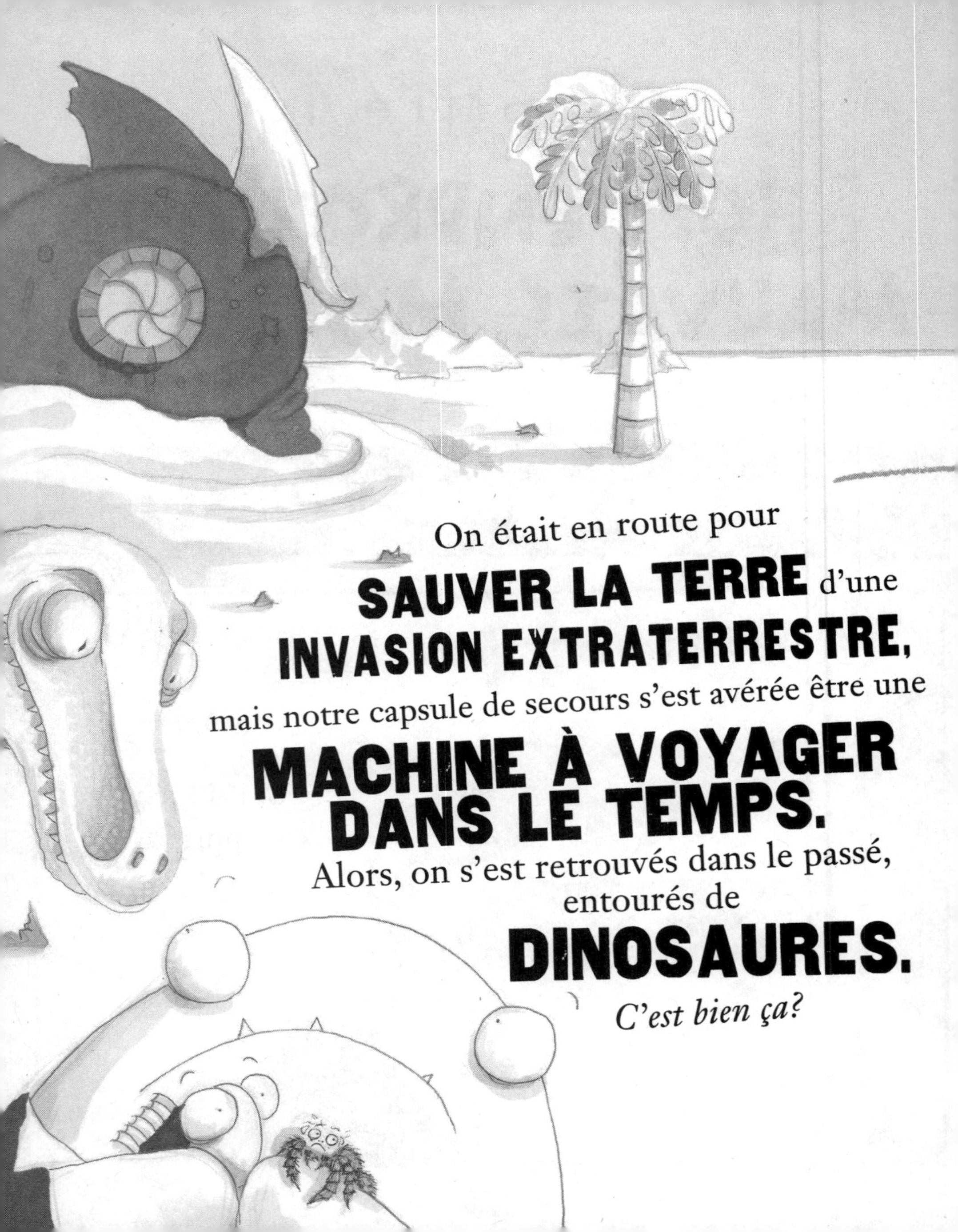

On était en route pour

SAUVER LA TERRE d'une

INVASION EXTRATERRESTRE,

mais notre capsule de secours s'est avérée être une

MACHINE À VOYAGER DANS LE TEMPS.

Alors, on s'est retrouvés dans le passé, entourés de

DINOSAURES.

C'est bien ça?

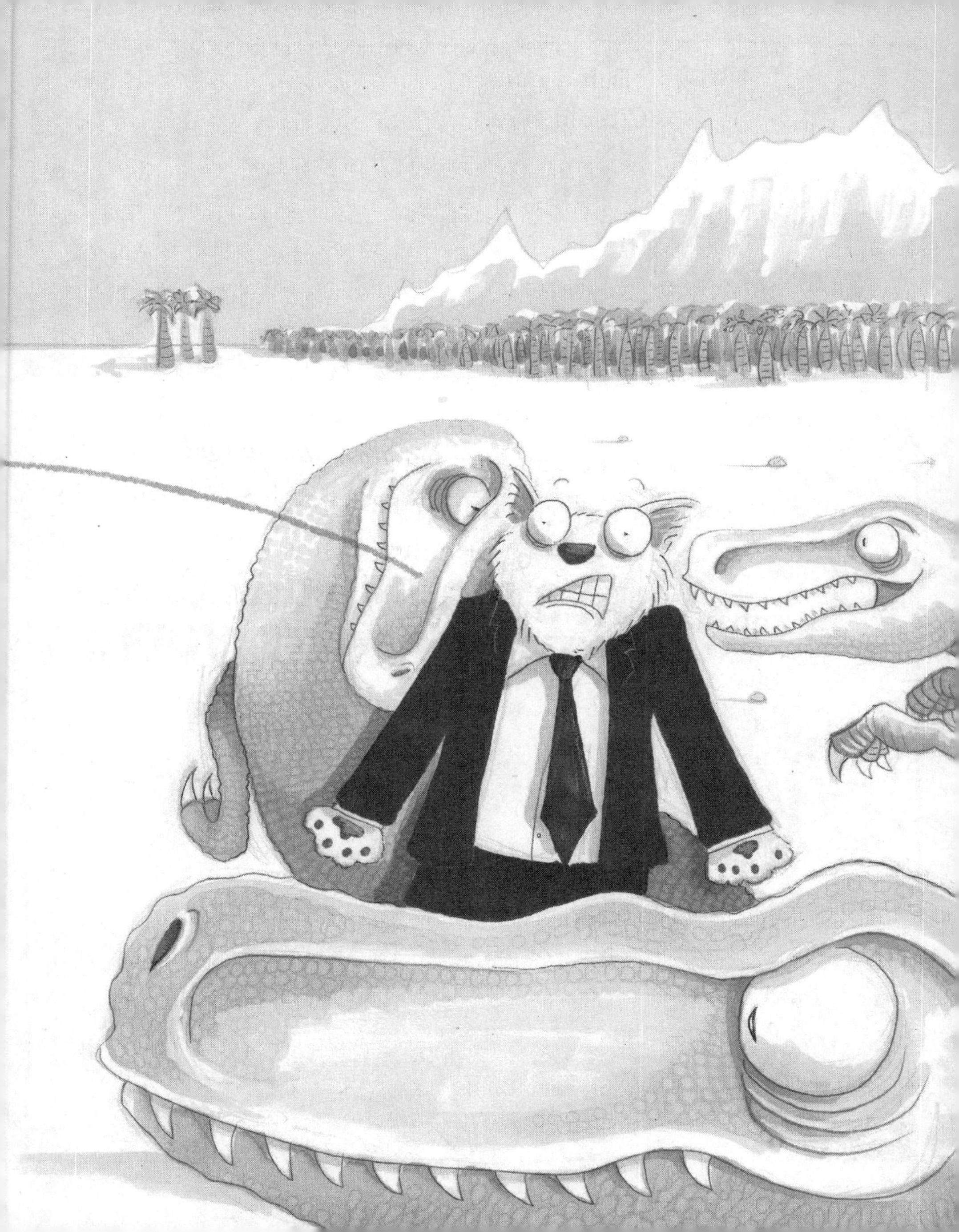

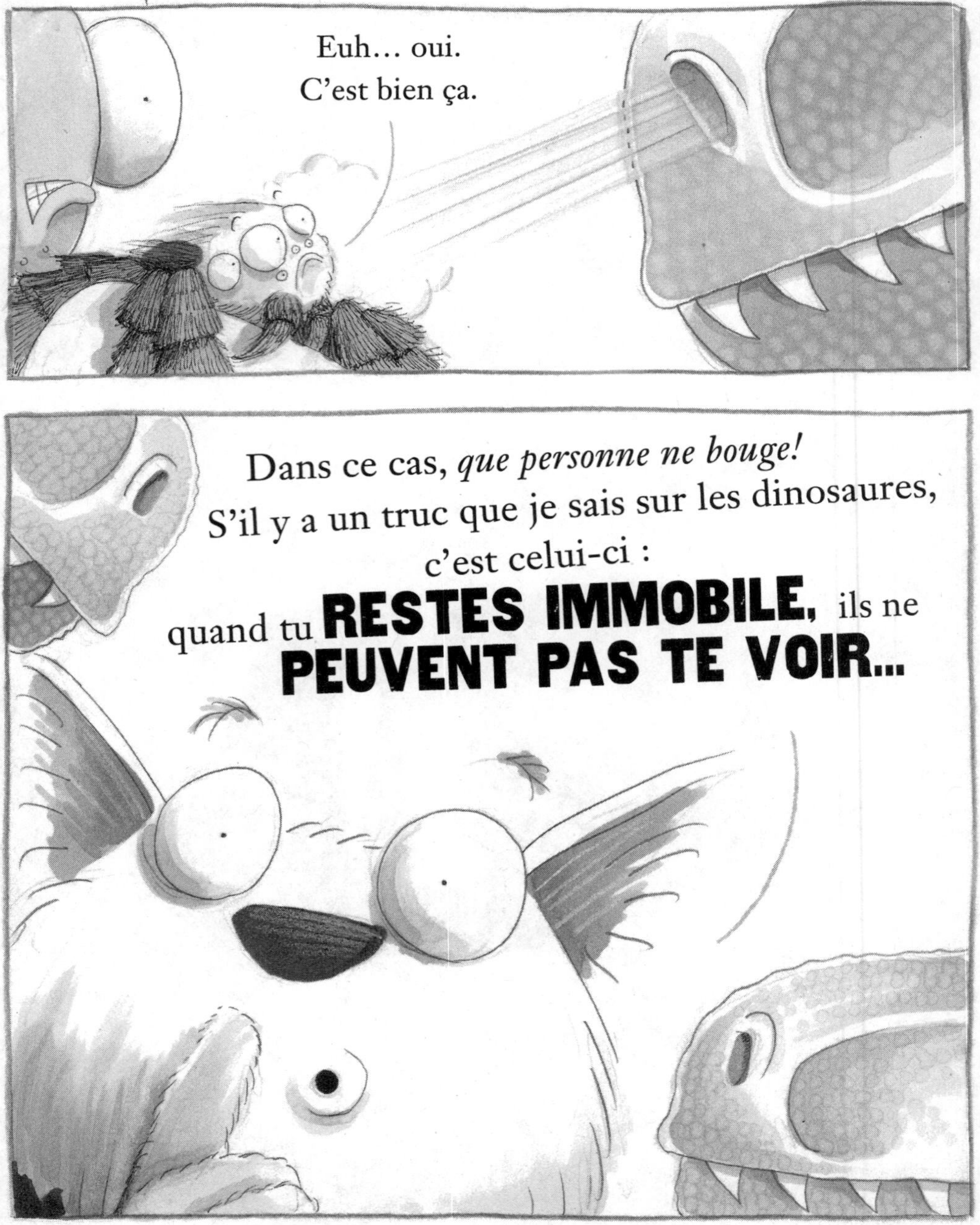
Euh… oui.
C'est bien ça.
Dans ce cas, *que personne ne bouge!*
S'il y a un truc que je sais sur les dinosaures,
c'est celui-ci :
quand tu **RESTES IMMOBILE,** ils ne **PEUVENT PAS TE VOIR...**

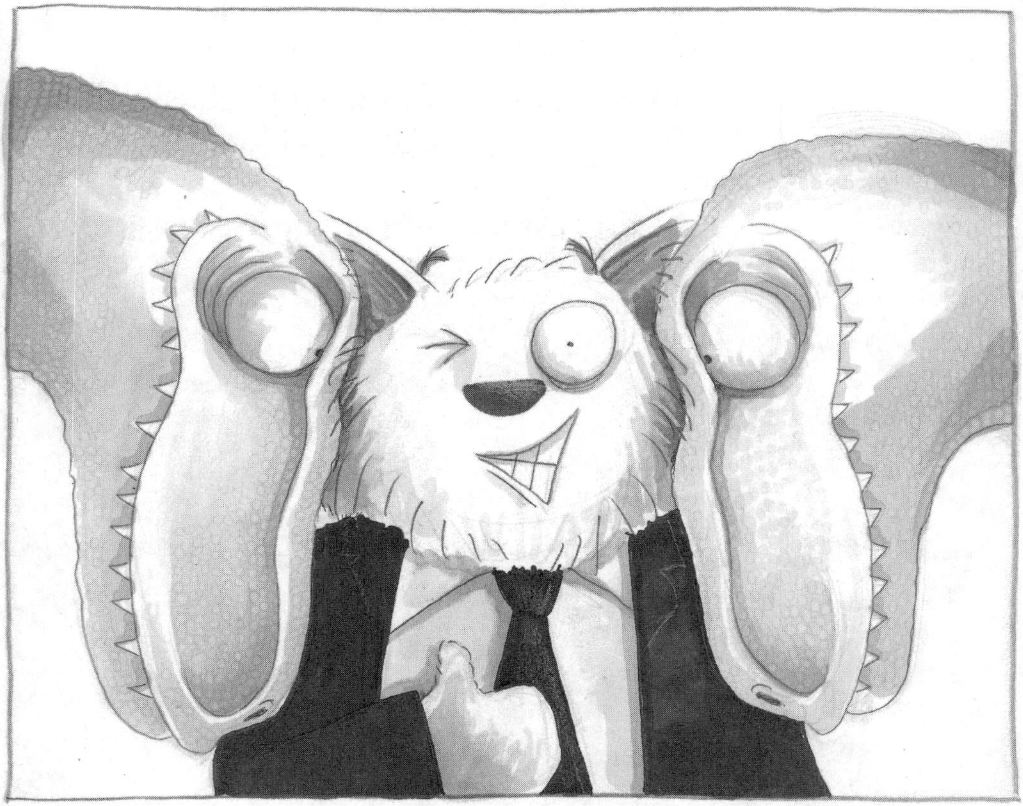

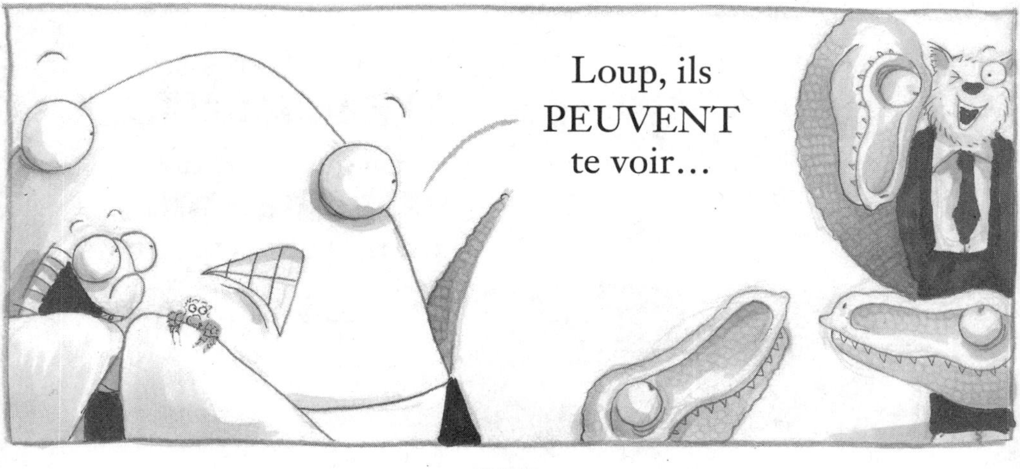

Loup, ils PEUVENT te voir…

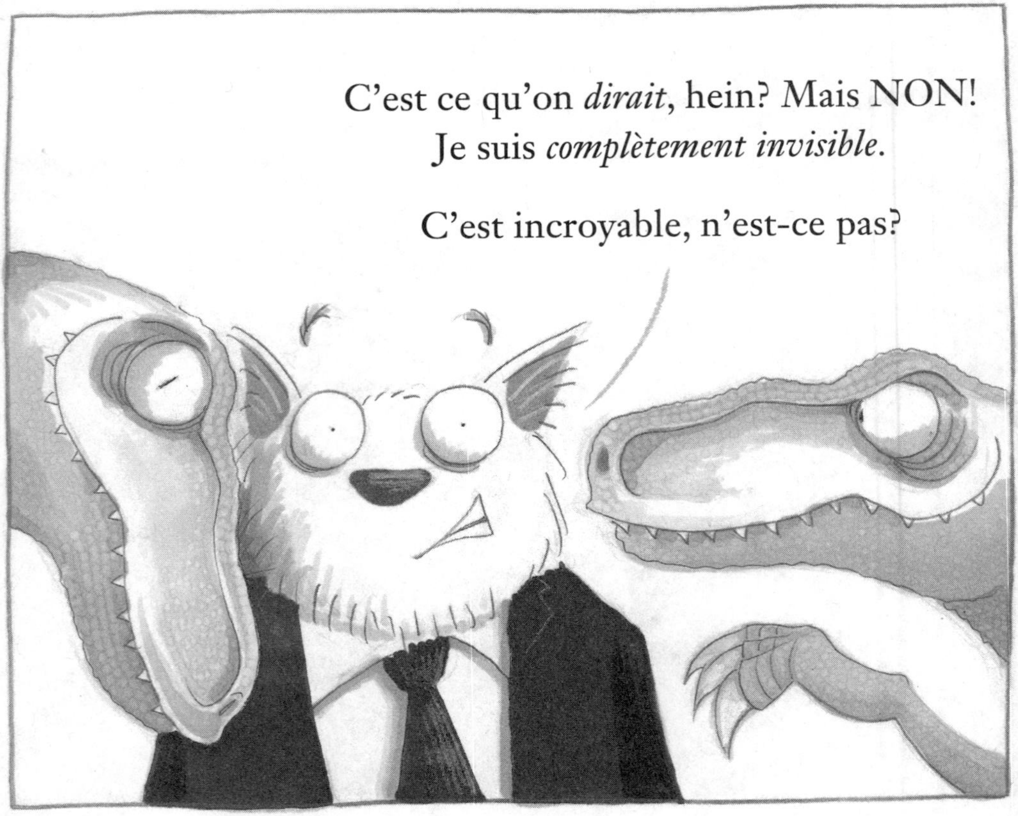
C'est ce qu'on *dirait*, hein? Mais NON!
Je suis *complètement invisible*.
C'est incroyable, n'est-ce pas?

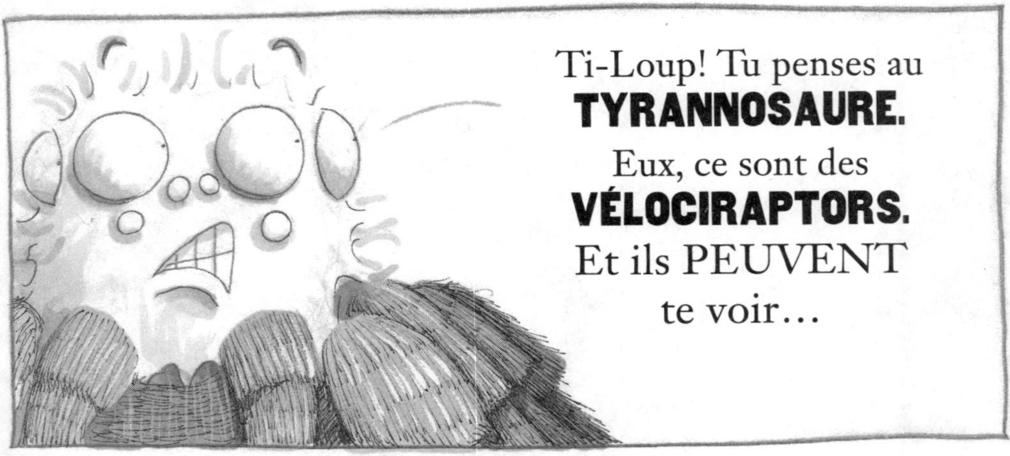
Ti-Loup! Tu penses au
TYRANNOSAURE.
Eux, ce sont des
VÉLOCIRAPTORS.
Et ils PEUVENT
te voir…

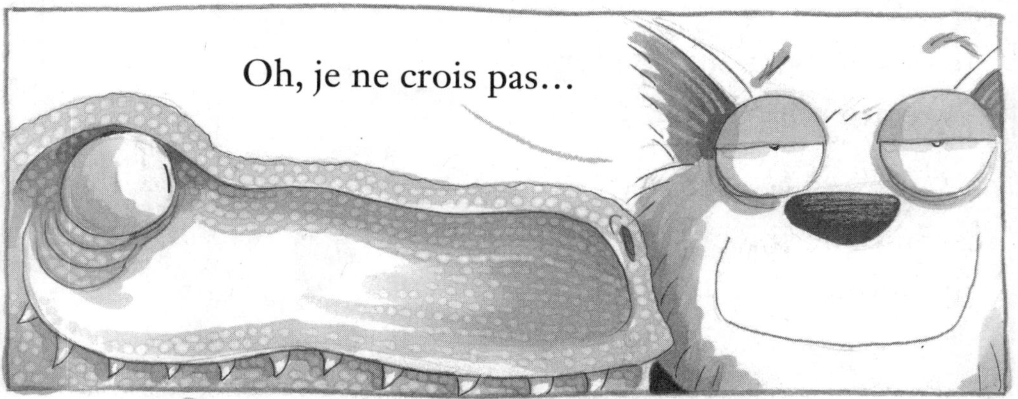
Oh, je ne crois pas…

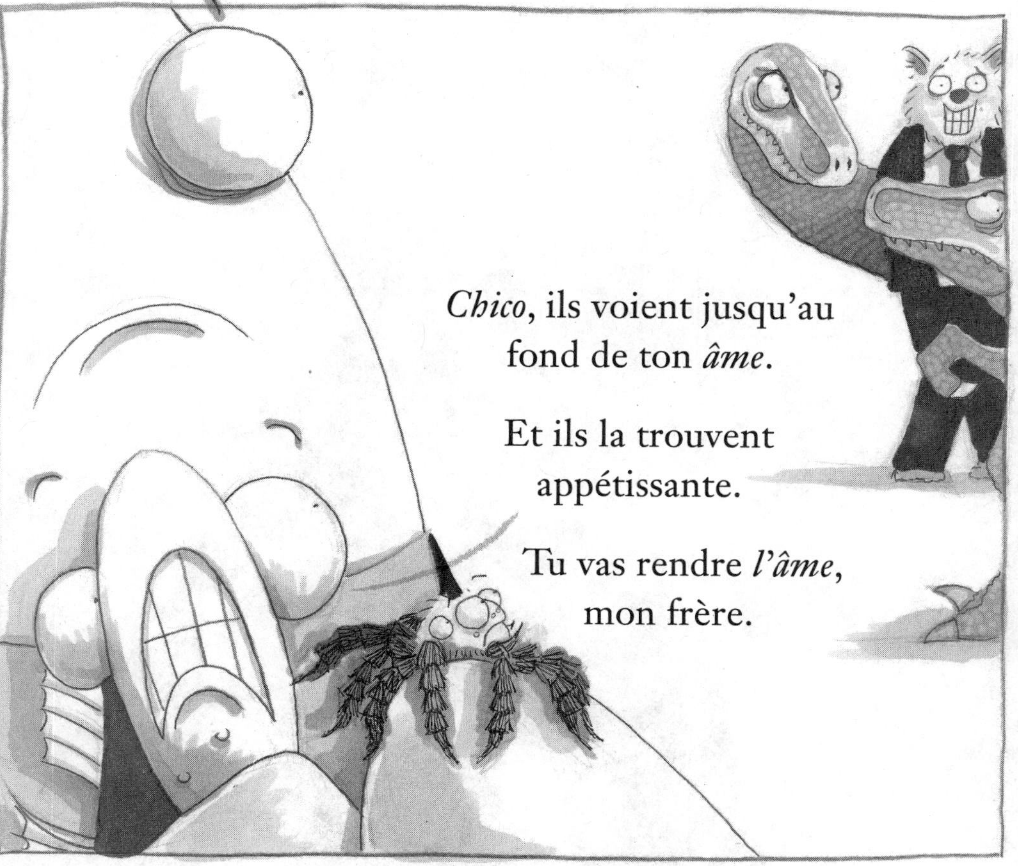
Chico, ils voient jusqu'au fond de ton *âme*.
Et ils la trouvent appétissante.
Tu vas rendre *l'âme*, mon frère.

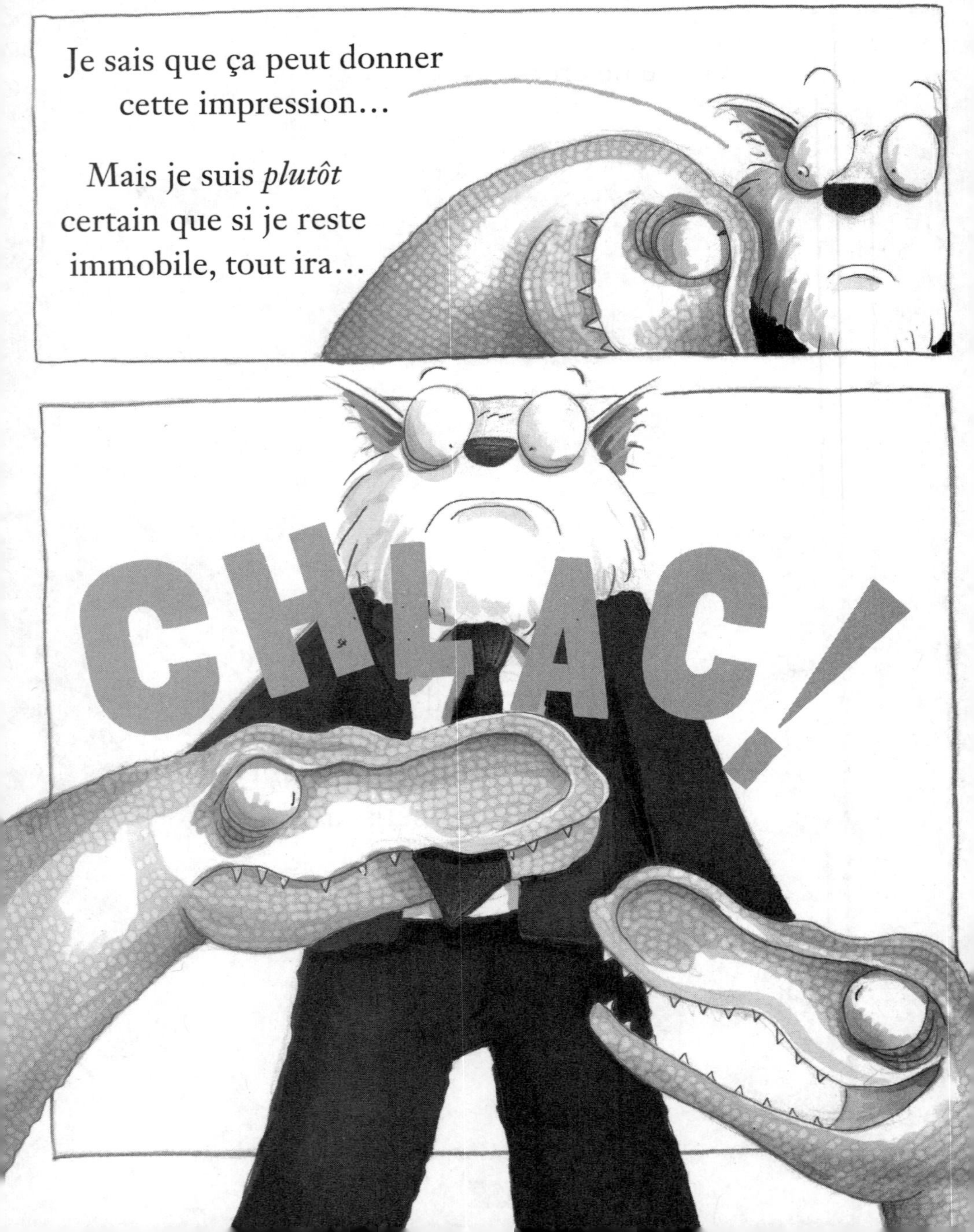
Je sais que ça peut donner cette impression…
Mais je suis *plutôt* certain que si je reste immobile, tout ira…
CHLAC!

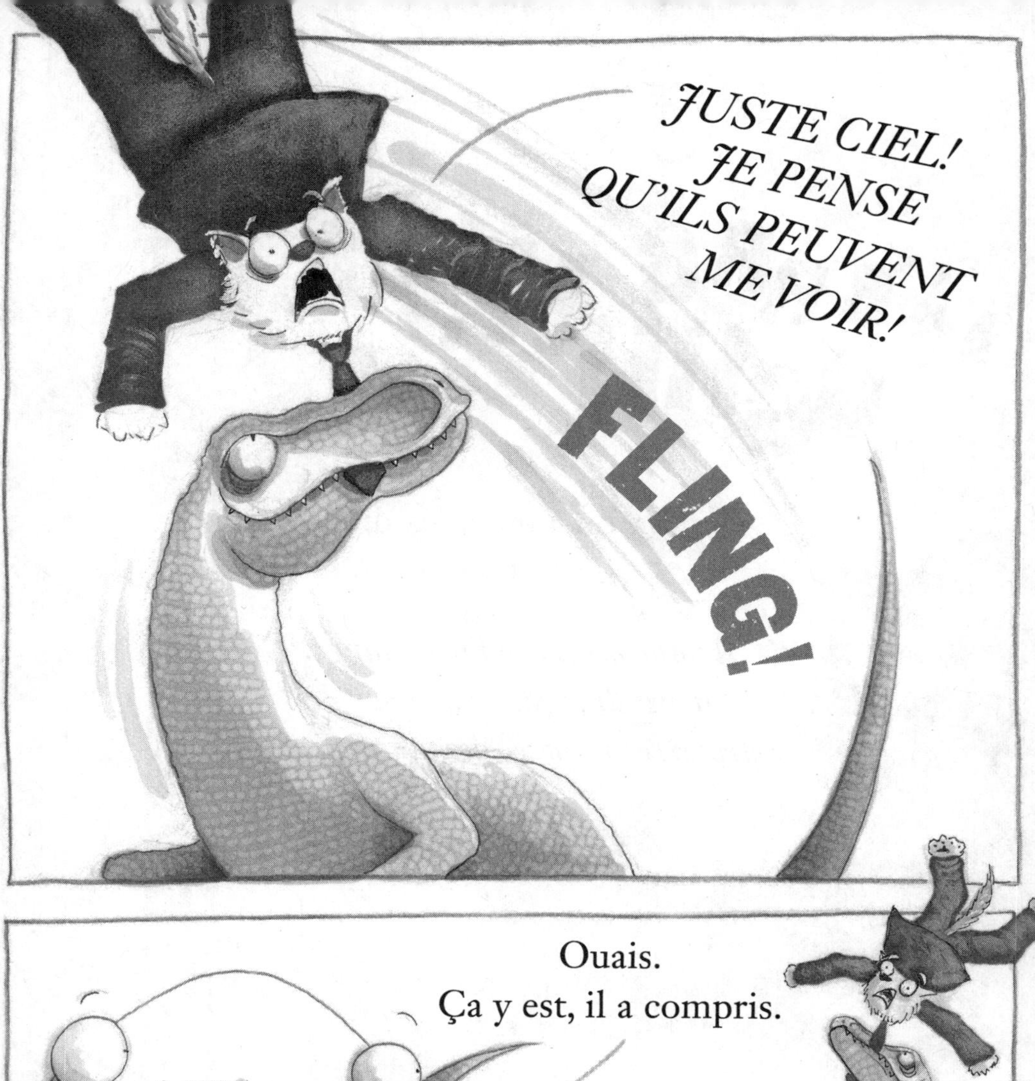
JUSTE CIEL! JE PENSE QU'ILS PEUVENT ME VOIR!
FLING!

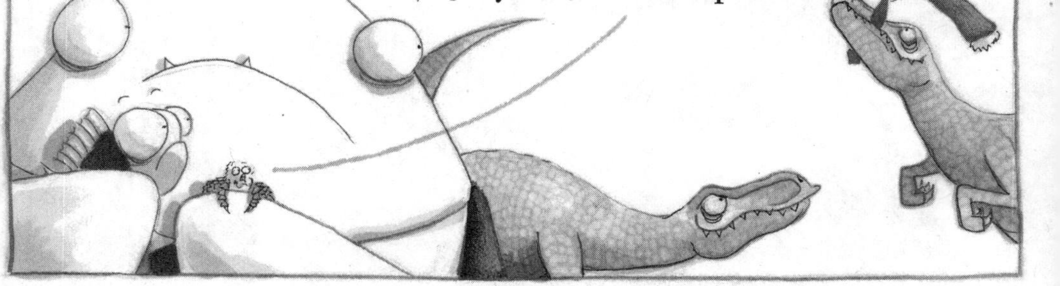
Ouais.
Ça y est, il a compris.

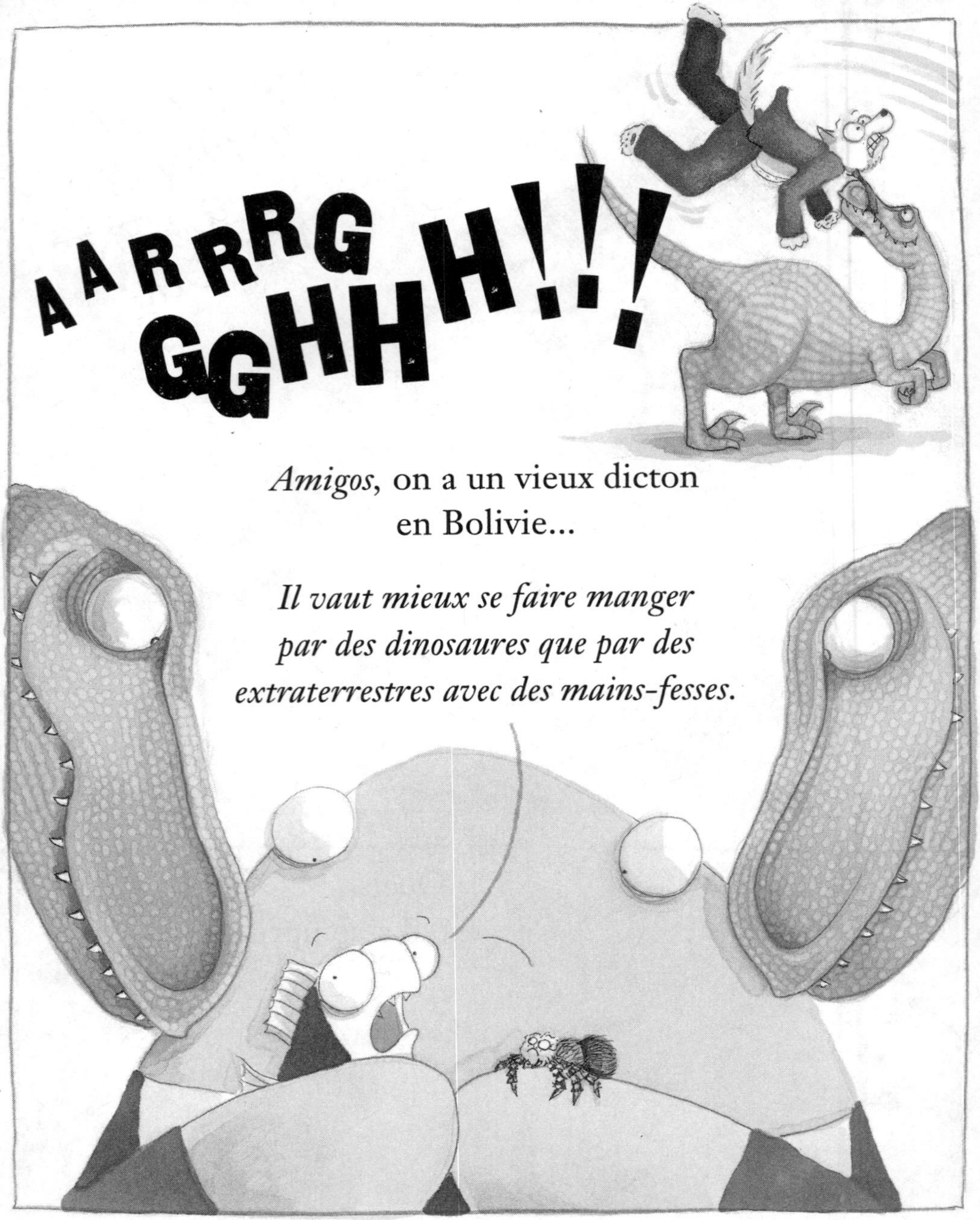
AARRRG
GGHHH!!!

Amigos, on a un vieux dicton
en Bolivie...

*Il vaut mieux se faire manger
par des dinosaures que par des
extraterrestres avec des mains-fesses.*

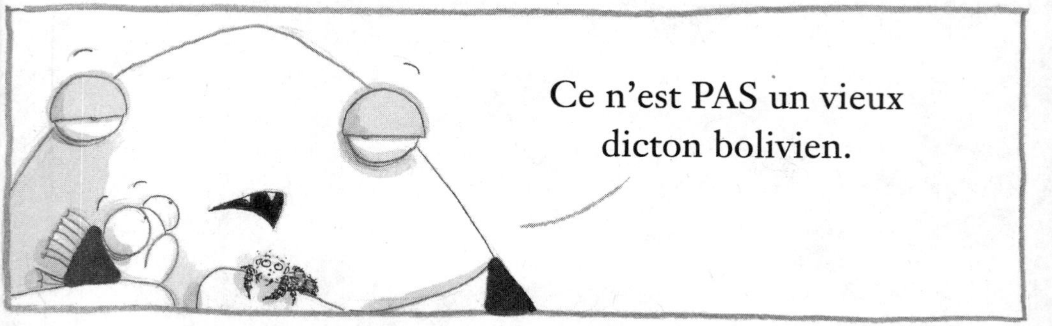
Ce n'est PAS un vieux dicton bolivien.

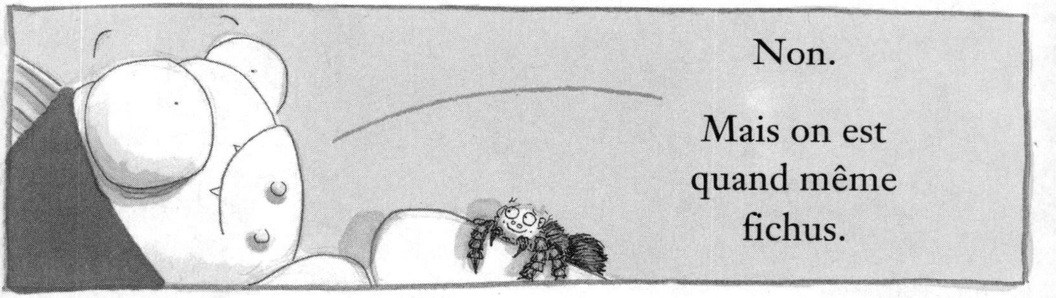
Non.
Mais on est quand même fichus.

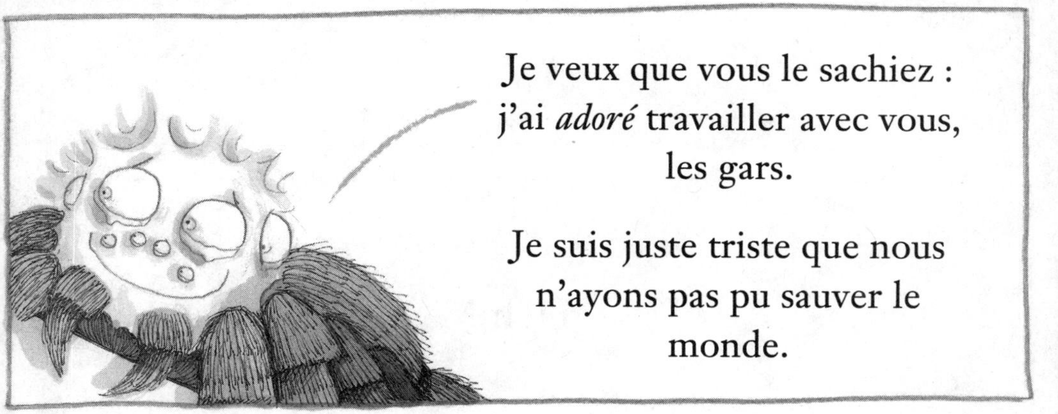
Je veux que vous le sachiez : j'ai *adoré* travailler avec vous, les gars.
Je suis juste triste que nous n'ayons pas pu sauver le monde.

Ne sois pas triste, soldat…

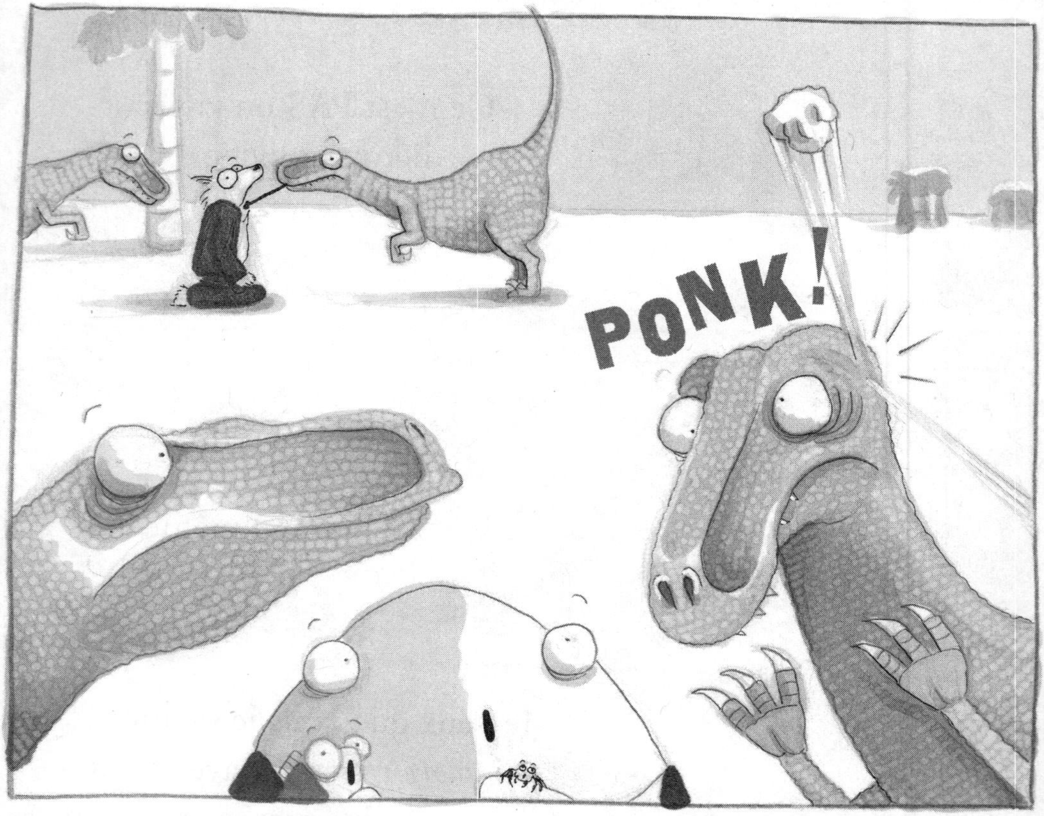
PONK!

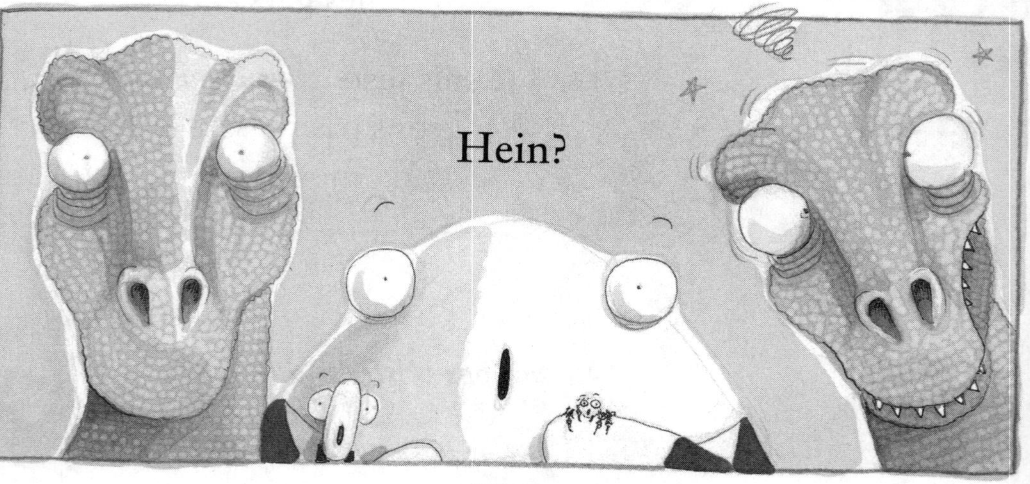
Hein?

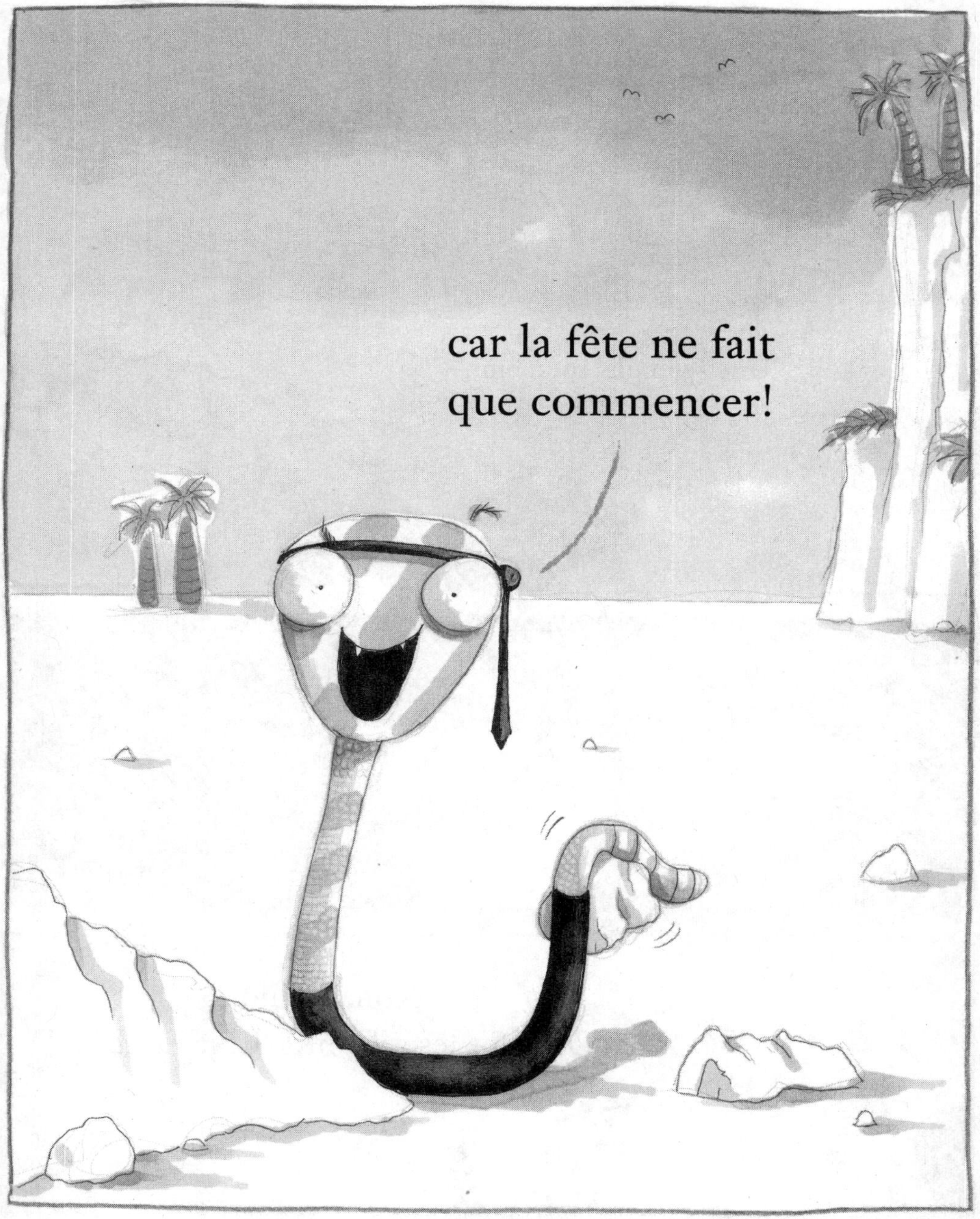
car la fête ne fait
que commencer!

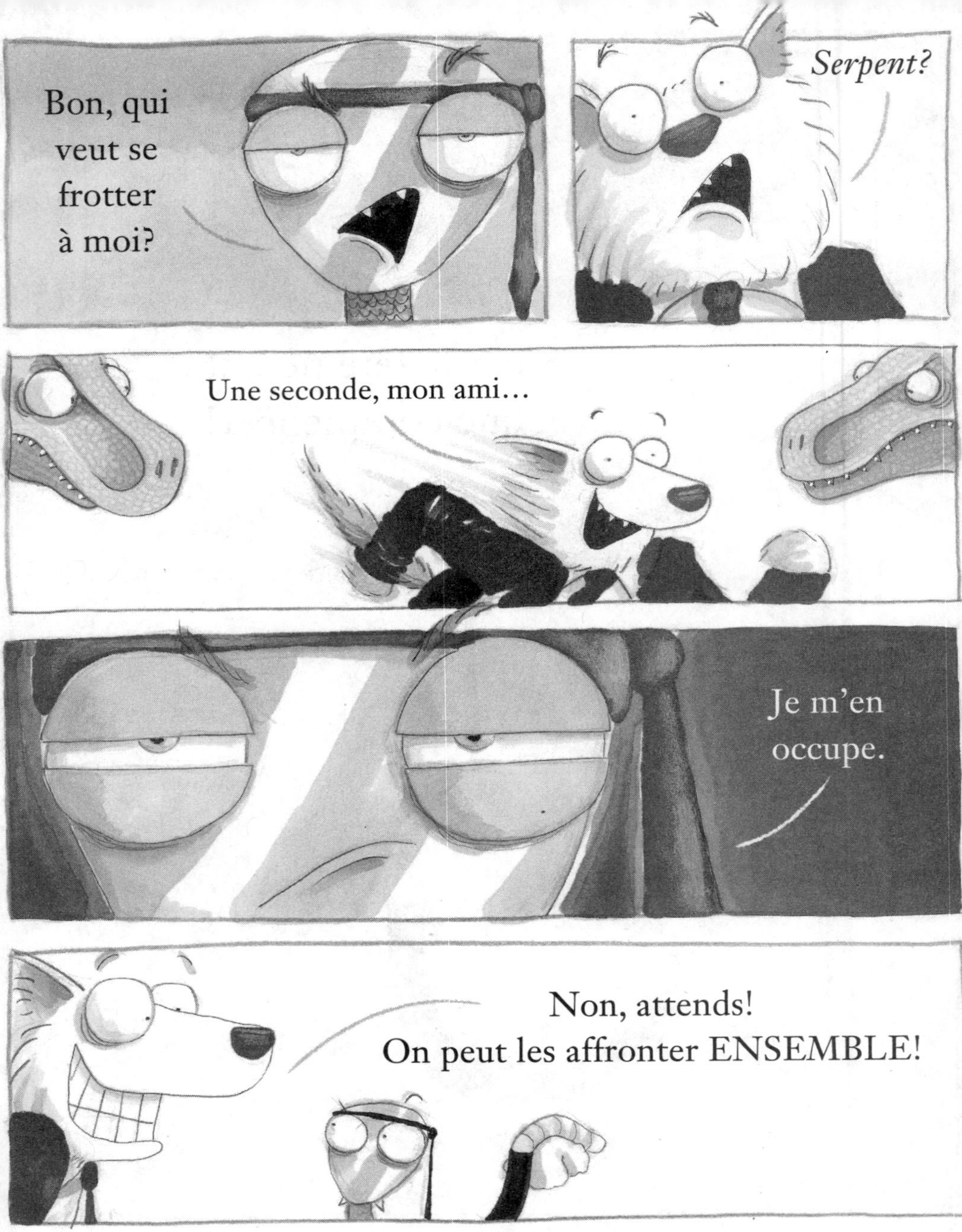
Bon, qui veut se frotter à moi?
Serpent?
Une seconde, mon ami…
Je m'en occupe.
Non, attends!
On peut les affronter ENSEMBLE!

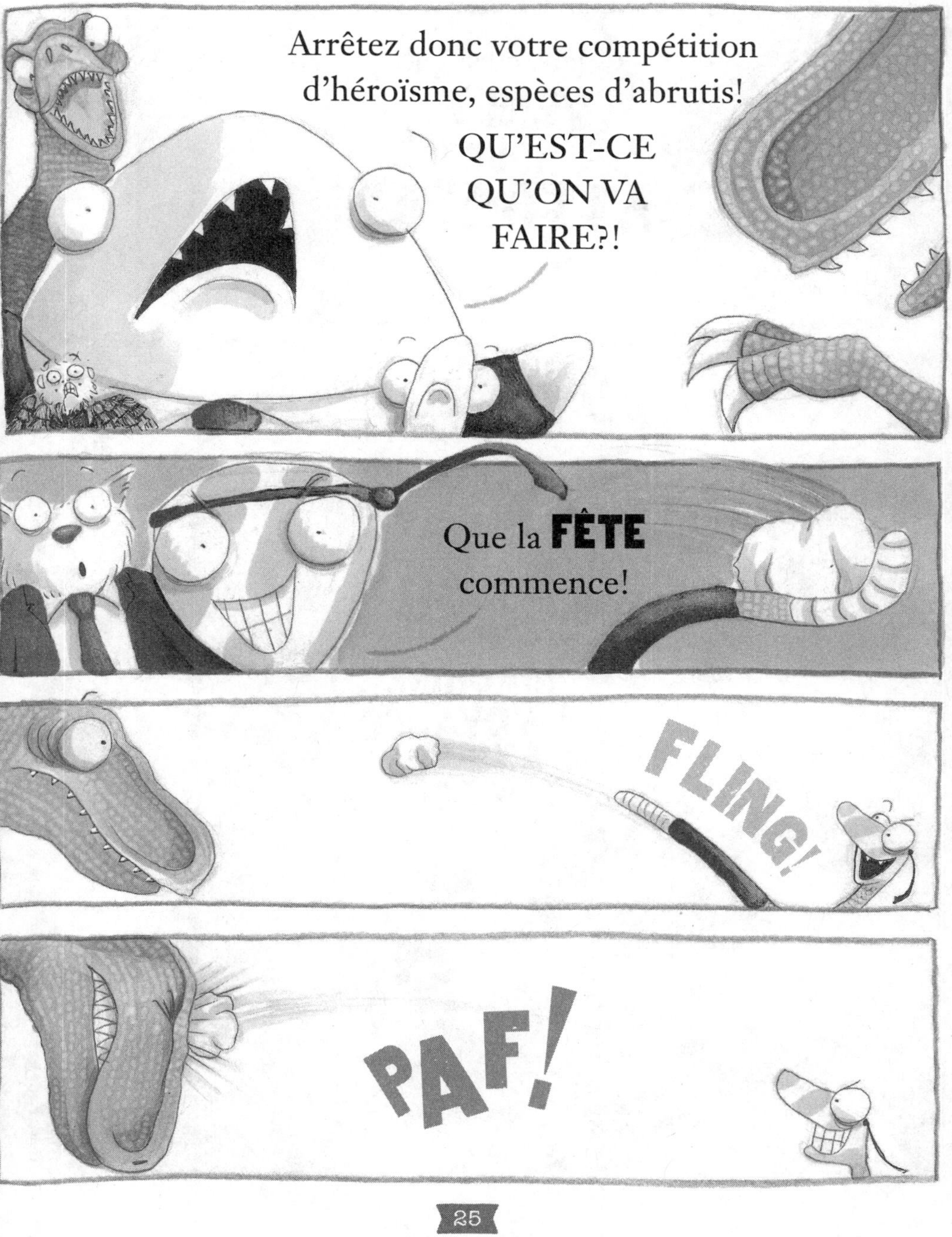
Arrêtez donc votre compétition d’héroïsme, espèces d’abrutis!
QU’EST-CE QU’ON VA FAIRE?!
Que la FÊTE commence!
FLING!
PAF!

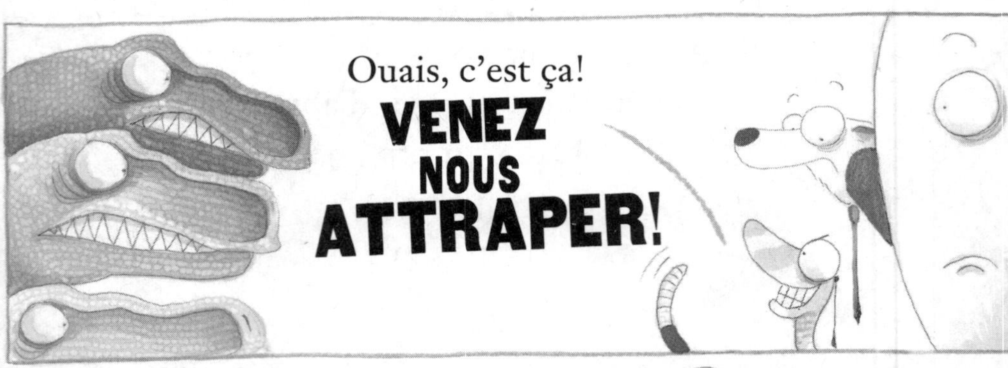
Ouais, c'est ça!
VENEZ NOUS ATTRAPER!

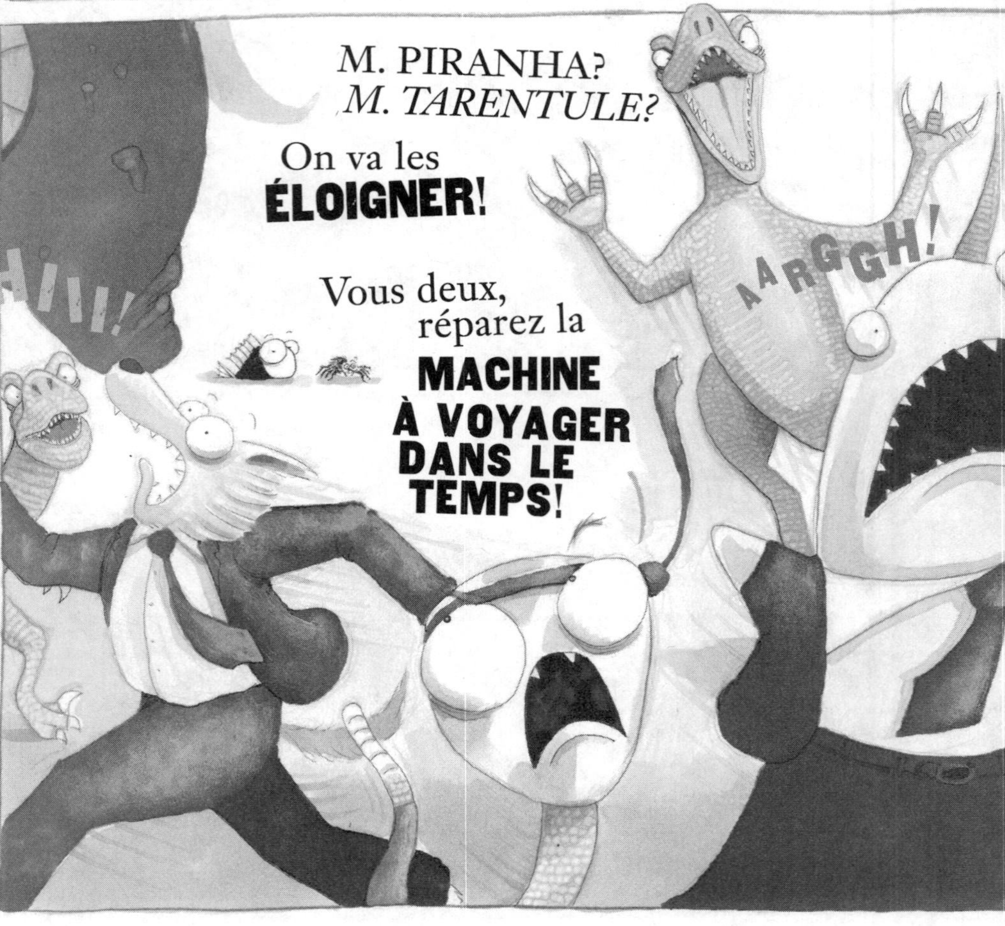
M. PIRANHA?
M. TARENTULE?
On va les ÉLOIGNER!
HIIII!
AARGGH!
Vous deux, réparez la MACHINE À VOYAGER DANS LE TEMPS!

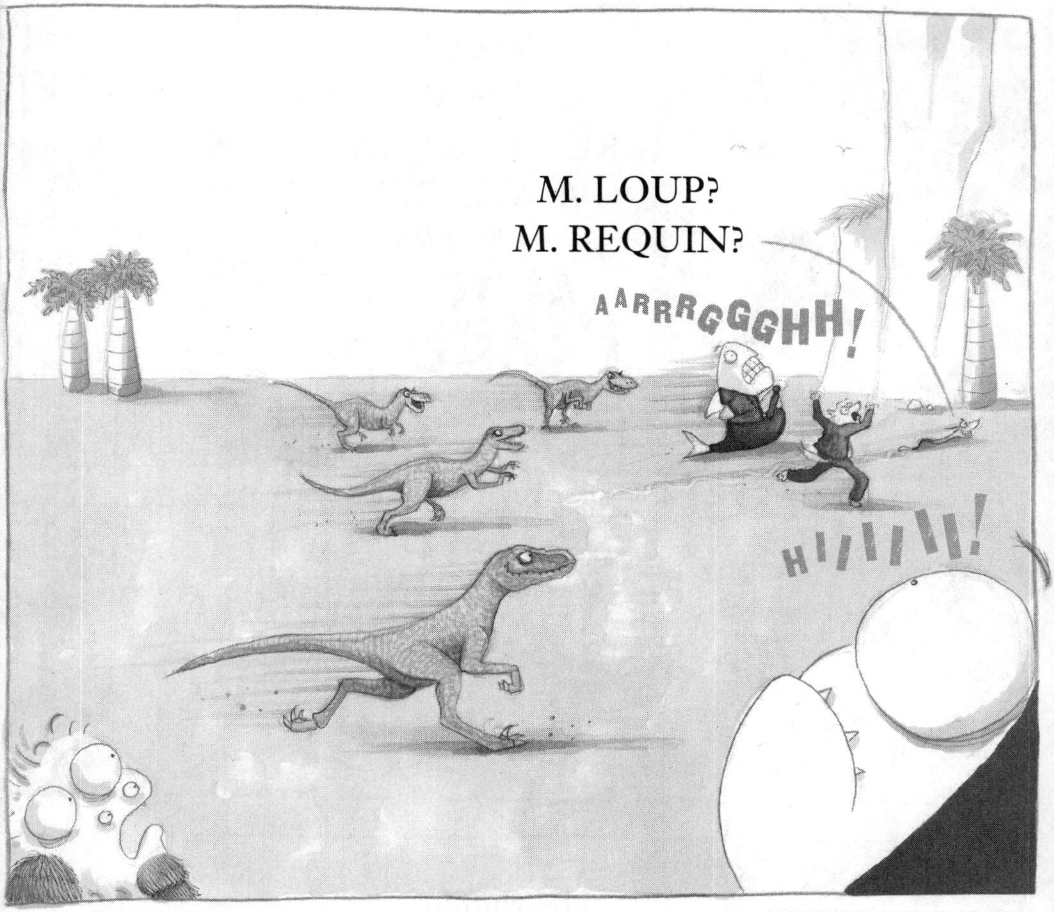
M. LOUP?
M. REQUIN?
AARRRGGGHH!
HIIIIII!

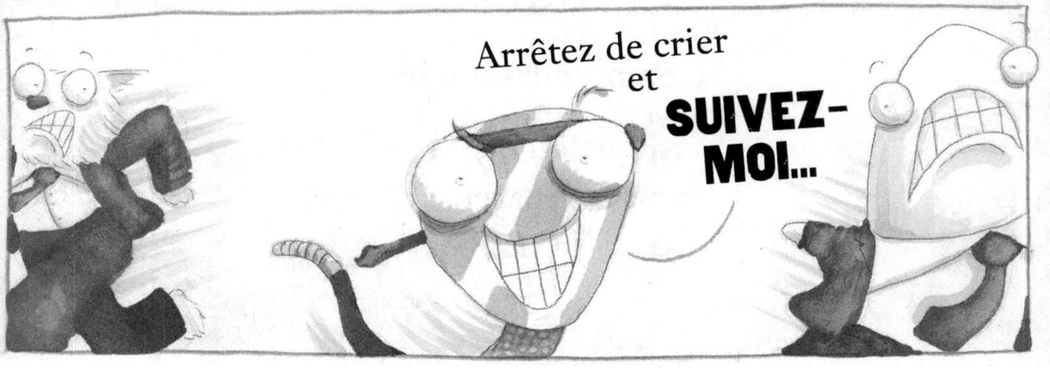
Arrêtez de crier
et
SUIVEZ-
MOI...

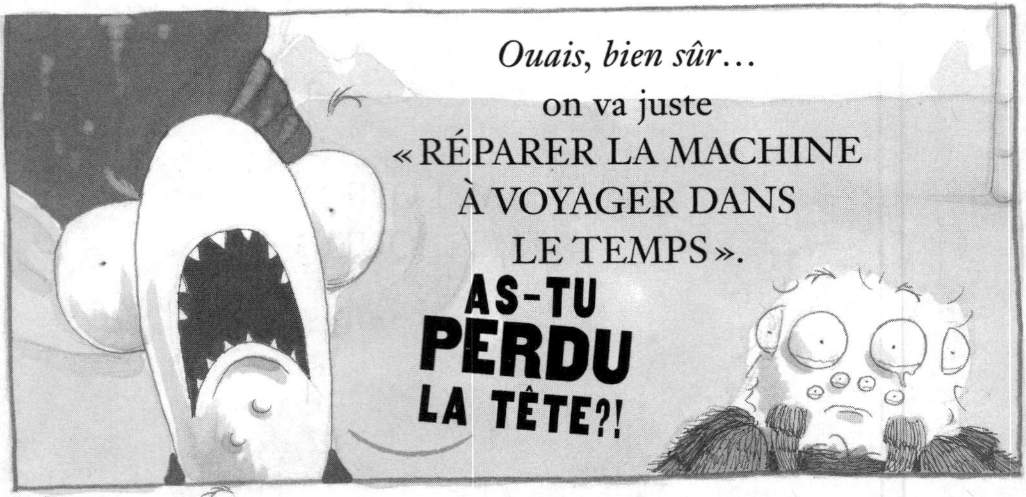
Ouais, bien sûr…
on va juste
« RÉPARER LA MACHINE
À VOYAGER DANS
LE TEMPS ».
AS-TU
PERDU
LA TÊTE?!
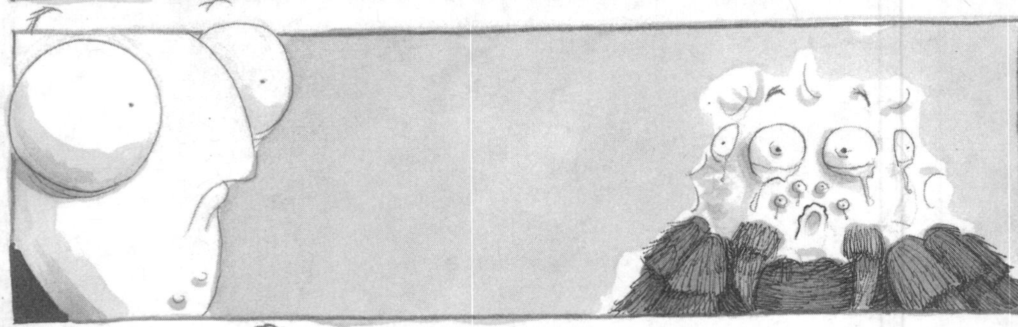
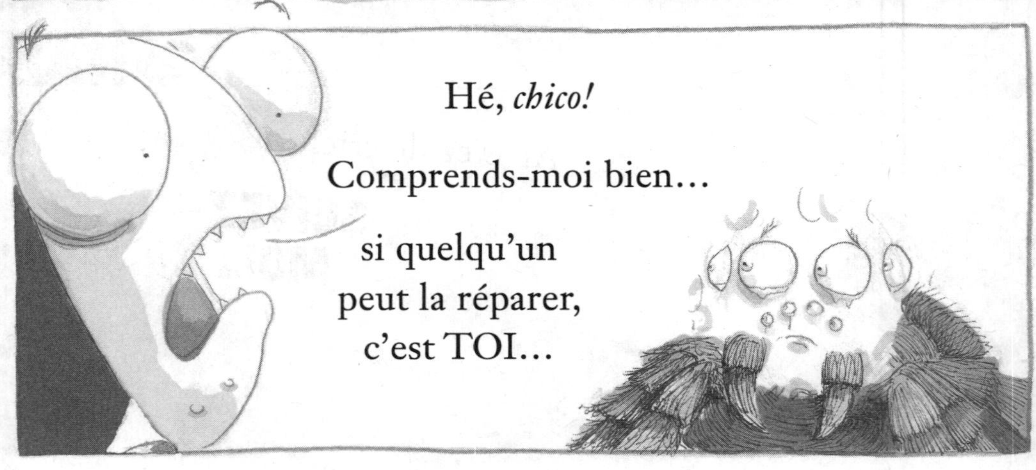
Hé, *chico!*
Comprends-moi bien…
si quelqu'un
peut la réparer,
c'est TOI…

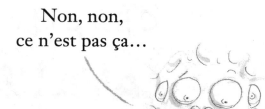

Non, non,
ce n'est pas ça…

Quoi, alors?

Serpent m'a appelé
M. Tarentule!

Je suis tellement
FIER!

• Chapitre 2 •

CAVALIER SEUL

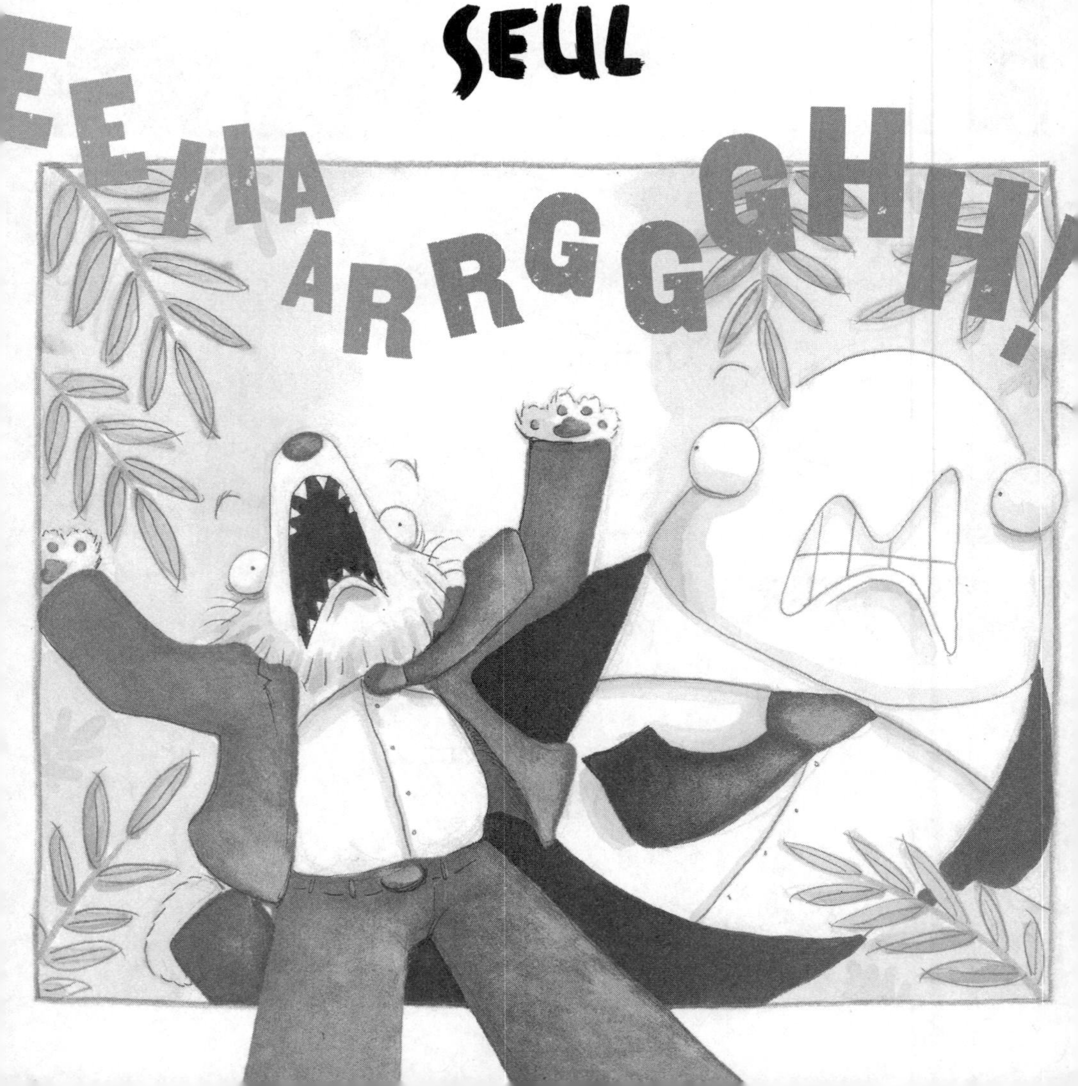
EEIIA
ARRGGGHH!

Chuuuuut...

Ne. FAITES.
Pas. Un. Bruit.

Par ici. Restez
près de moi...

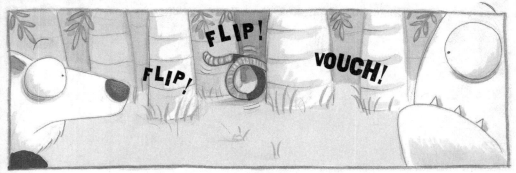

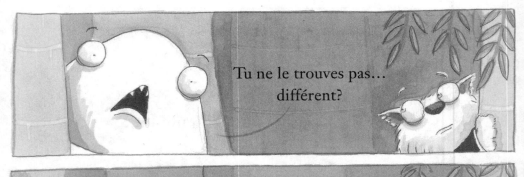

Tu ne le trouves pas...
différent?

Il a probablement
gagné de l'assurance
en nous sauvant de
Marmelade...

Non,
c'est plus que ça.
C'est comme... s'il était
devenu le **CHEF**.
Non?

Eh bien,
je n'irais pas
jusque-LÀ...

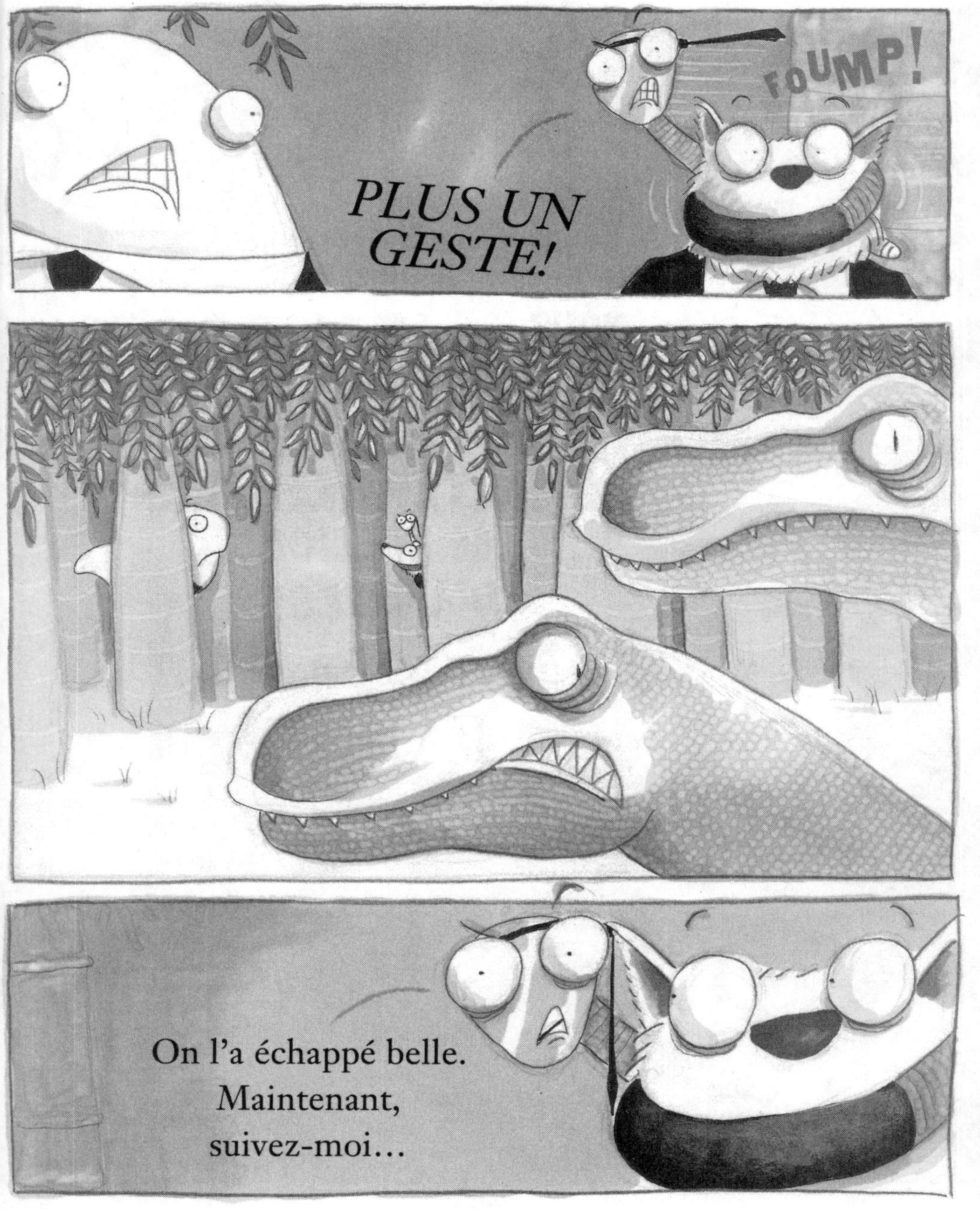
FOUMP!
PLUS UN GESTE!
On l'a échappé belle. Maintenant, suivez-moi…

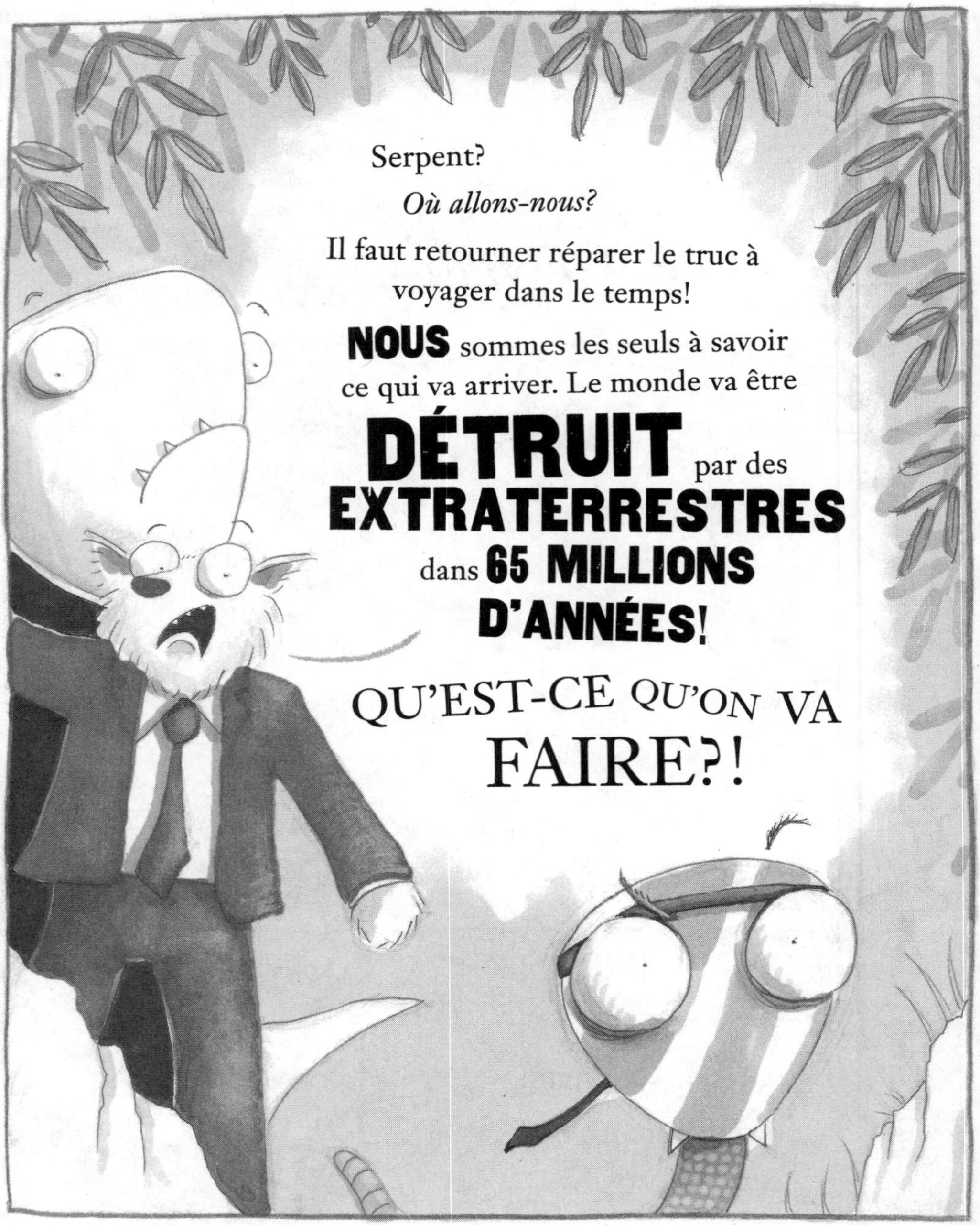

Serpent?

Où allons-nous?

Il faut retourner réparer le truc à voyager dans le temps!

NOUS sommes les seuls à savoir ce qui va arriver. Le monde va être **DÉTRUIT** par des **EXTRATERRESTRES** dans **65 MILLIONS D'ANNÉES!**

QU'EST-CE QU'ON VA FAIRE?!

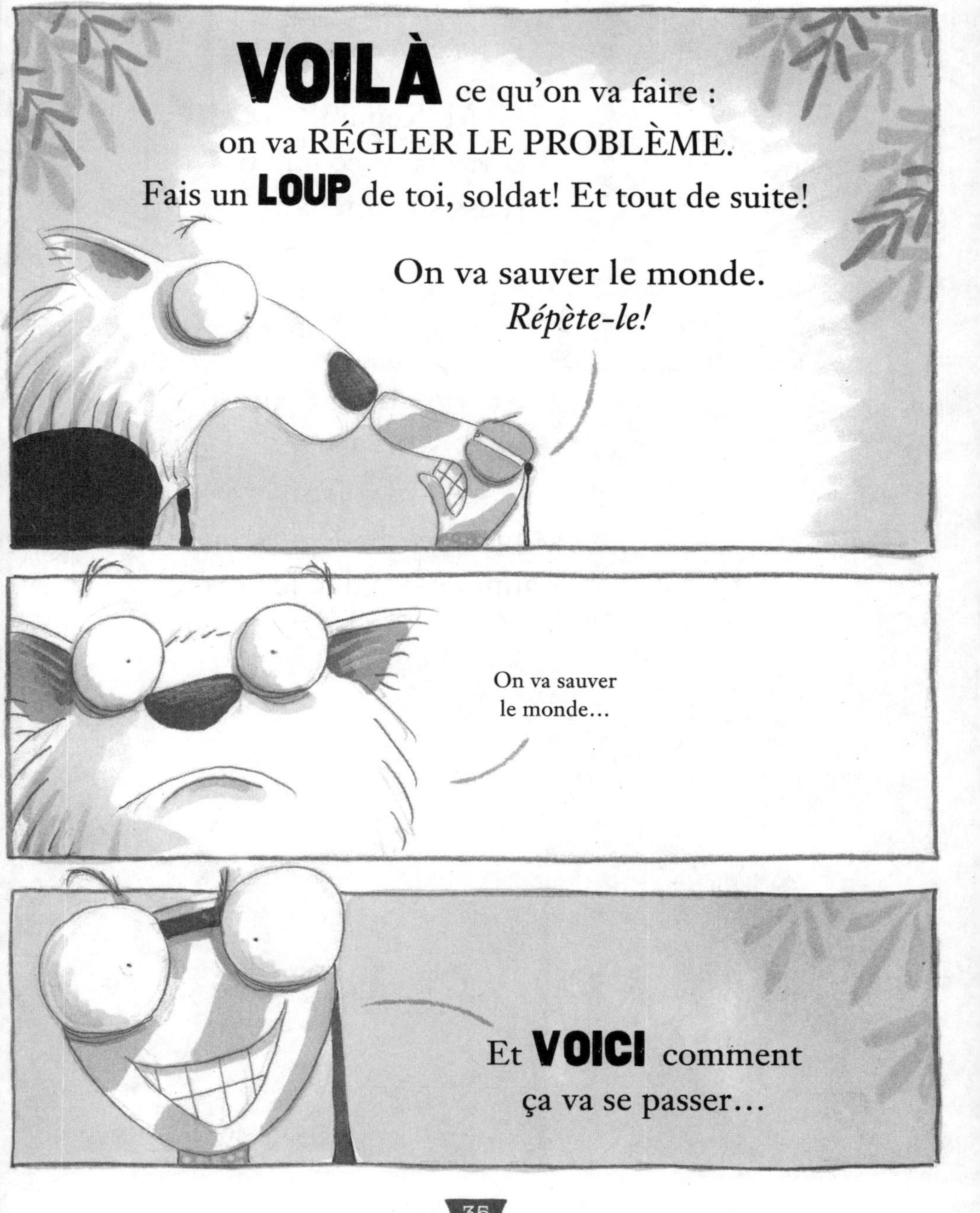
VOILÀ ce qu'on va faire :
on va RÉGLER LE PROBLÈME.
Fais un LOUP de toi, soldat! Et tout de suite!
On va sauver le monde.
Répète-le!
On va sauver le monde…
Et VOICI comment ça va se passer…

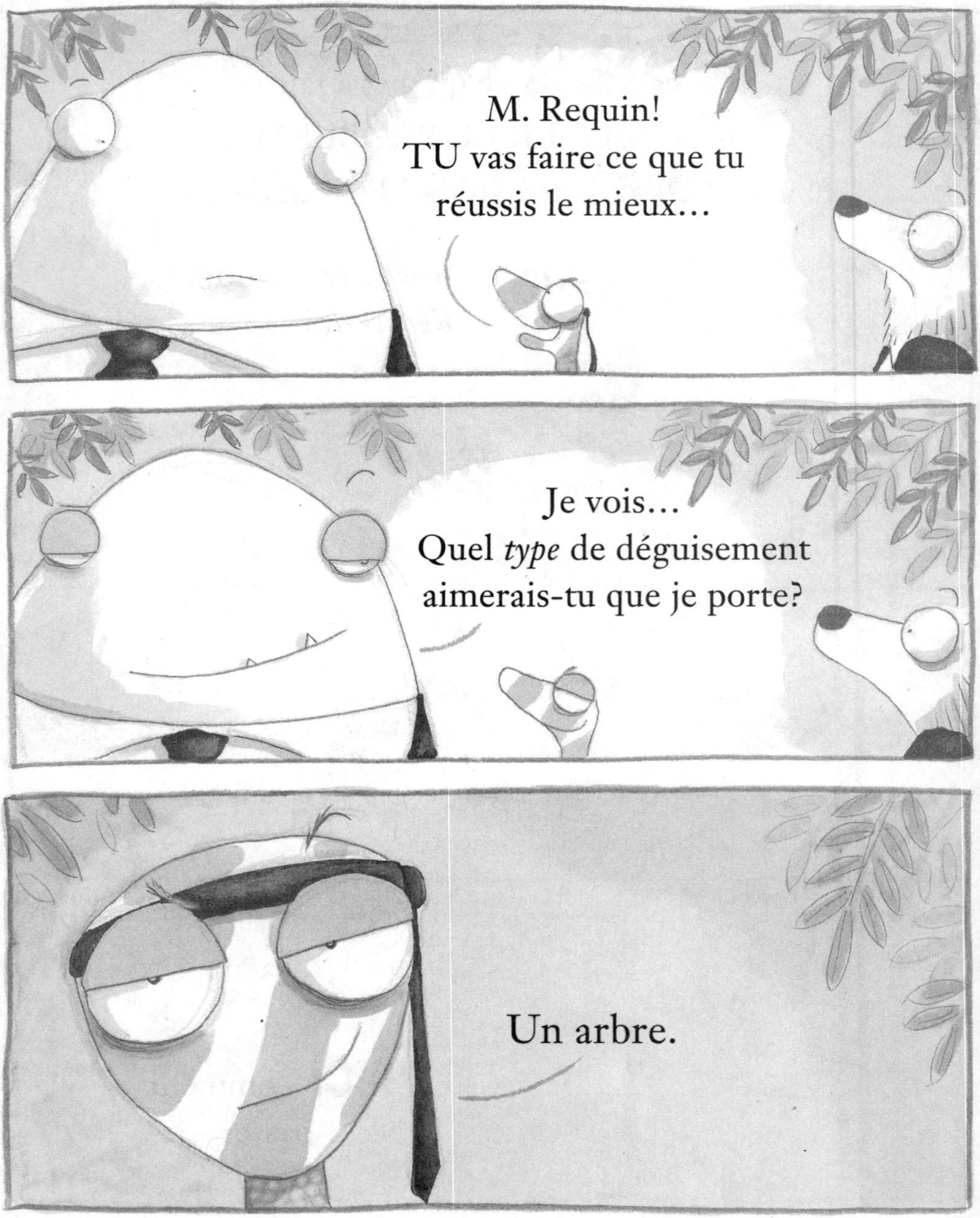
M. Requin!
TU vas faire ce que tu réussis le mieux…
Je vois…
Quel *type* de déguisement aimerais-tu que je porte?
Un arbre.

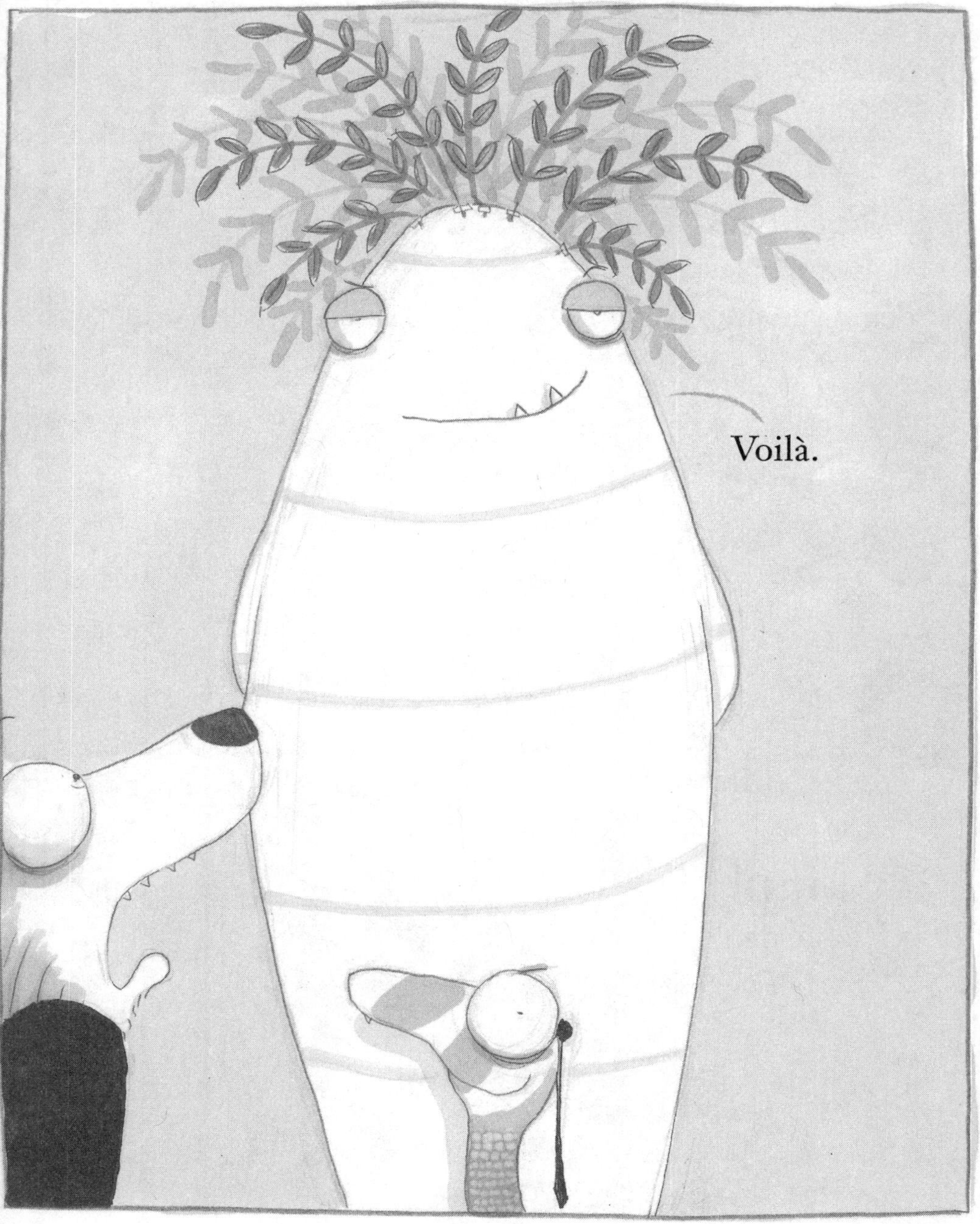
Voilà.

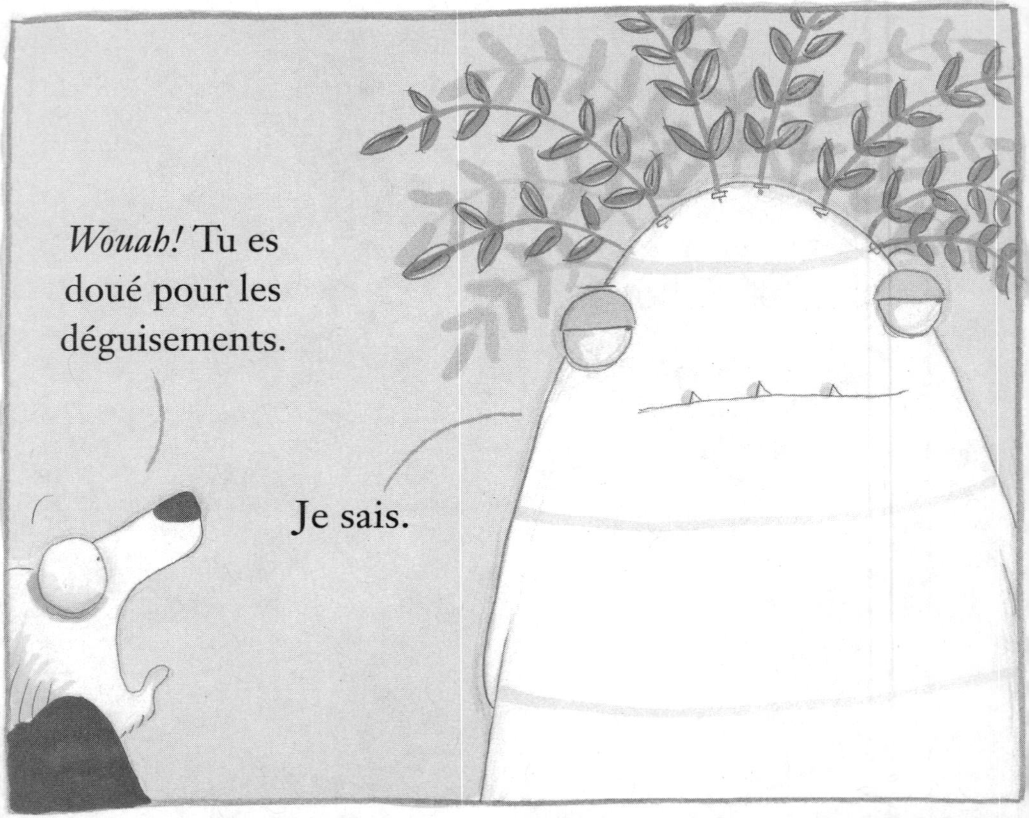
Wouah! Tu es doué pour les déguisements.
Je sais.

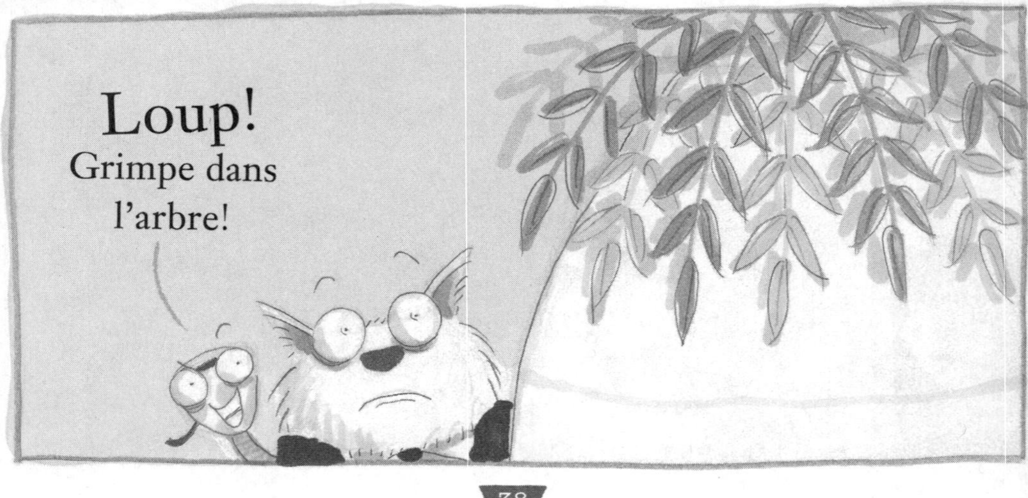
Loup!
Grimpe dans l'arbre!

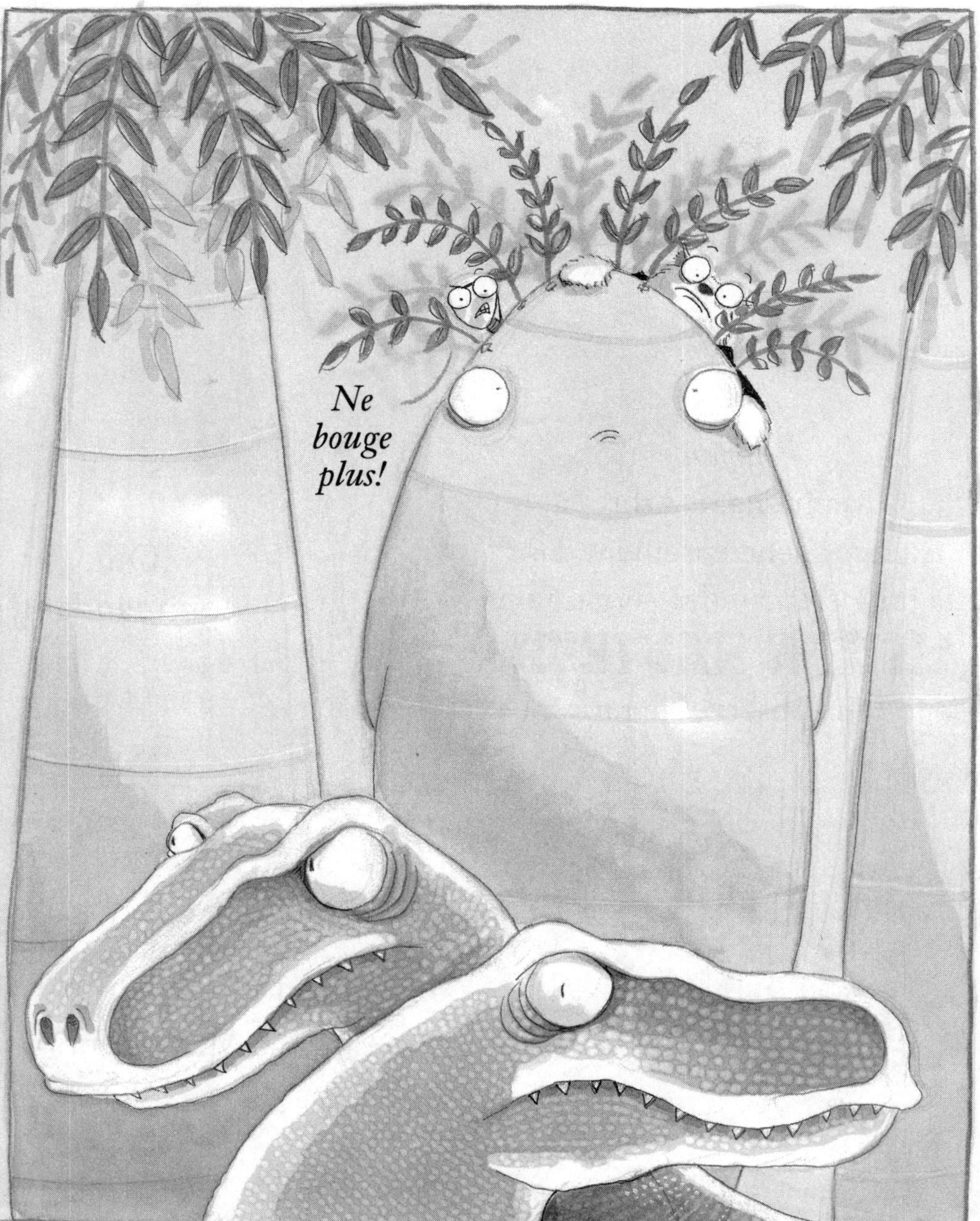
Ne bouge plus!

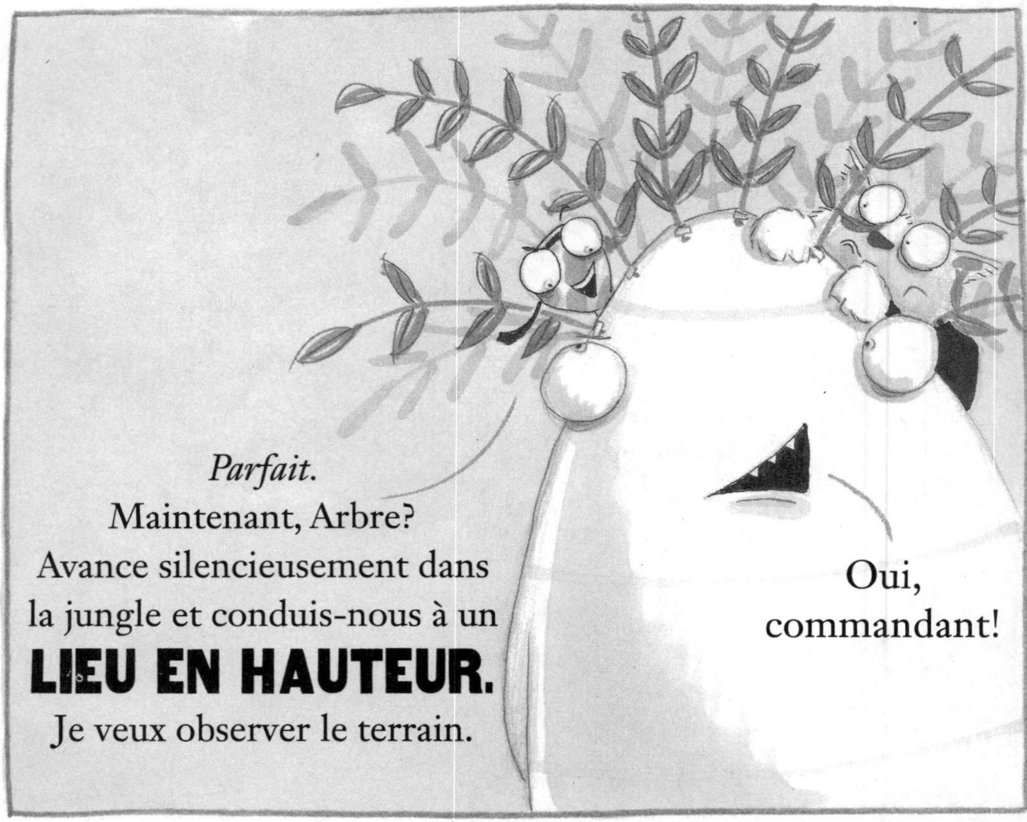
Parfait.
Maintenant, Arbre?
Avance silencieusement dans
la jungle et conduis-nous à un
LIEU EN HAUTEUR.
Je veux observer le terrain.
Oui,
commandant!

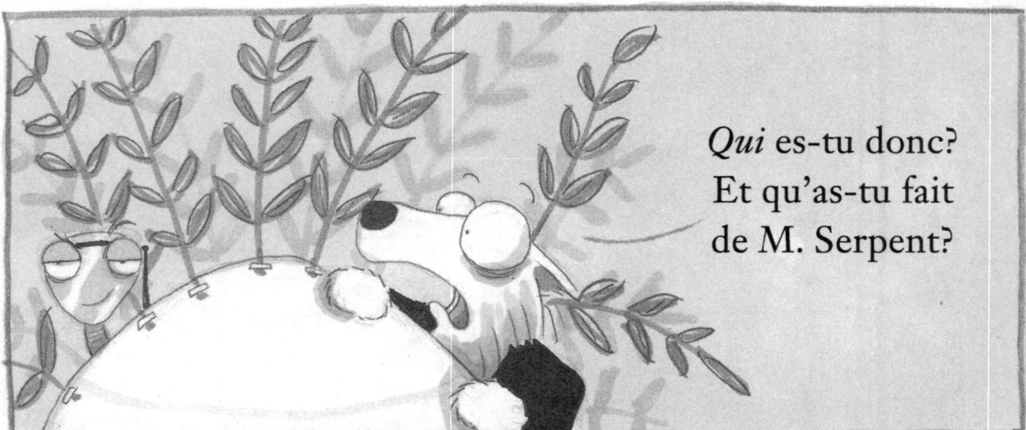
Qui es-tu donc?
Et qu'as-tu fait
de M. Serpent?

• Chapitre 3 •

TROP DE PROBLÈMES

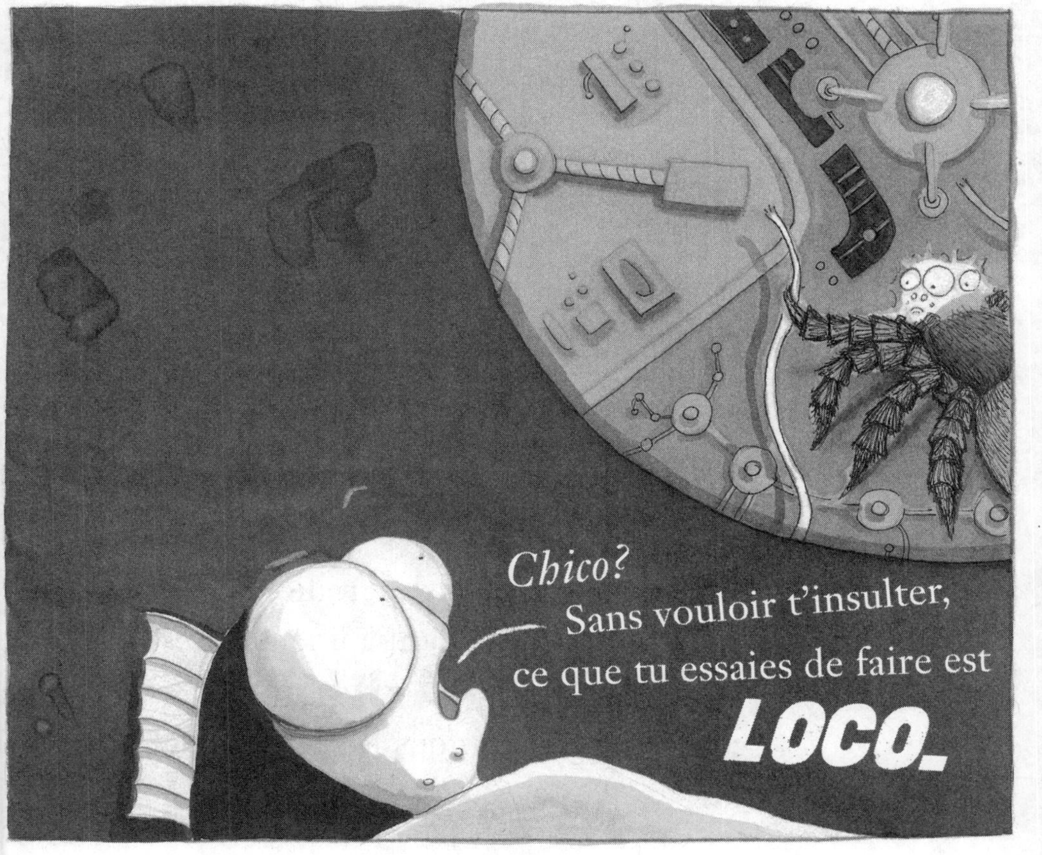

Chico?
Sans vouloir t'insulter,
ce que tu essaies de faire est
LOCO.

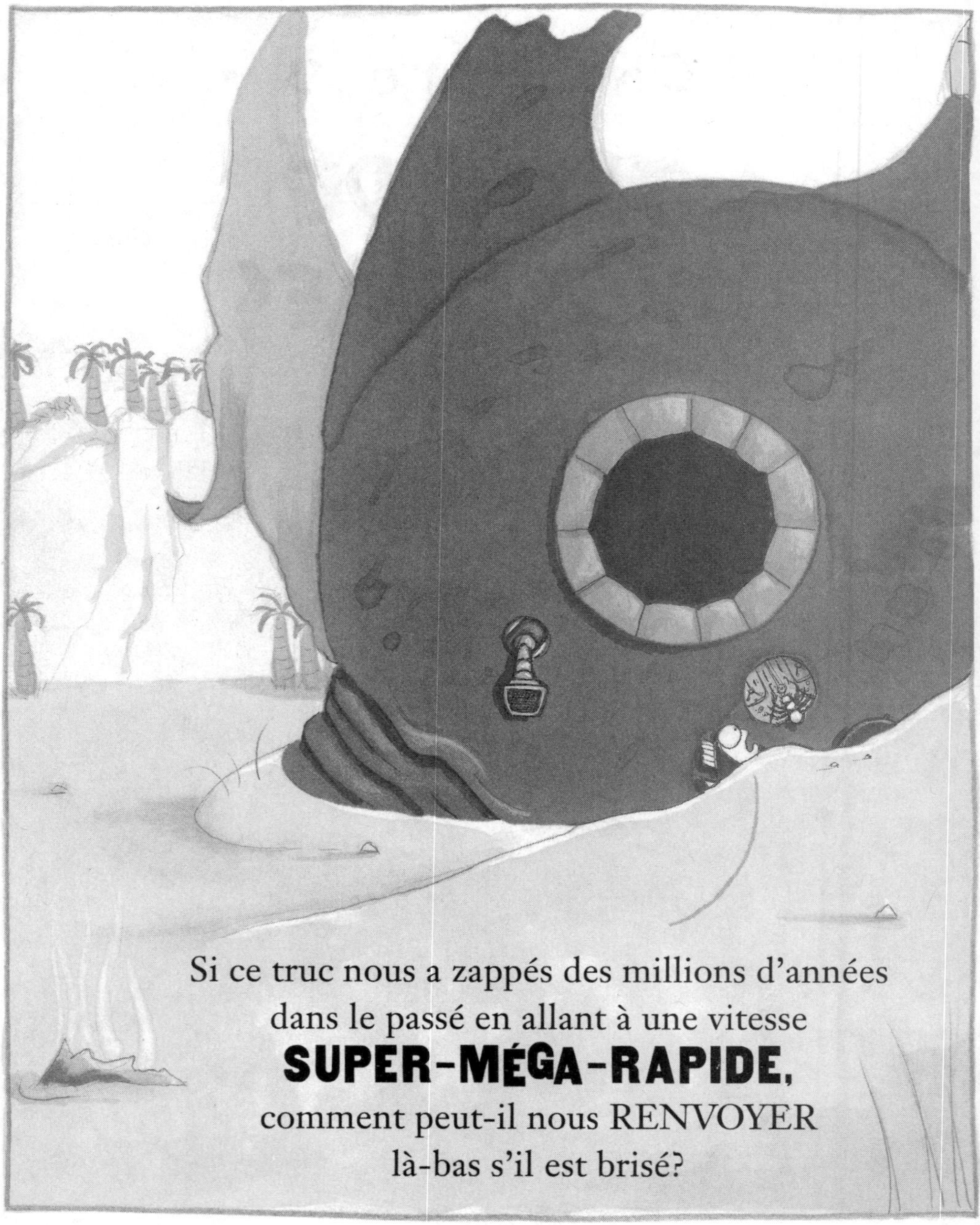

Si ce truc nous a zappés des millions d'années dans le passé en allant à une vitesse **SUPER-MÉGA-RAPIDE,** comment peut-il nous RENVOYER là-bas s'il est brisé?

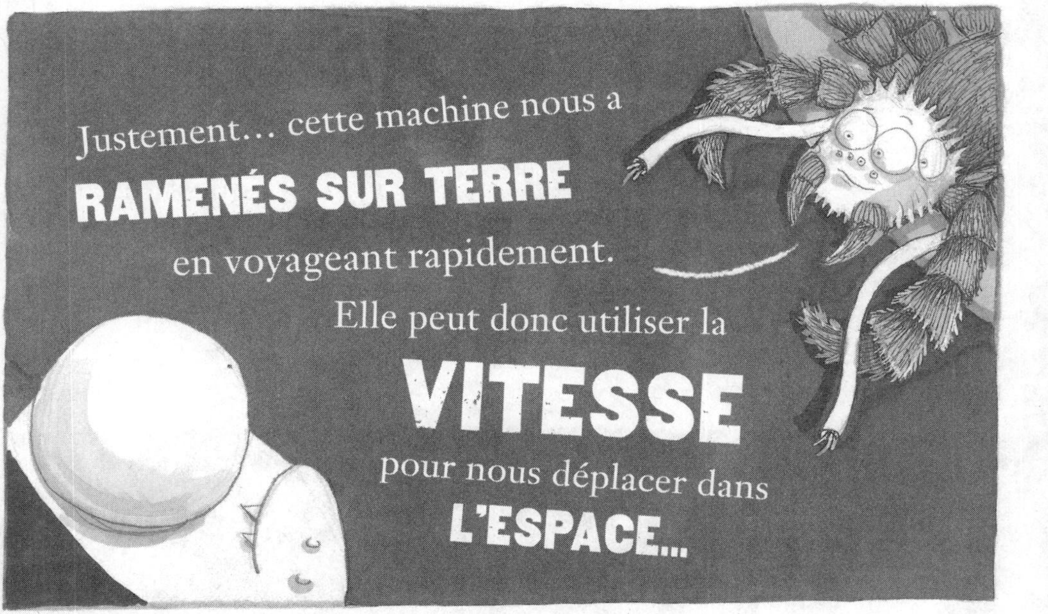
Justement… cette machine nous a
RAMENÉS SUR TERRE
en voyageant rapidement.
Elle peut donc utiliser la
VITESSE
pour nous déplacer dans
L'ESPACE…

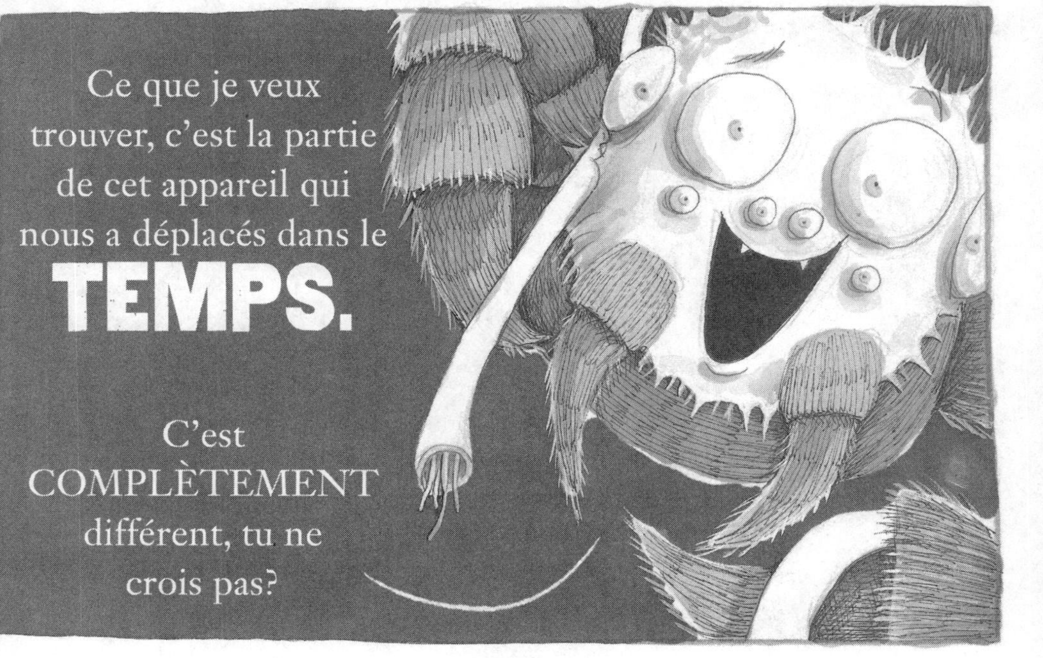
Ce que je veux
trouver, c'est la partie
de cet appareil qui
nous a déplacés dans le
TEMPS.
C'est
COMPLÈTEMENT
différent, tu ne
crois pas?

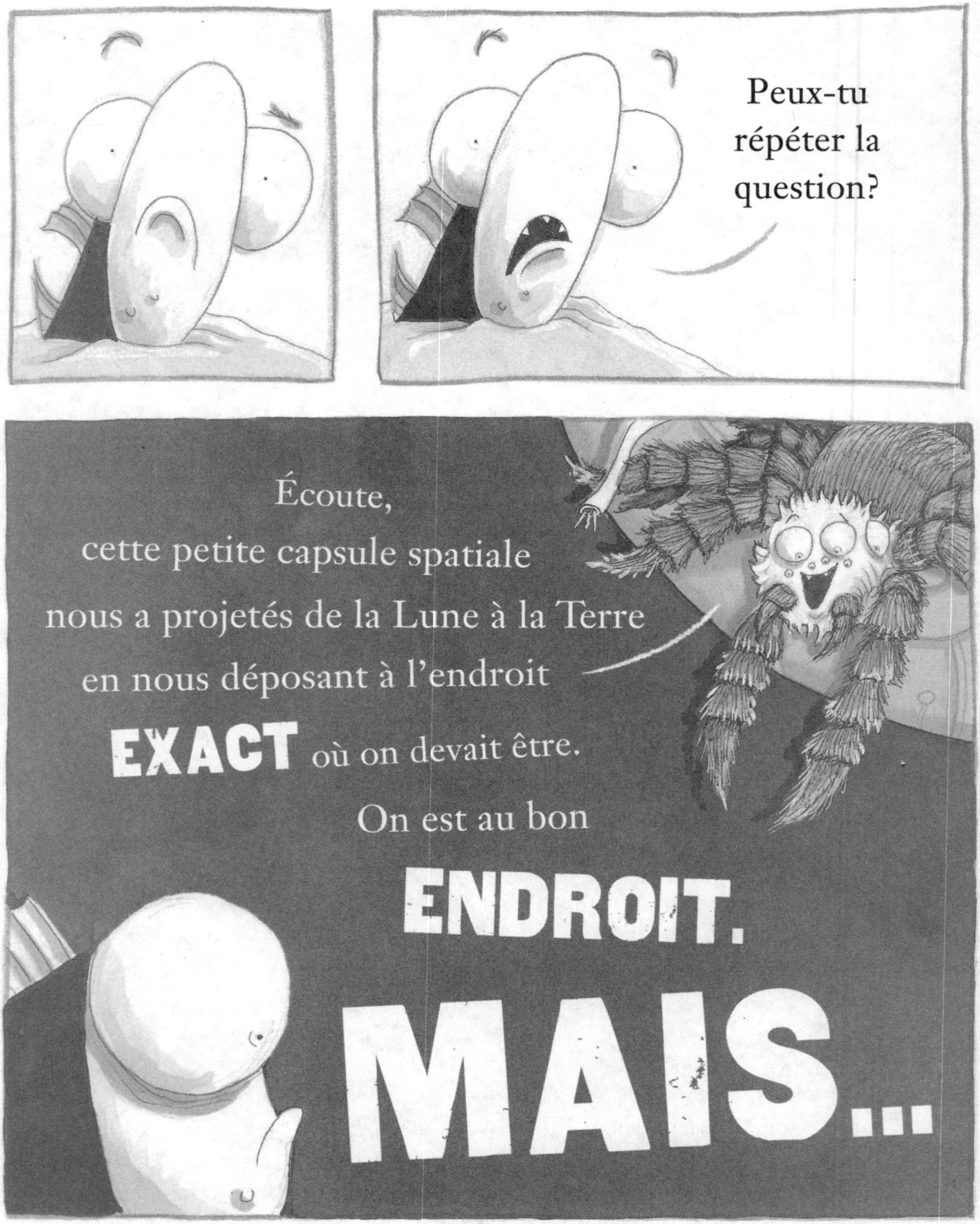
Peux-tu répéter la question?
Écoute, cette petite capsule spatiale nous a projetés de la Lune à la Terre en nous déposant à l'endroit EXACT où on devait être.
On est au bon ENDROIT.
MAIS...

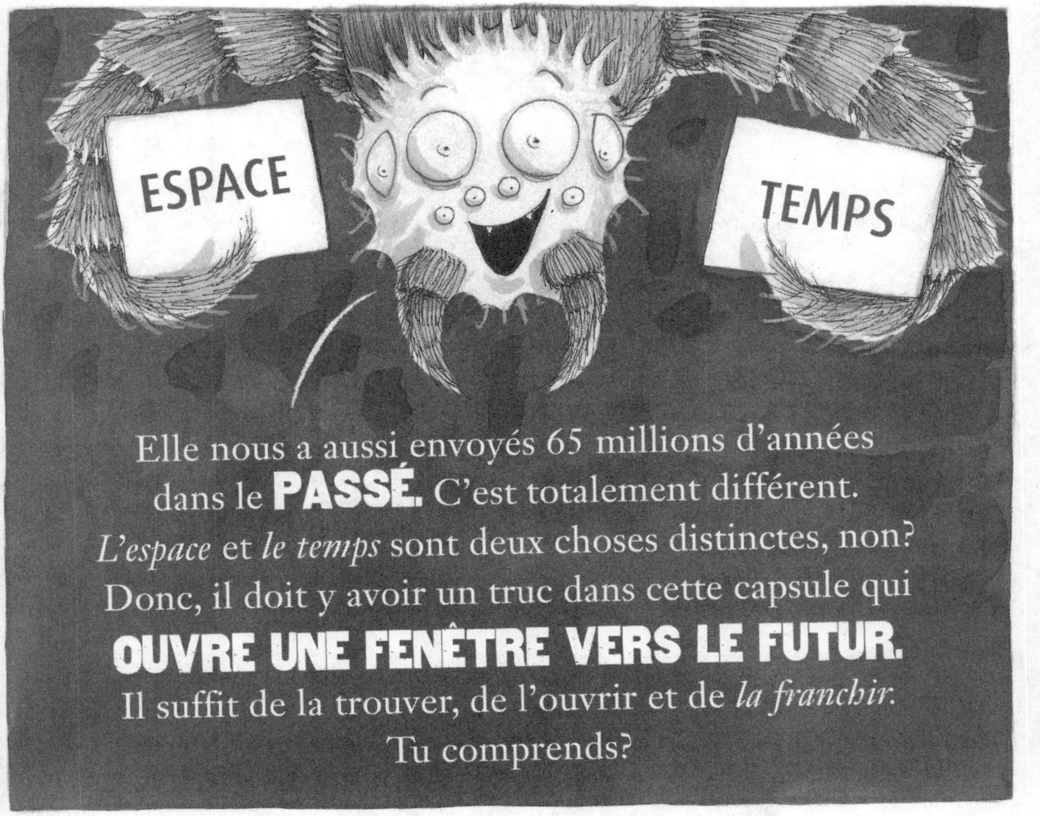
ESPACE
TEMPS
Elle nous a aussi envoyés 65 millions d'années dans le PASSÉ. C'est totalement différent.
L'espace et *le temps* sont deux choses distinctes, non?
Donc, il doit y avoir un truc dans cette capsule qui
OUVRE UNE FENÊTRE VERS LE FUTUR.
Il suffit de la trouver, de l'ouvrir et de *la franchir.*
Tu comprends?

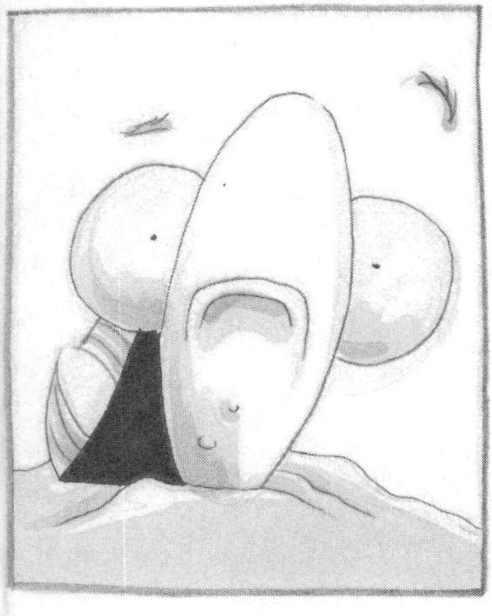

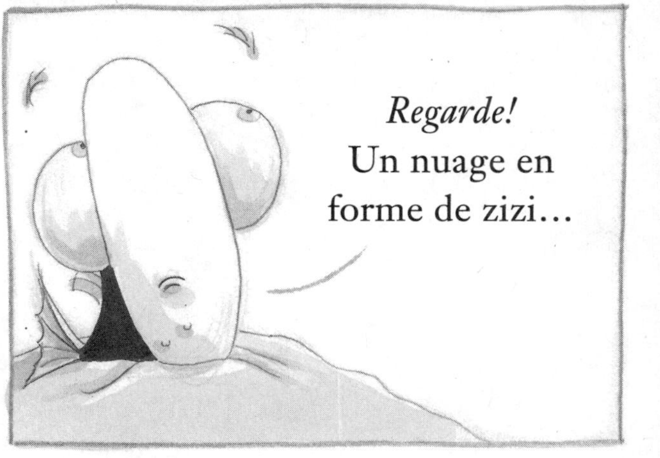
Regarde!
Un nuage en forme de zizi…

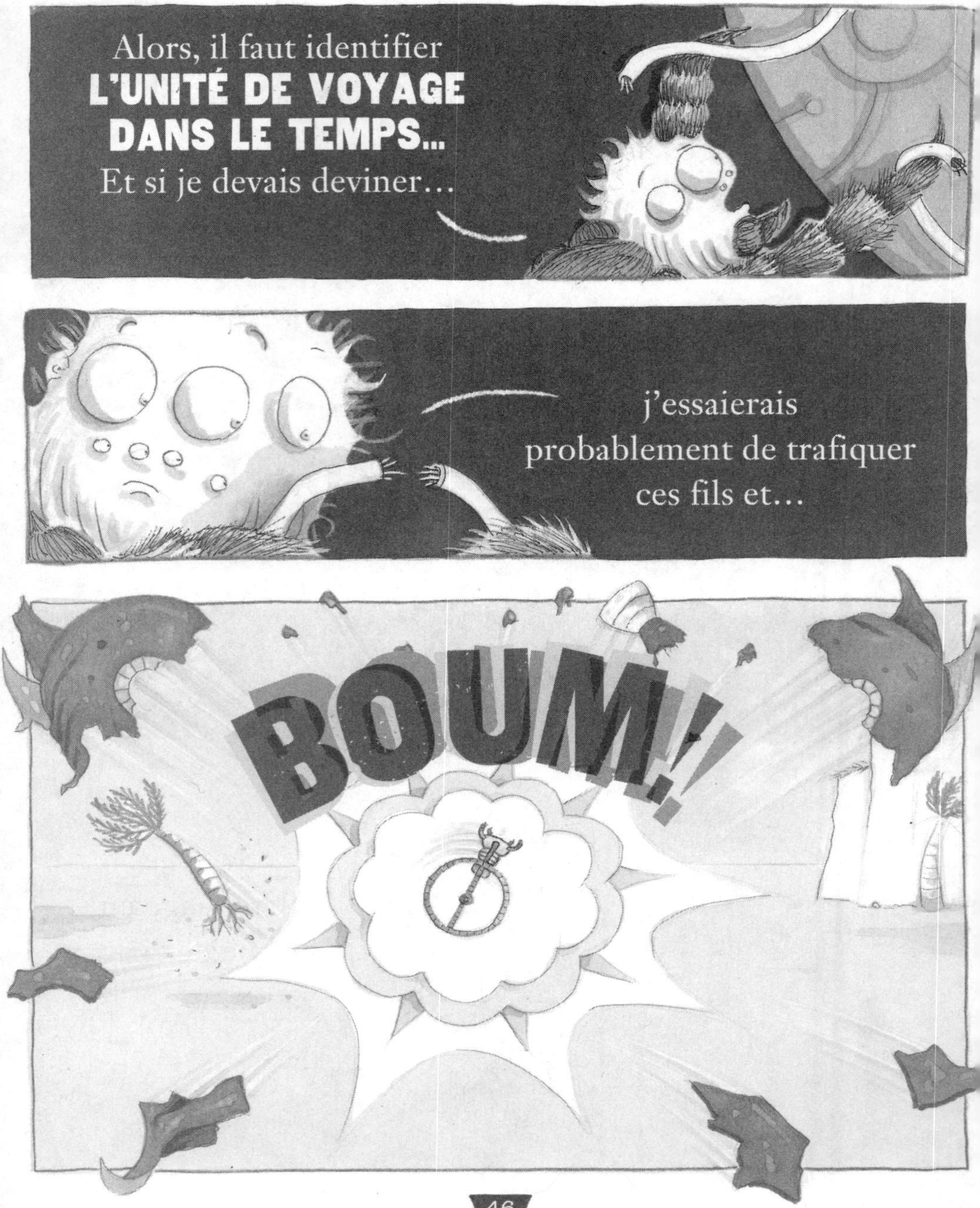
Alors, il faut identifier
L'UNITÉ DE VOYAGE DANS LE TEMPS...
Et si je devais deviner…
j'essaierais probablement de trafiquer ces fils et…
BOUM!!

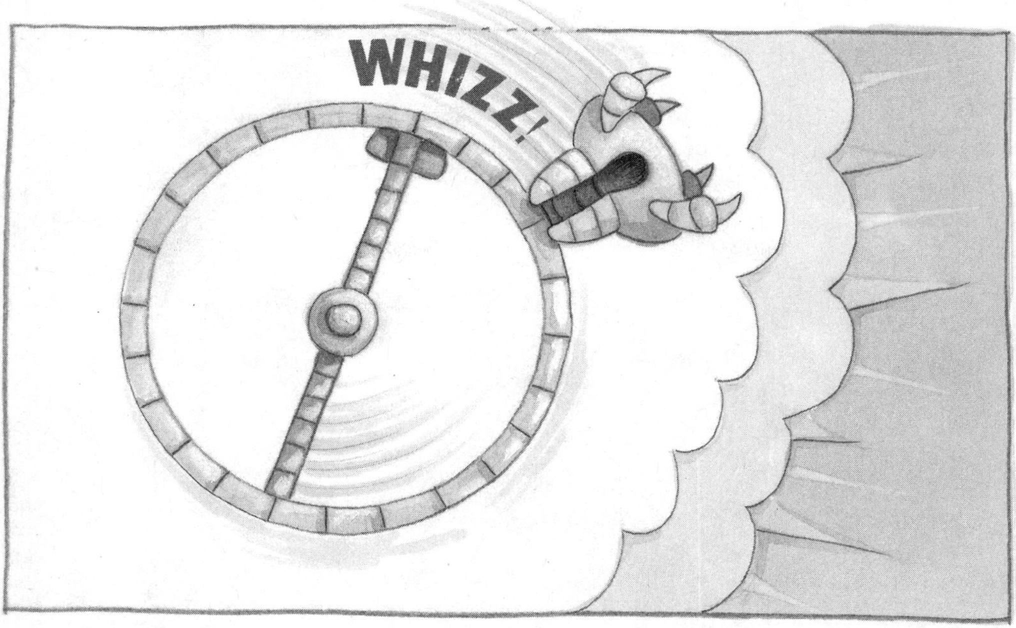
WHIZZ!

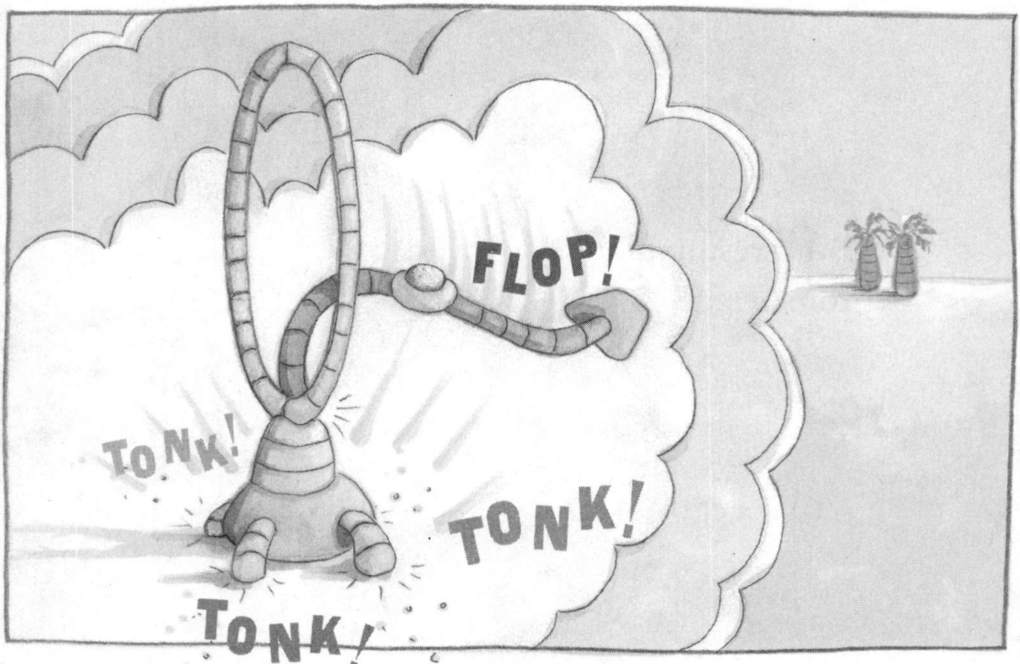
FLOP!
TONK!
TONK!
TONK!

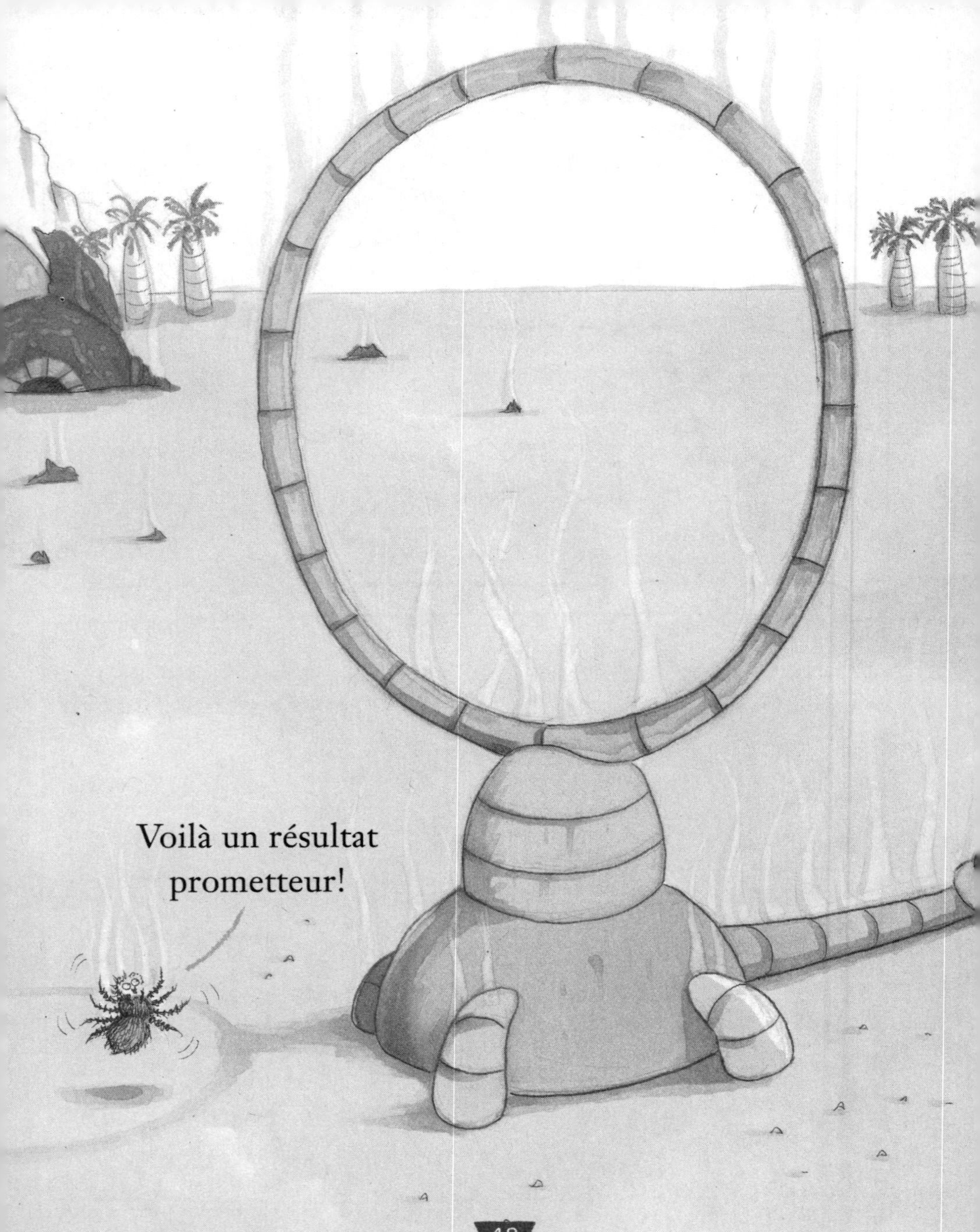

Voilà un résultat prometteur!

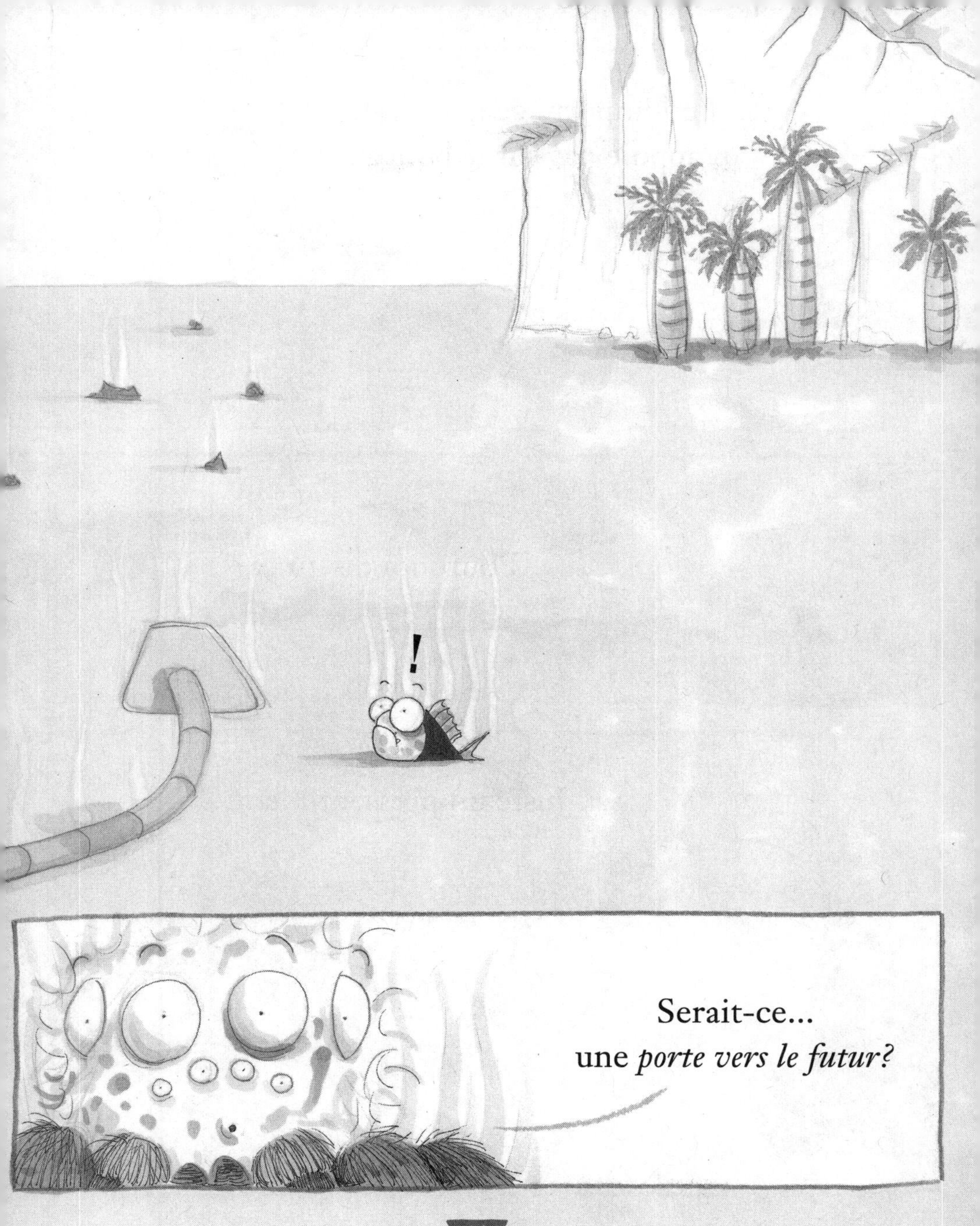
!
Serait-ce...
une *porte vers le futur?*

Peu importe ce que c'est,
n'appuie pas sur *ce* bouton.

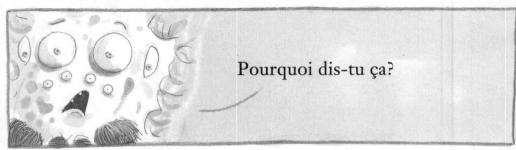

Pourquoi dis-tu ça?

Juste un pressentiment...

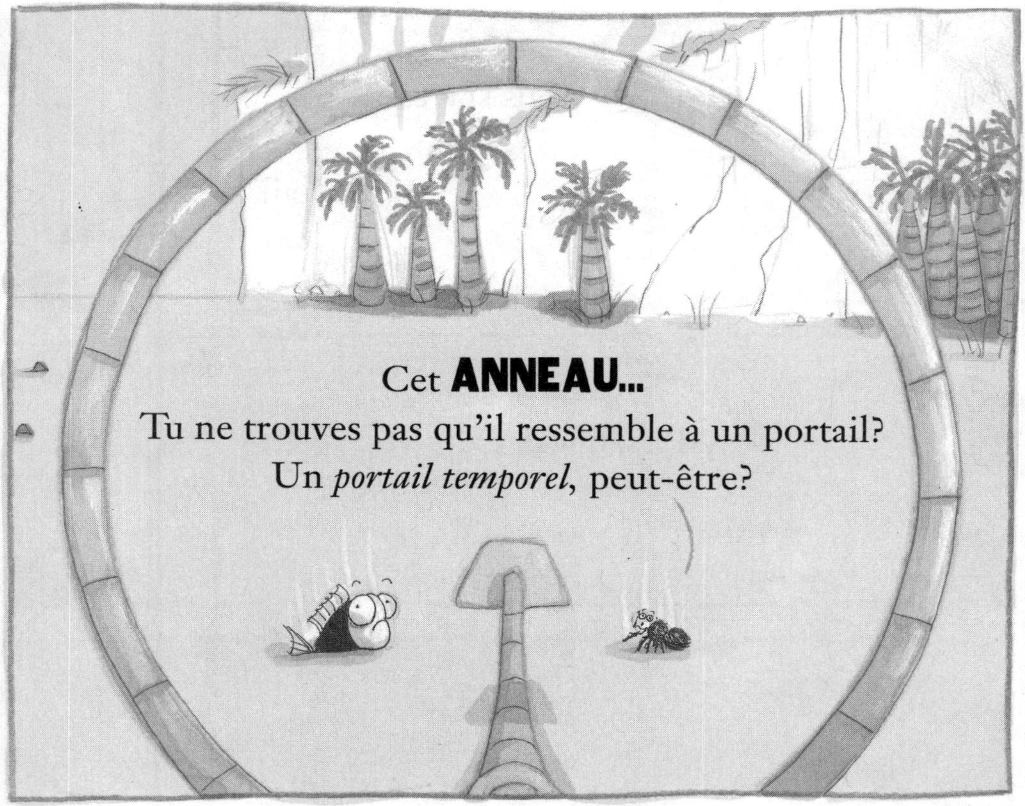
Cet **ANNEAU...**
Tu ne trouves pas qu'il ressemble à un portail?
Un *portail temporel*, peut-être?

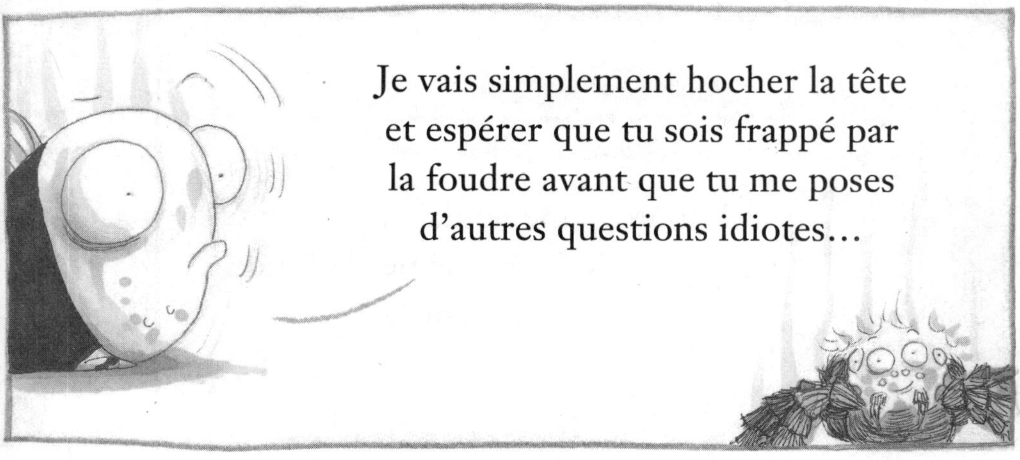
Je vais simplement hocher la tête et espérer que tu sois frappé par la foudre avant que tu me poses d'autres questions idiotes…

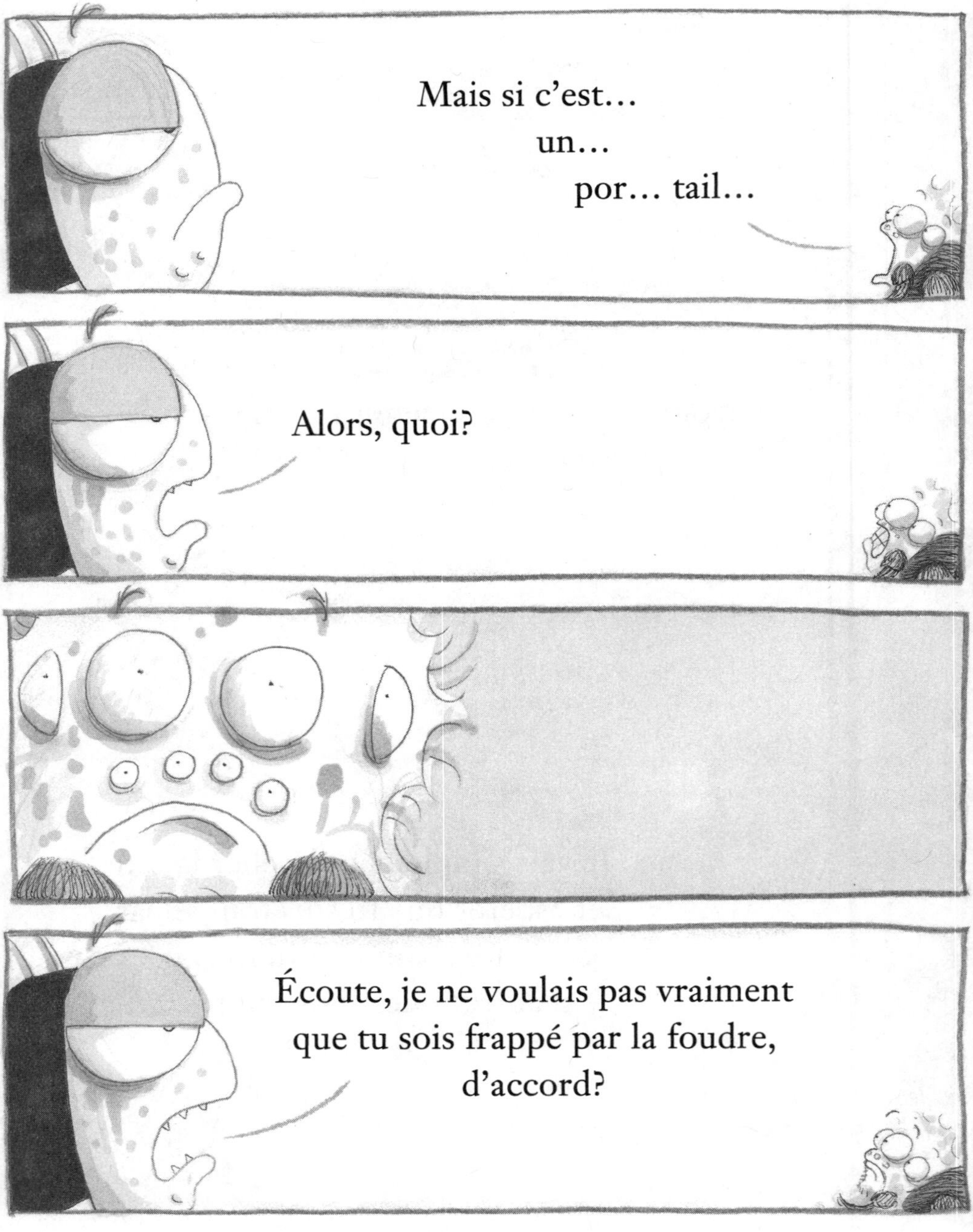
Mais si c'est…
un…
por… tail…
Alors, quoi?
Écoute, je ne voulais pas vraiment que tu sois frappé par la foudre, d'accord?

M. Piranha…
Quoi que
tu fasses…
NE
BOUGE
PAS.

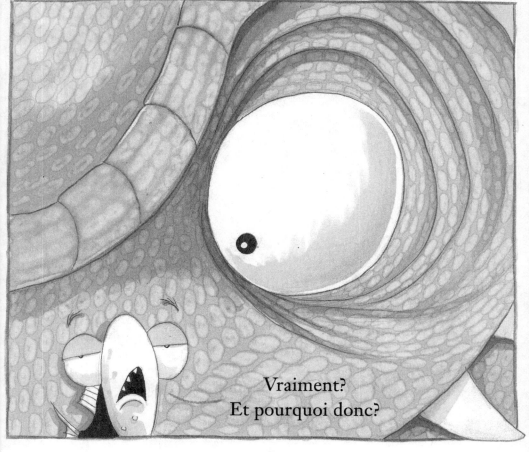

Vraiment?
Et pourquoi donc?

Attends… il y a quelque chose
derrière moi, n'est-ce pas?

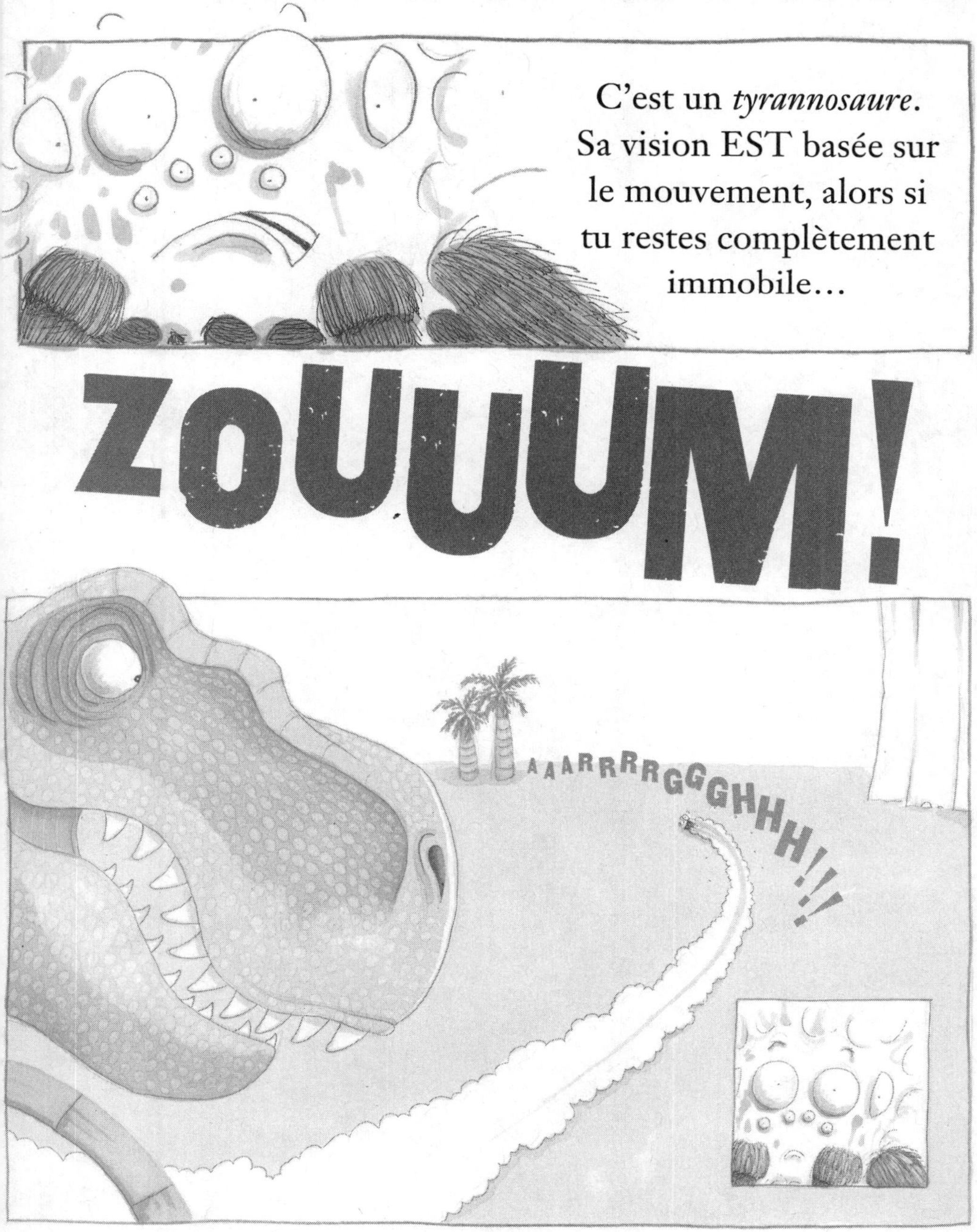
C'est un *tyrannosaure*. Sa vision EST basée sur le mouvement, alors si tu restes complètement immobile…
ZOUUUM!
AAARRRRGGGHHHH!!!

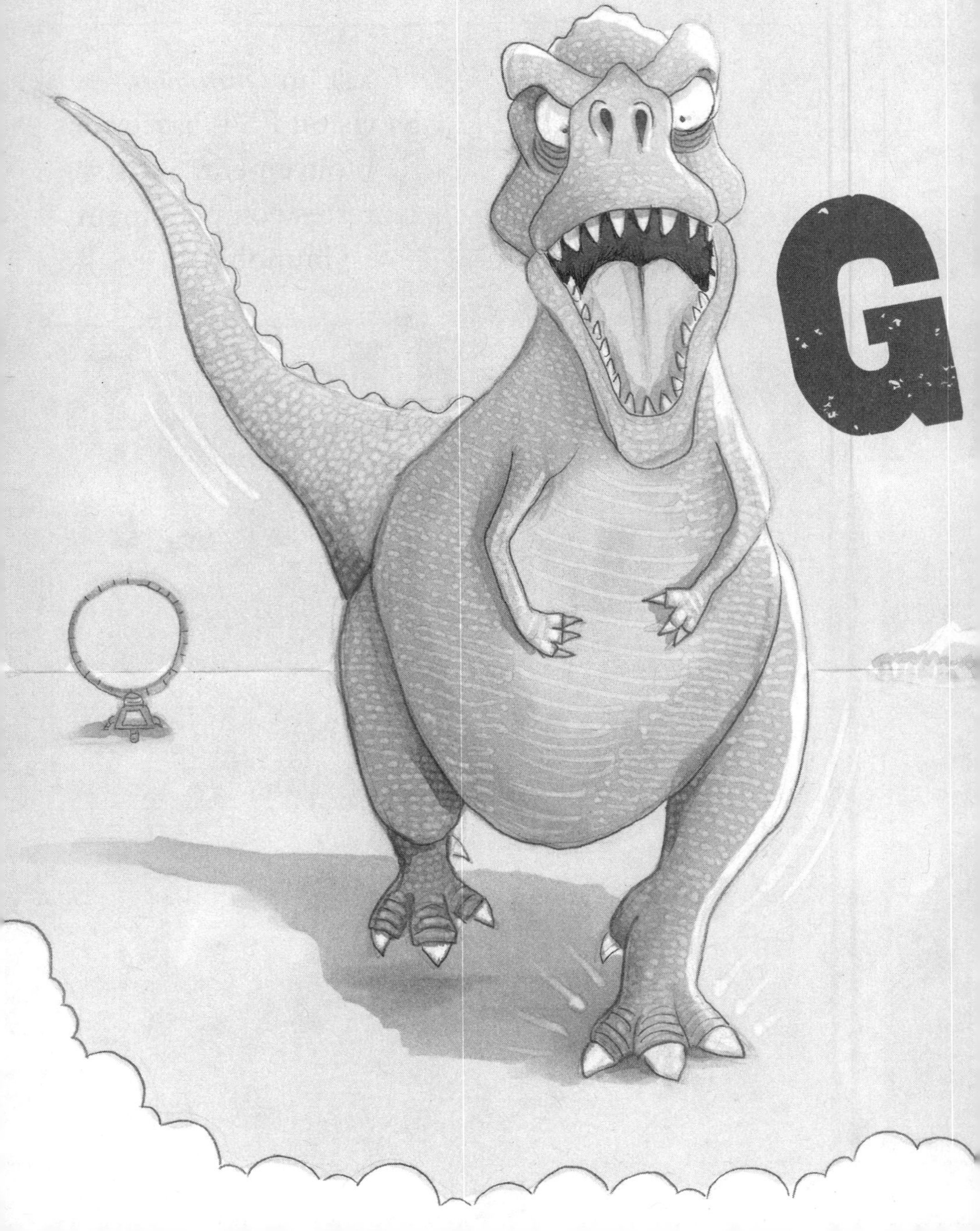
G

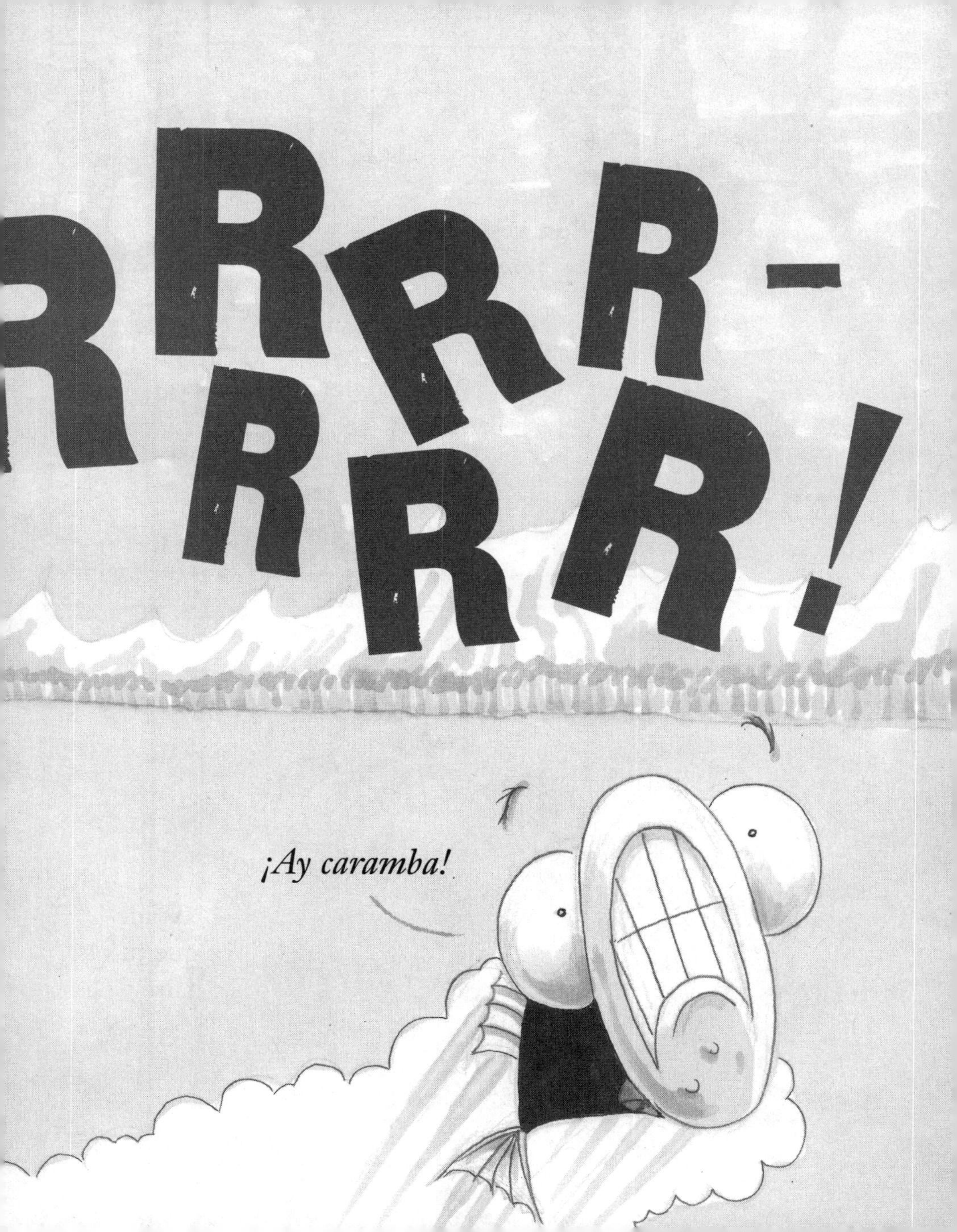
RRRR-
RRRR!

¡Ay caramba!

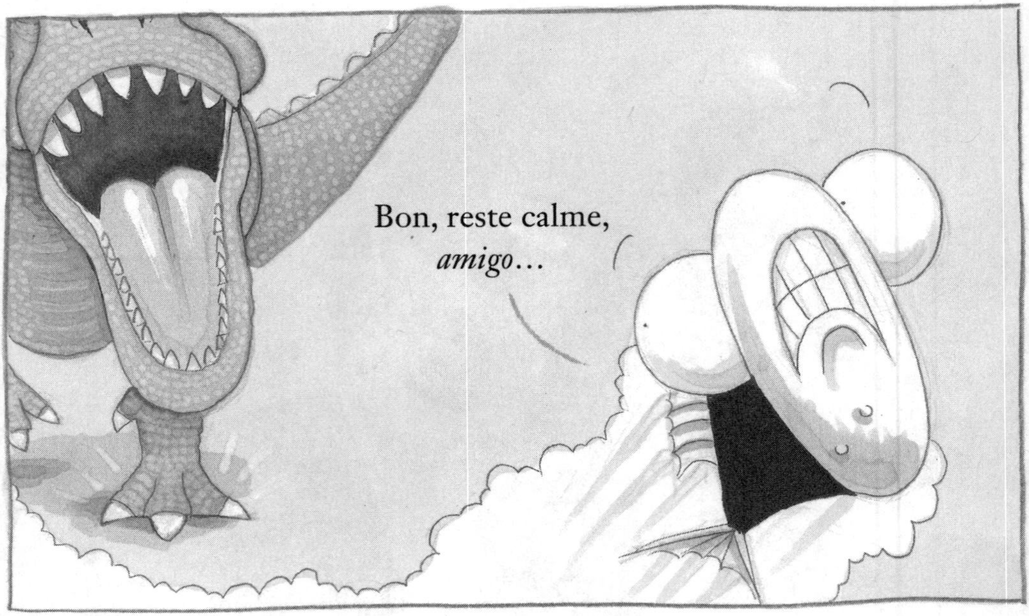
Bon, reste calme,
amigo…

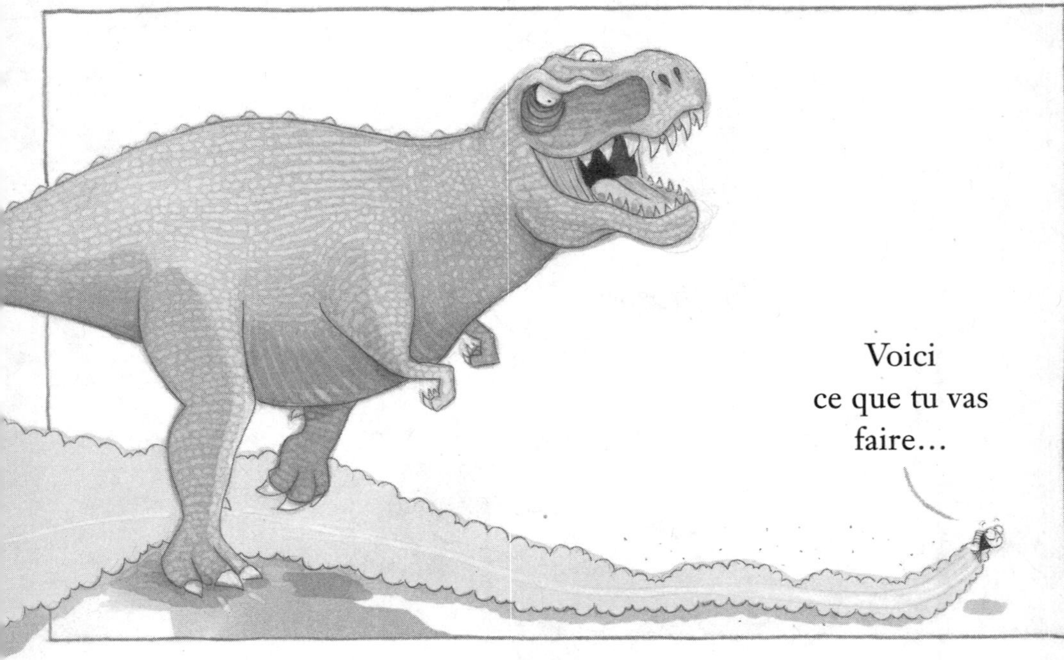
Voici
ce que tu vas
faire…

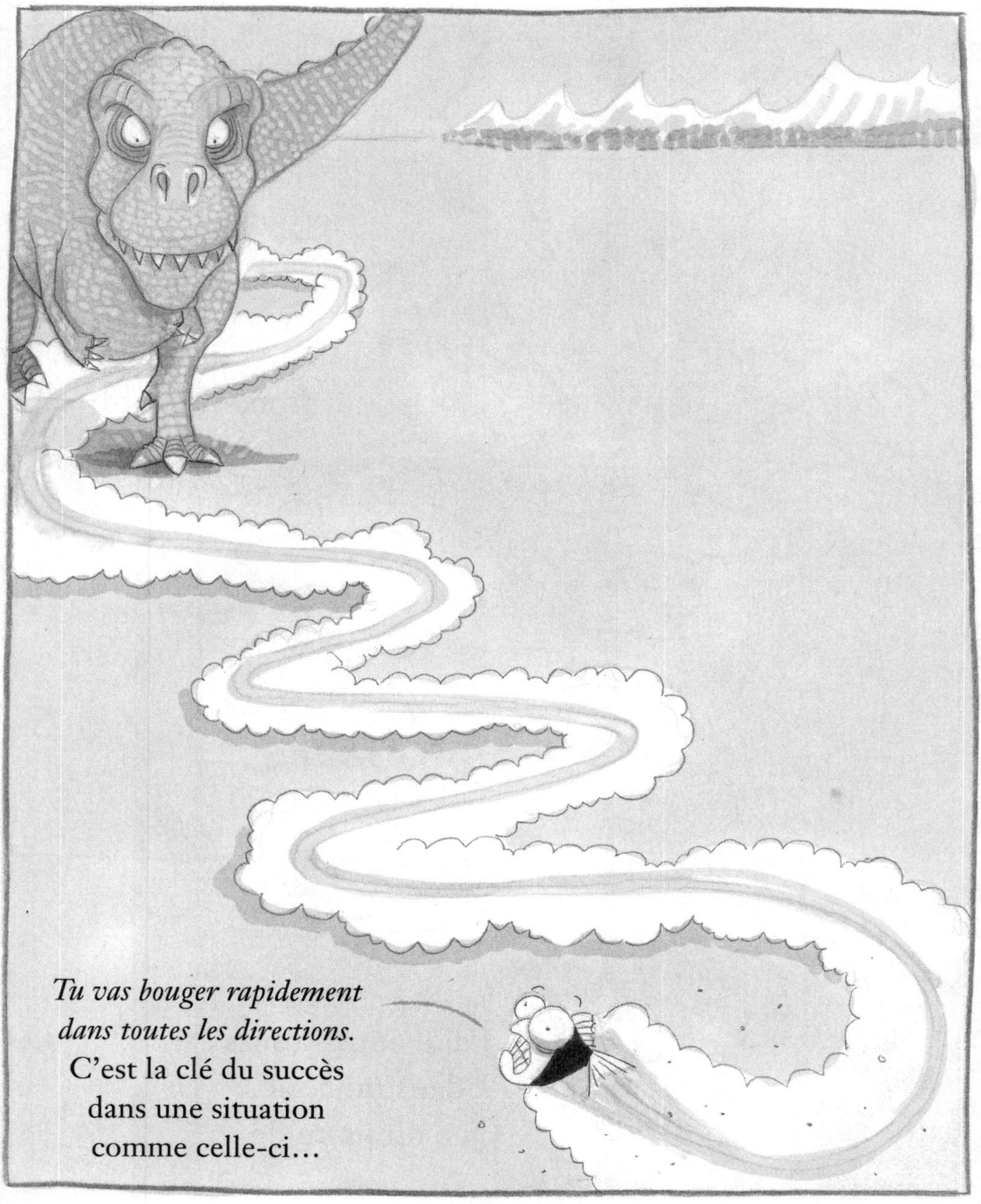
Tu vas bouger rapidement
dans toutes les directions.
C’est la clé du succès
dans une situation
comme celle-ci…

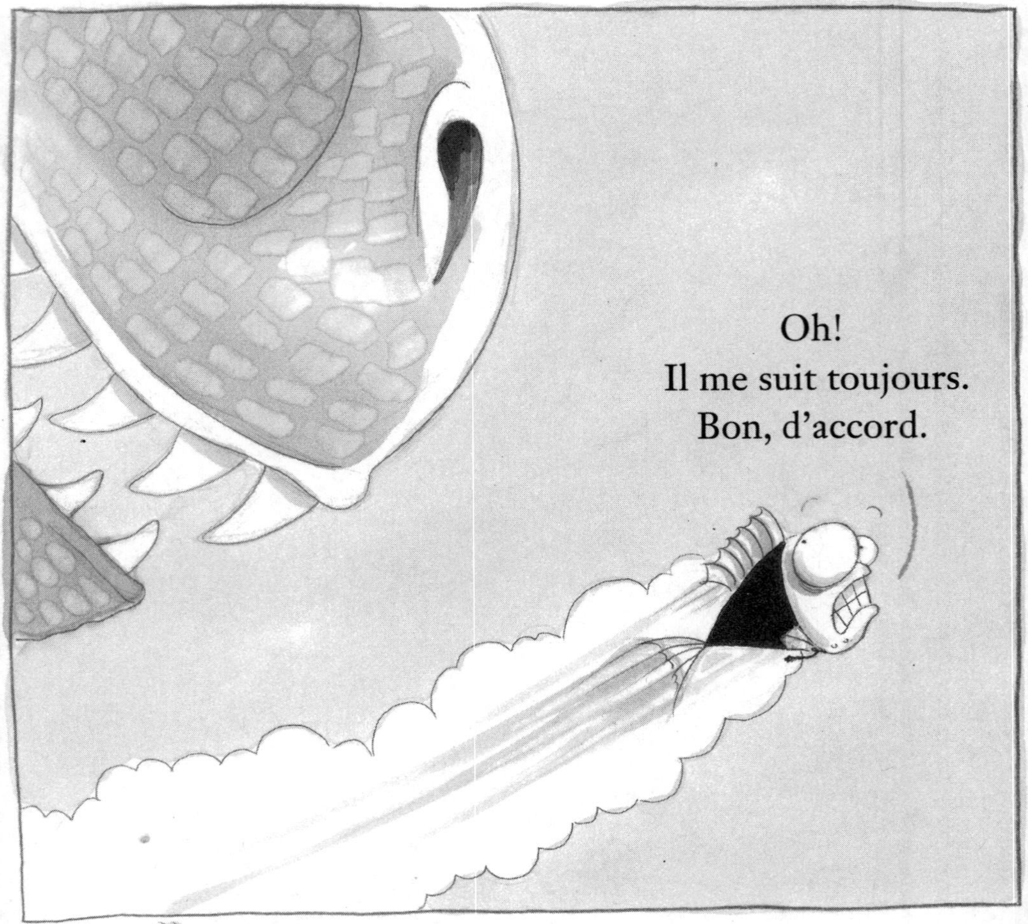
Oh!
Il me suit toujours.
Bon, d'accord.

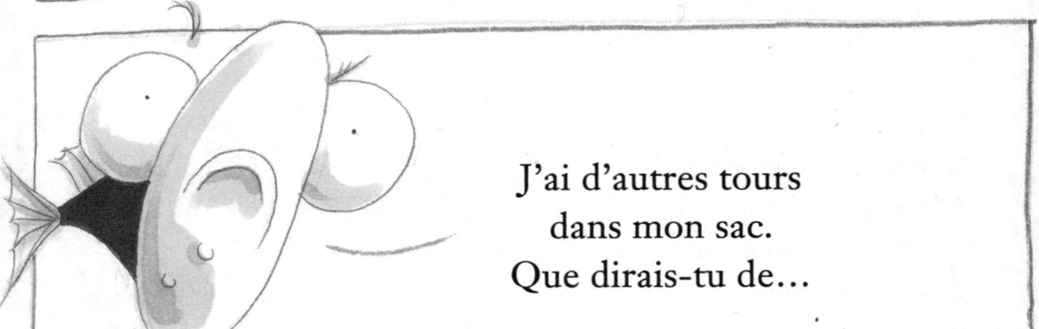
J'ai d'autres tours
dans mon sac.
Que dirais-tu de…

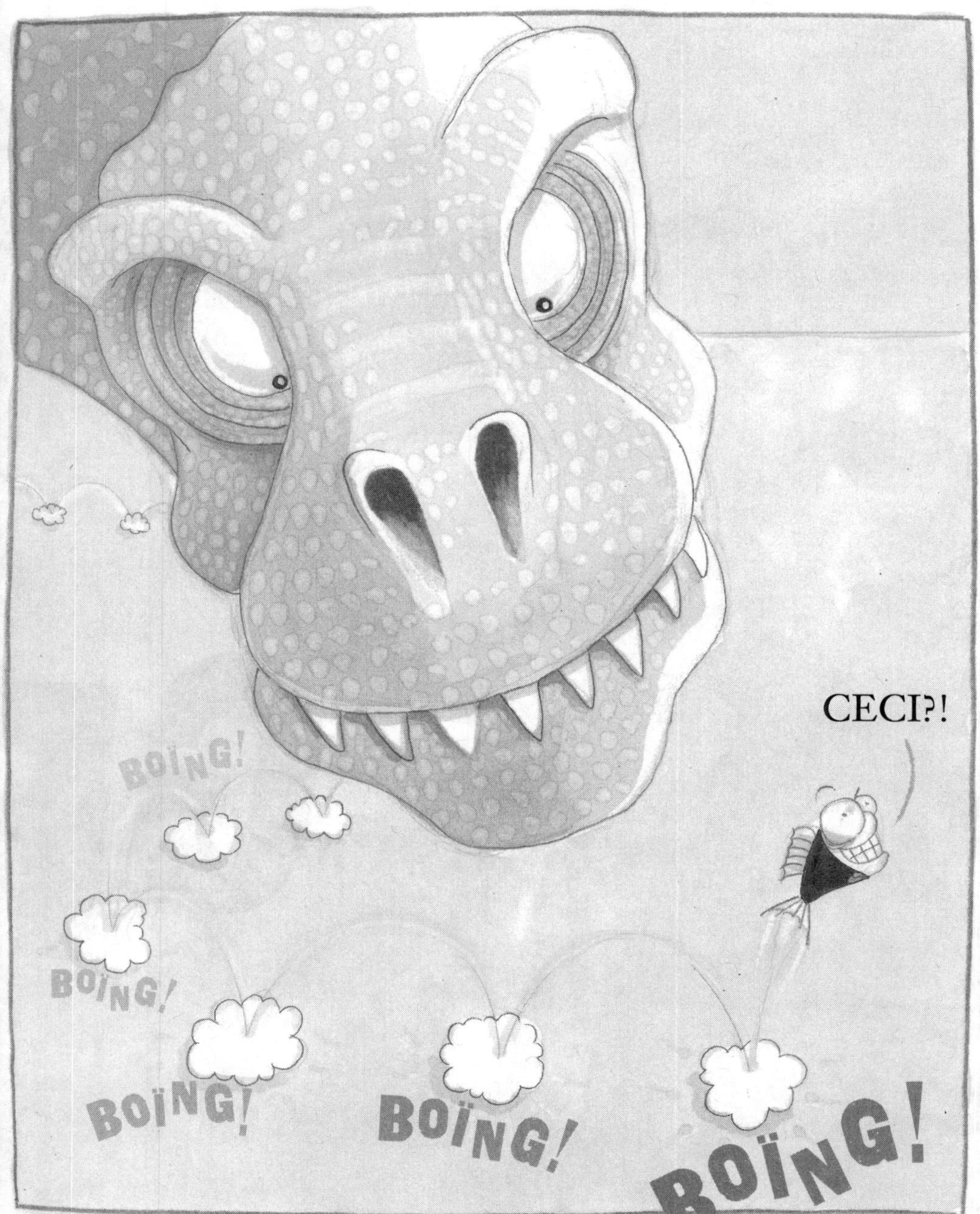
CECI?!
BOING!
BOING!
BOÏNG!
BOÏNG!
BOÏNG!

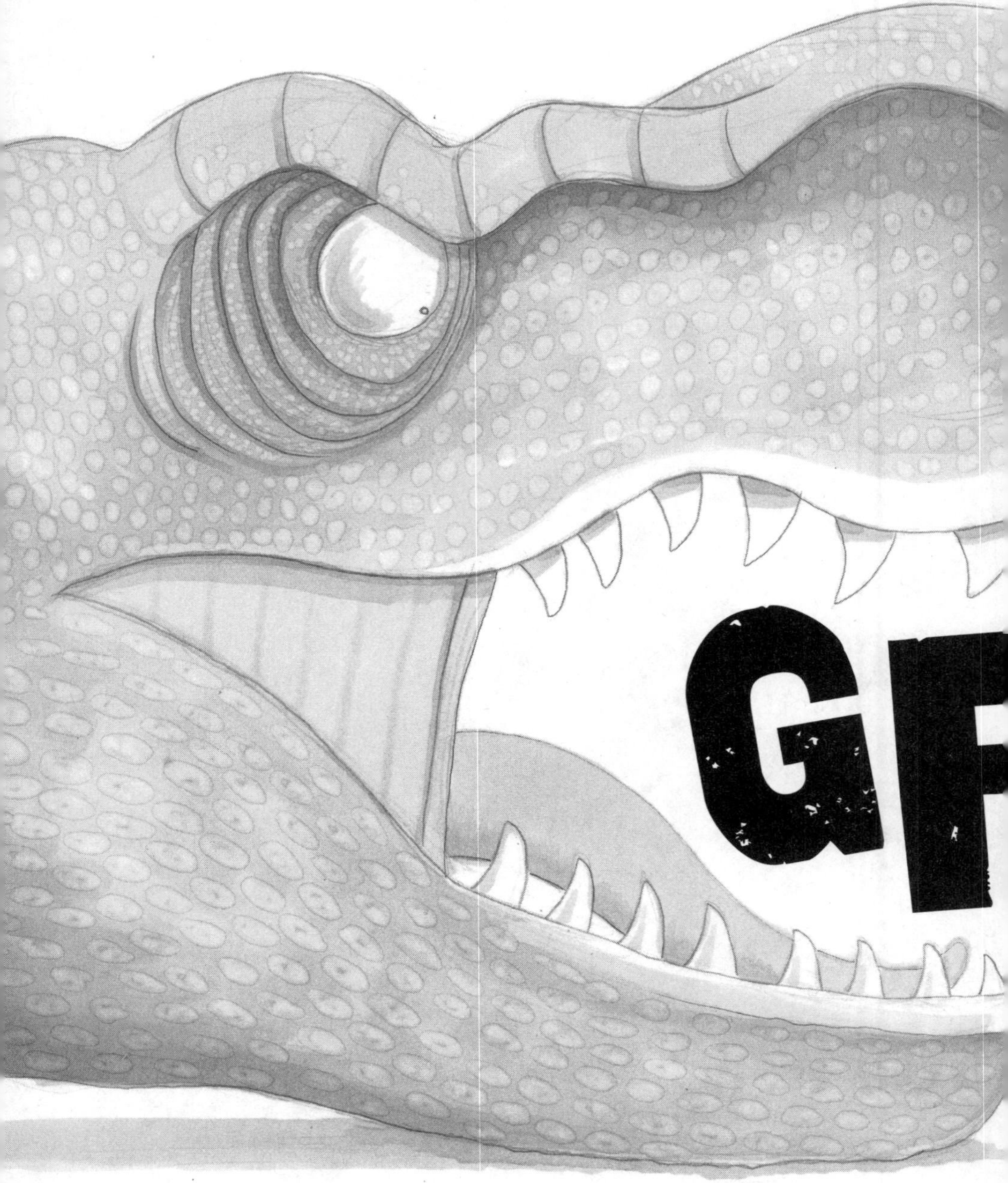
G

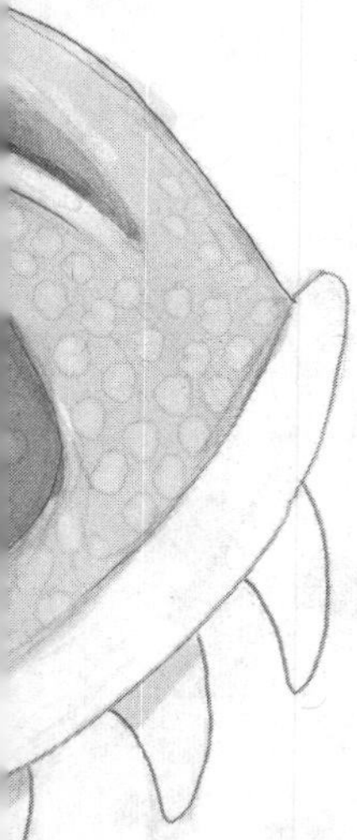

RRRR!

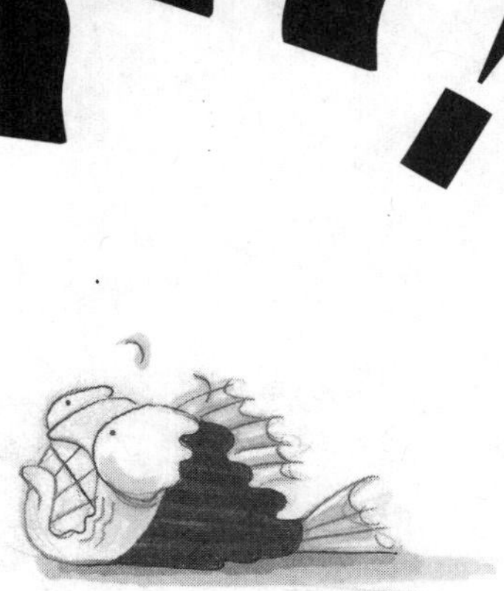

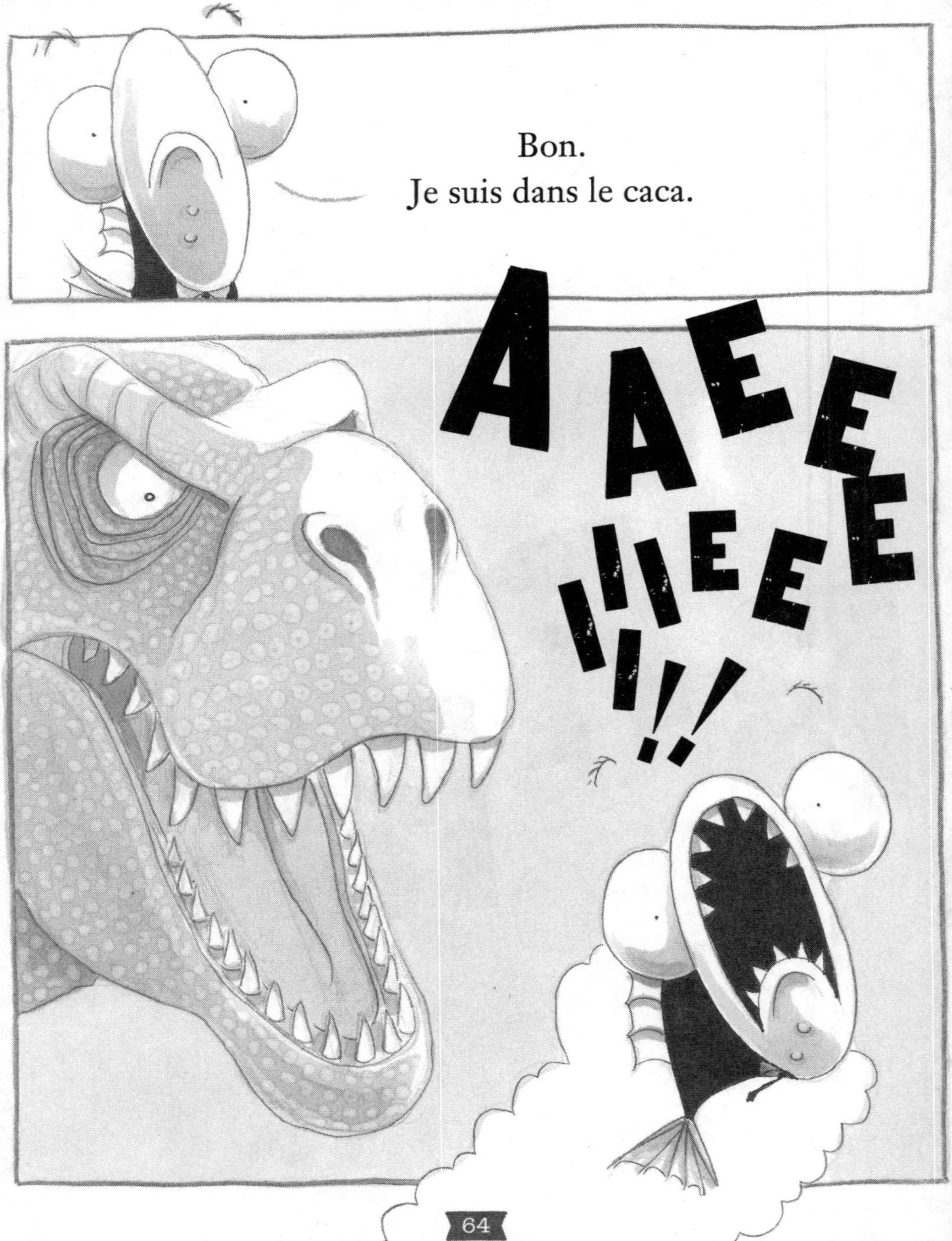
Bon.
Je suis dans le caca.
AAEEEEEIIII!!

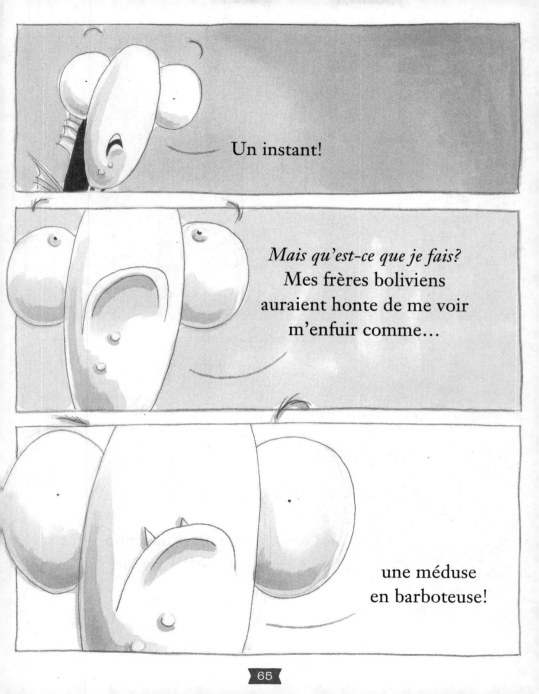

Un instant!

Mais qu'est-ce que je fais?
Mes frères boliviens
auraient honte de me voir
m'enfuir comme...

une méduse
en barboteuse!

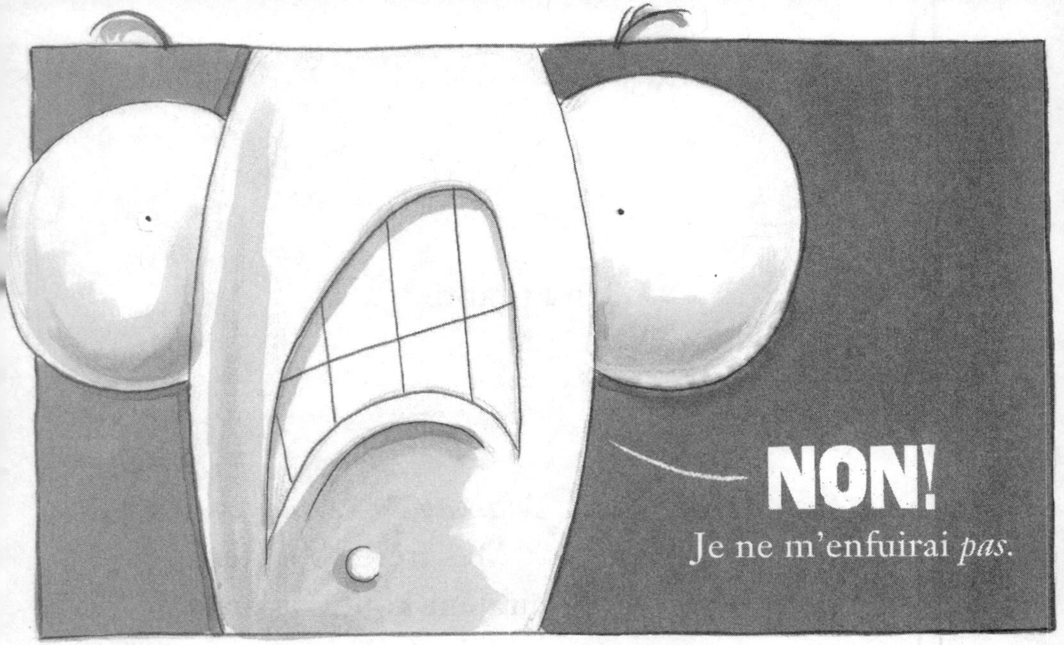
NON!
Je ne m’enfuirai *pas*.

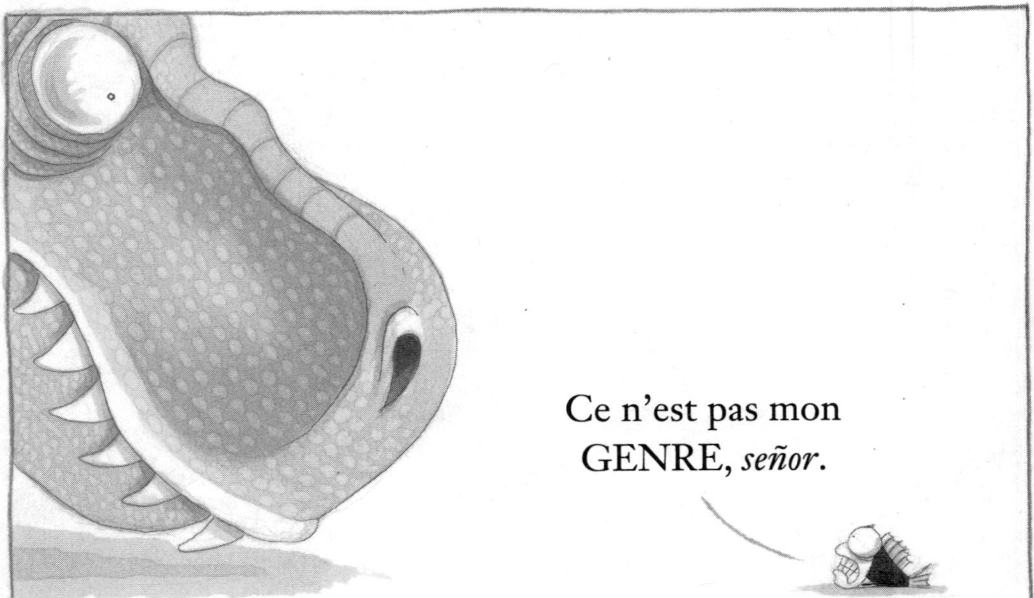
Ce n’est pas mon GENRE, *señor*.

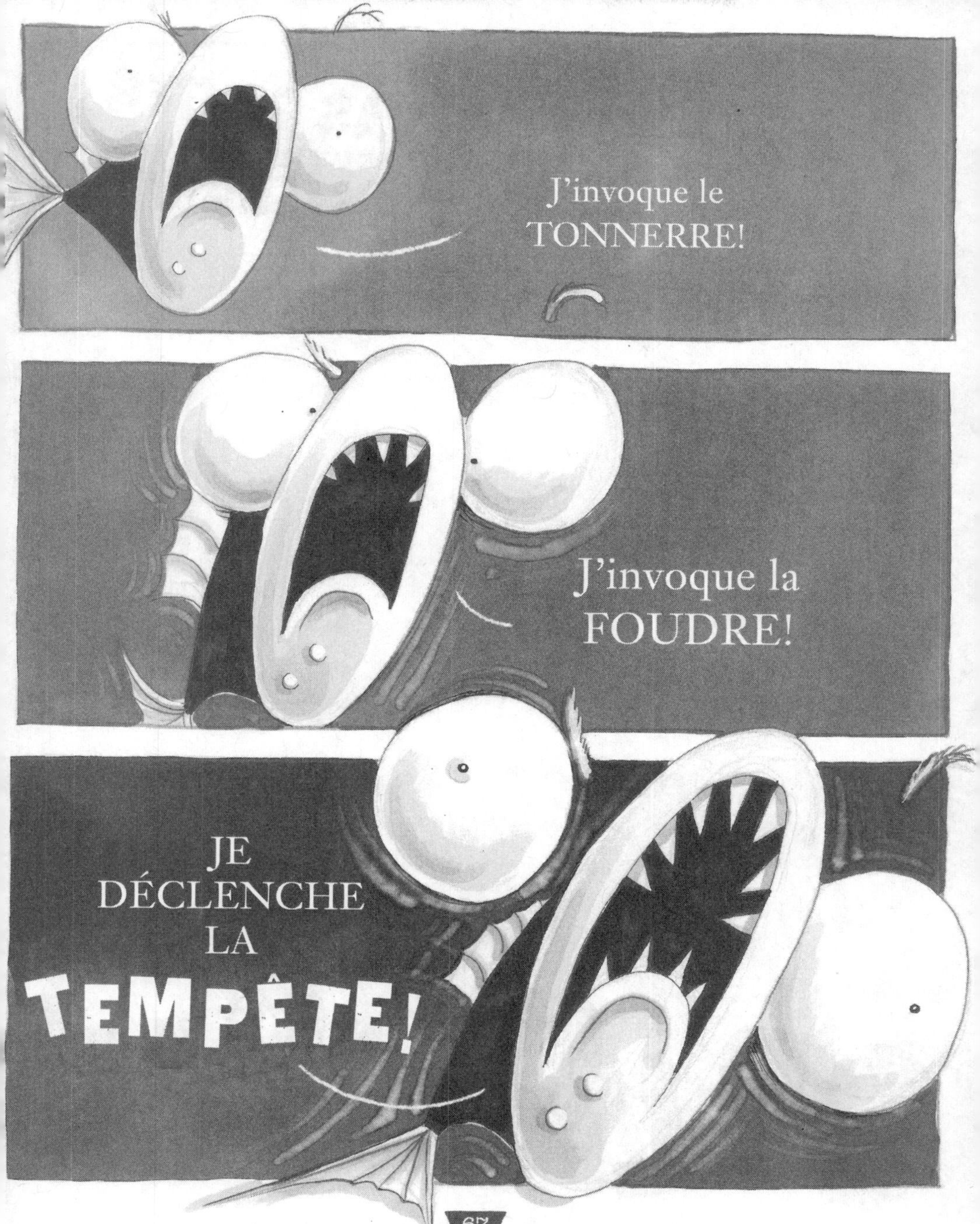
J'invoque le TONNERRE!
J'invoque la FOUDRE!
JE DÉCLENCHE LA TEMPÊTE!

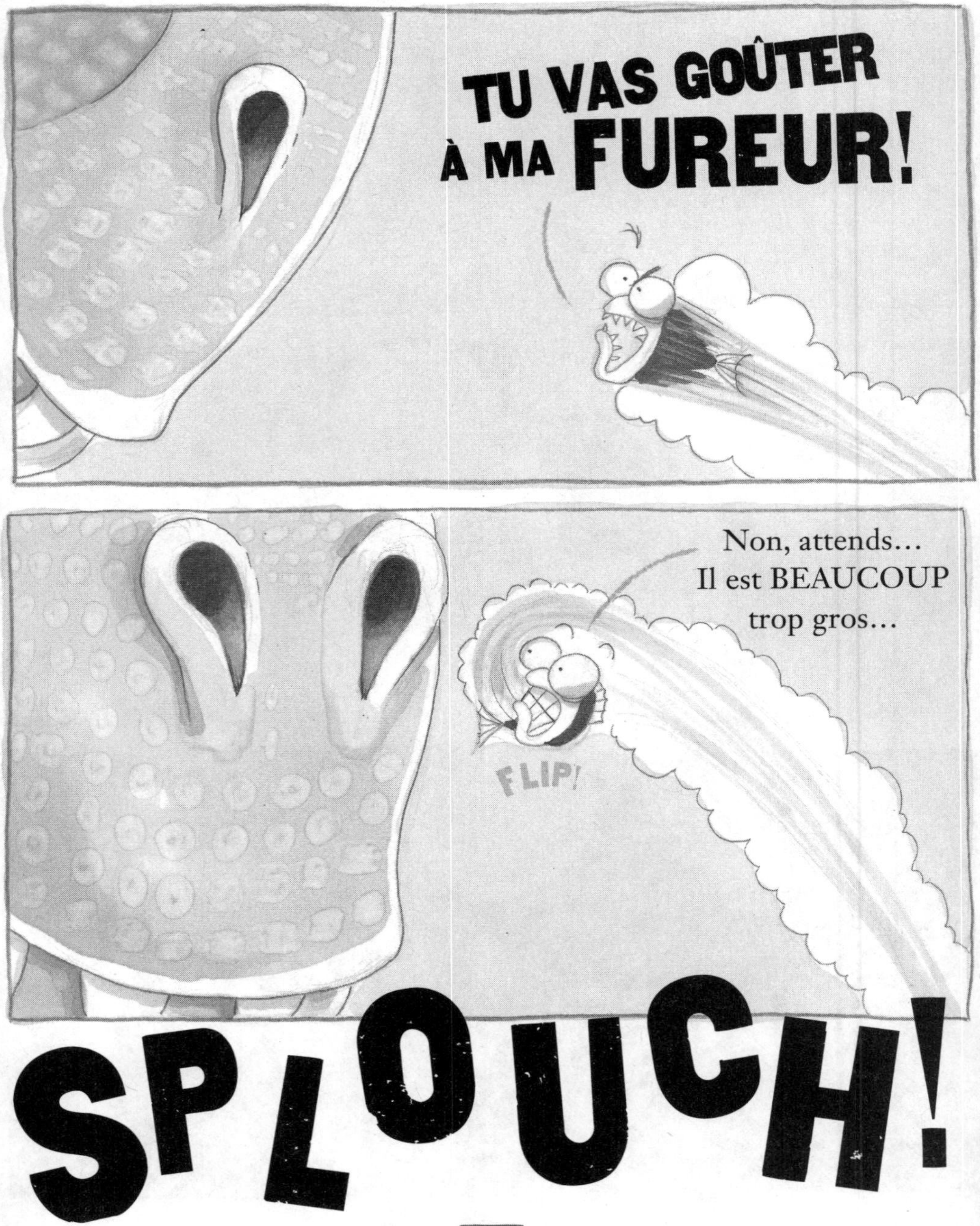
TU VAS GOÛTER À MA FUREUR!
Non, attends… Il est BEAUCOUP trop gros…
FLIP!
SPLOUCH!

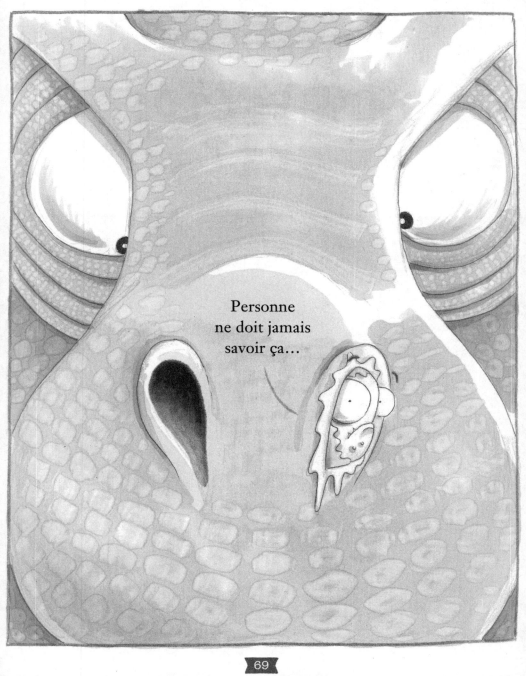

Personne
ne doit jamais
savoir ça…

• Chapitre 4 •

QUI DÉCIDE, ICI?

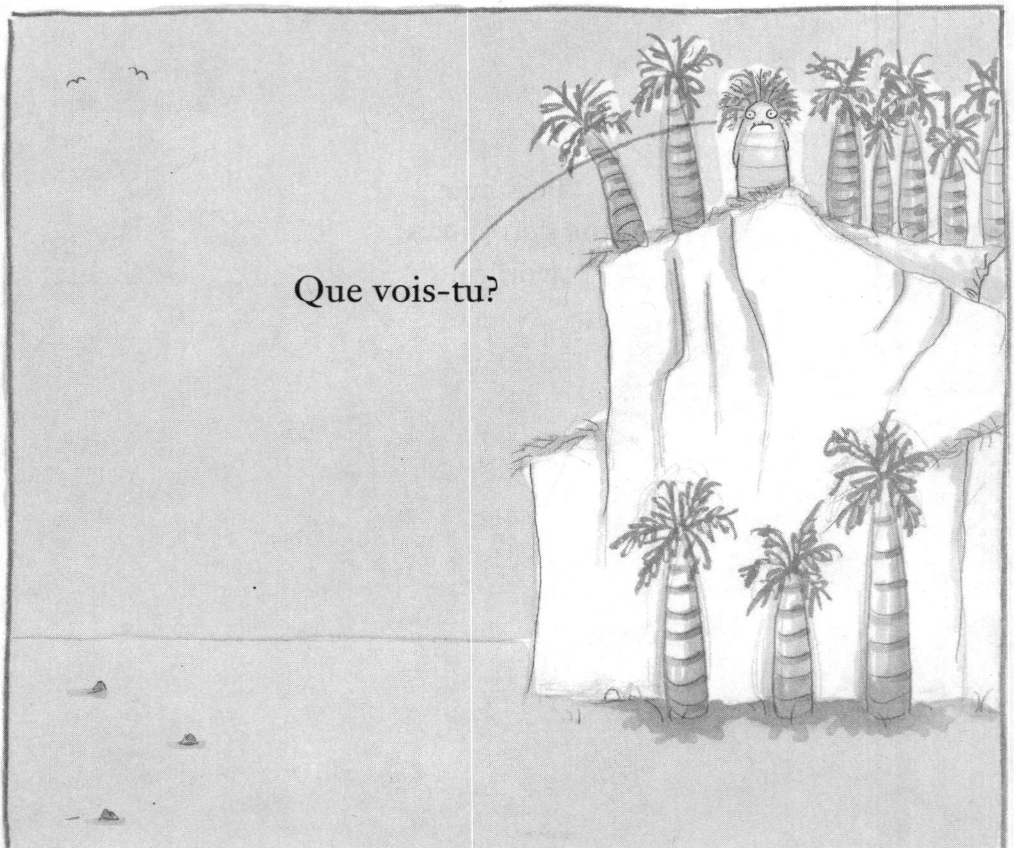

Que vois-tu?

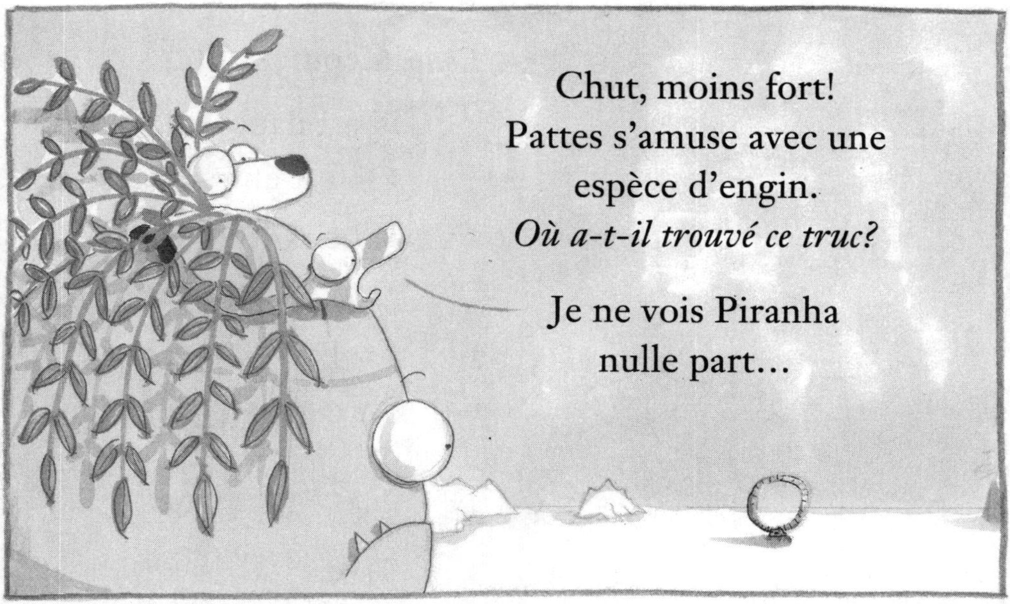
Chut, moins fort!
Pattes s'amuse avec une
espèce d'engin.
Où a-t-il trouvé ce truc?
Je ne vois Piranha
nulle part…

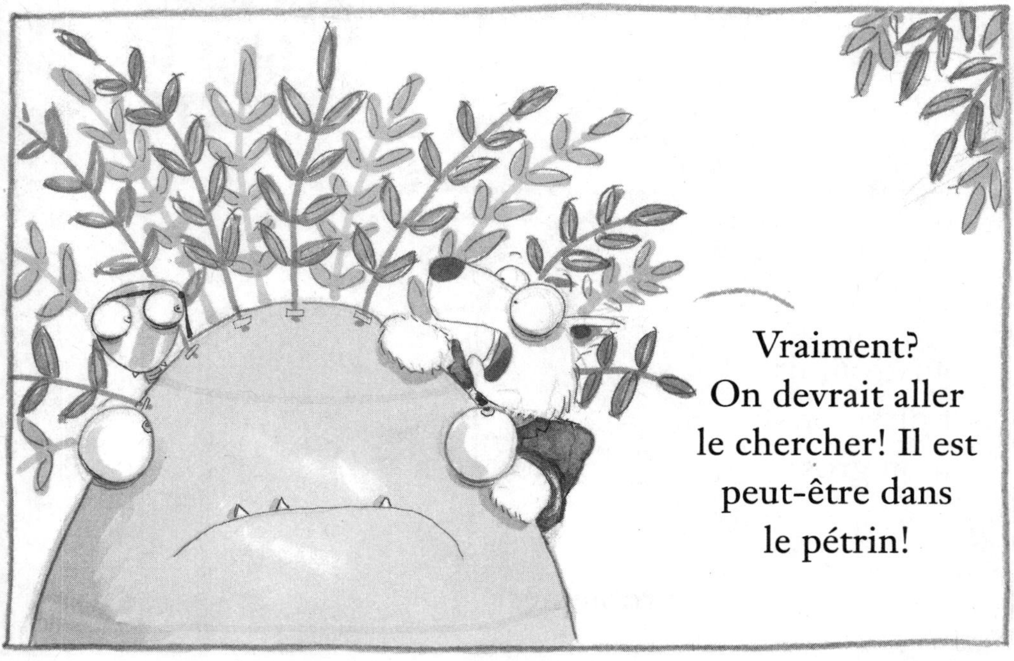
Vraiment?
On devrait aller
le chercher! Il est
peut-être dans
le pétrin!

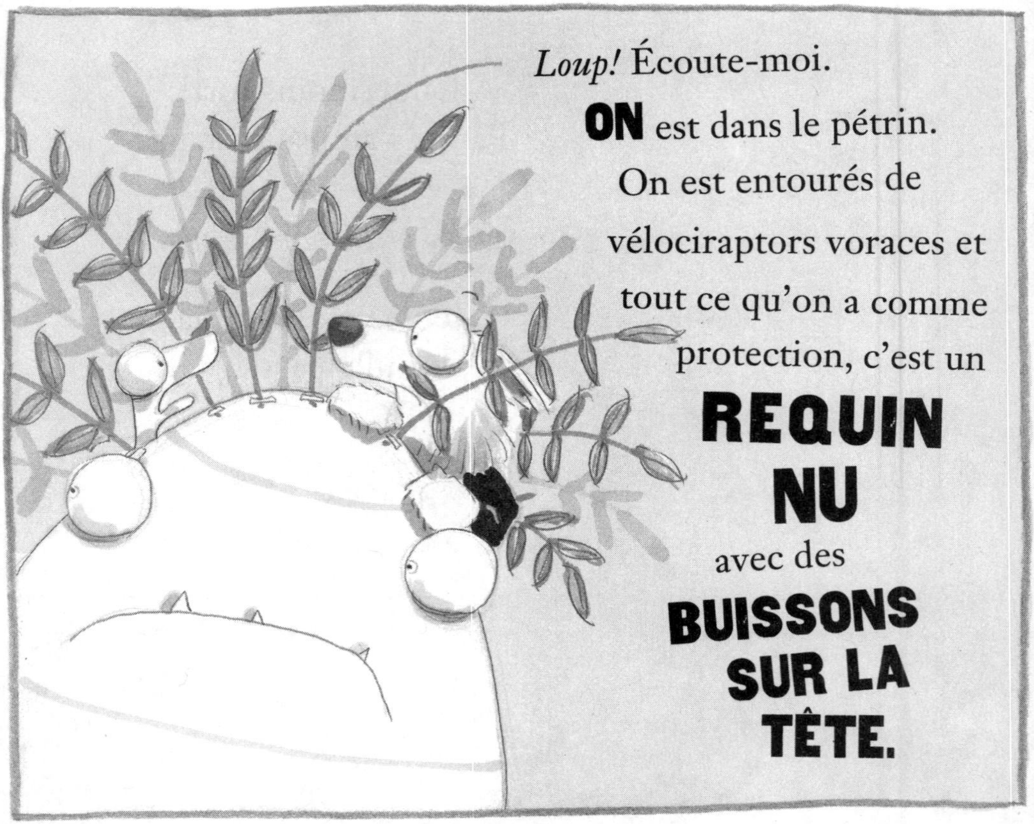
Loup! Écoute-moi.
ON est dans le pétrin.
On est entourés de vélociraptors voraces et tout ce qu'on a comme protection, c'est un
REQUIN NU
avec des
BUISSONS SUR LA TÊTE.

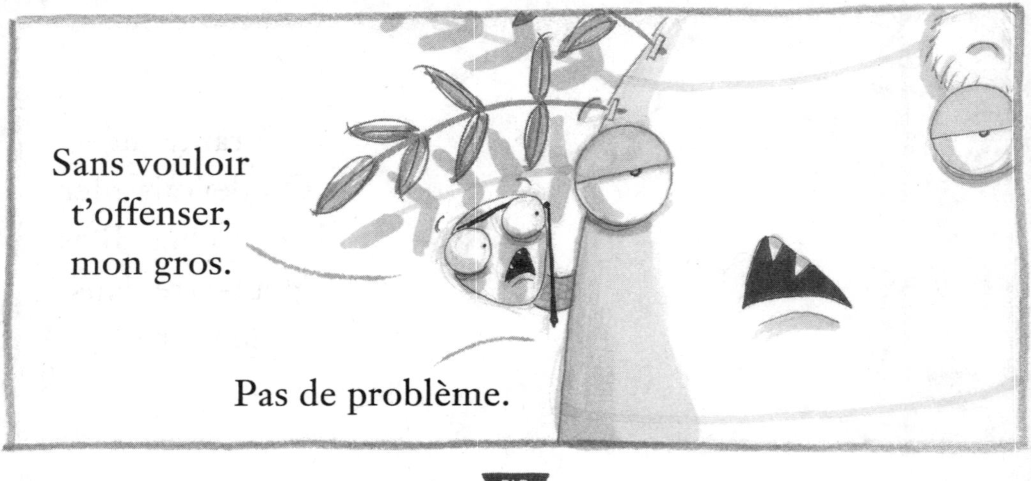
Sans vouloir t'offenser, mon gros.
Pas de problème.

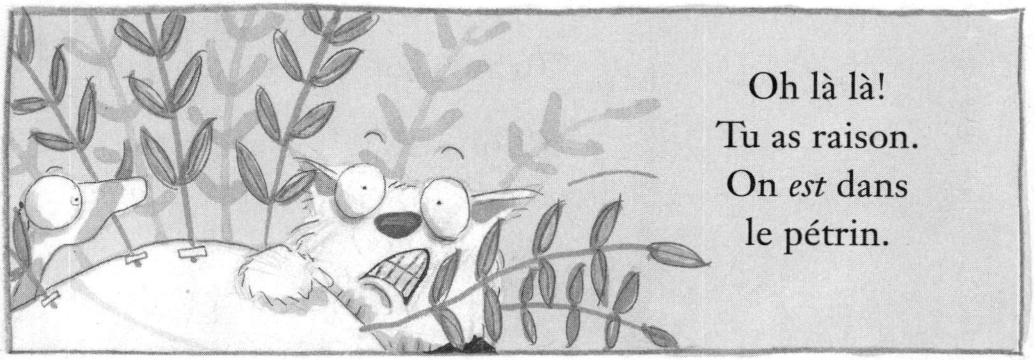
Oh là là!
Tu as raison.
On *est* dans
le pétrin.

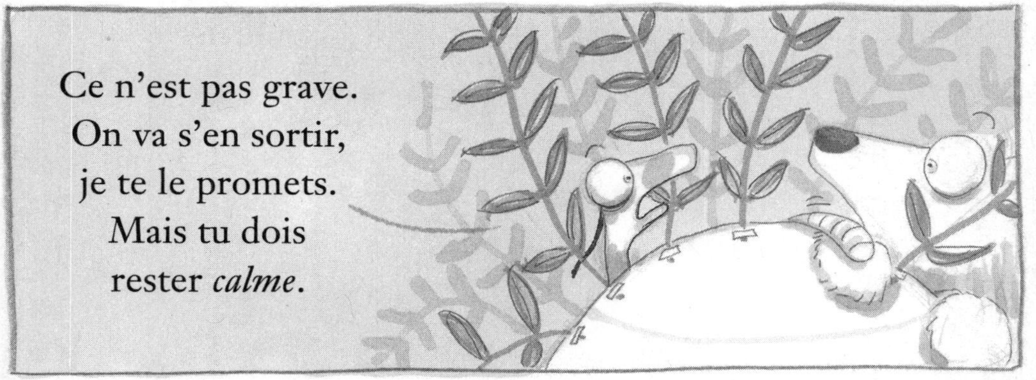
Ce n'est pas grave.
On va s'en sortir,
je te le promets.
Mais tu dois
rester *calme*.

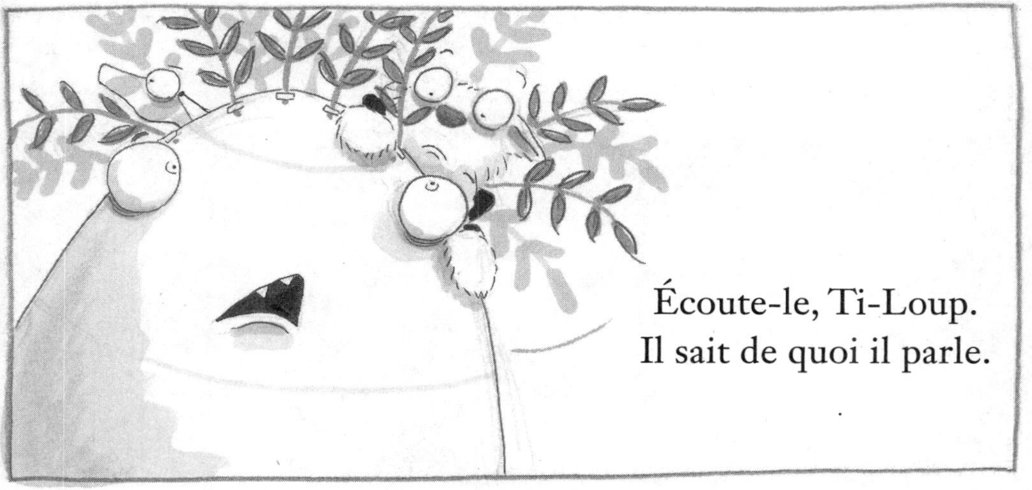
Écoute-le, Ti-Loup.
Il sait de quoi il parle.

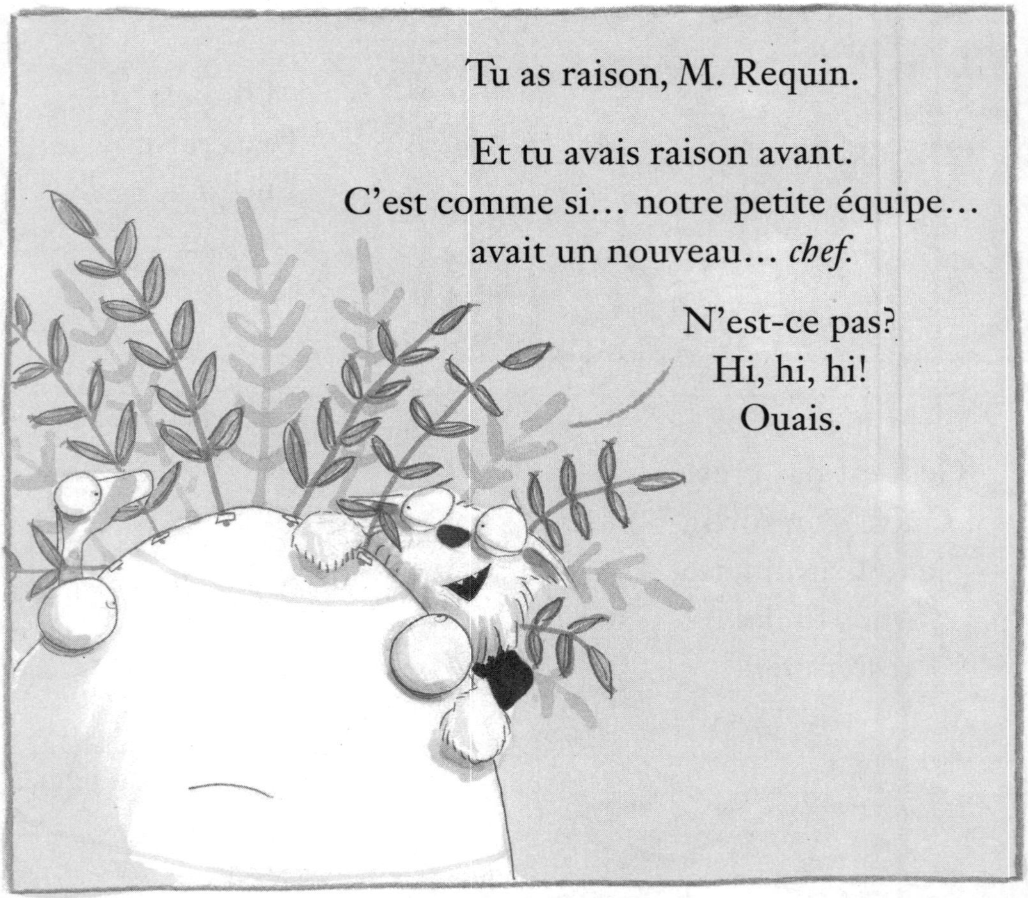
Tu as raison, M. Requin.
Et tu avais raison avant.
C'est comme si… notre petite équipe… avait un nouveau… *chef*.
N'est-ce pas? Hi, hi, hi! Ouais.

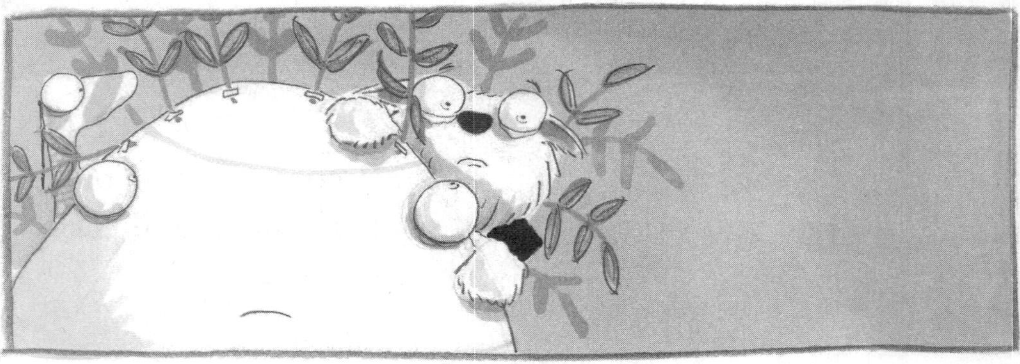

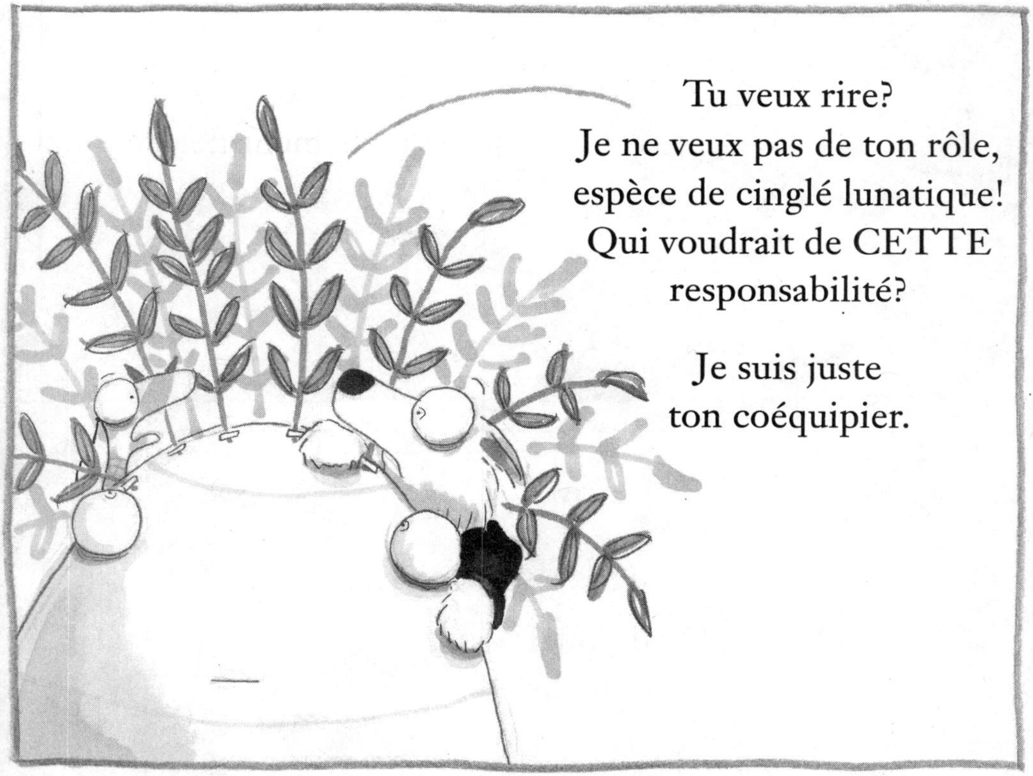
Tu veux rire?
Je ne veux pas de ton rôle,
espèce de cinglé lunatique!
Qui voudrait de CETTE
responsabilité?
Je suis juste
ton coéquipier.

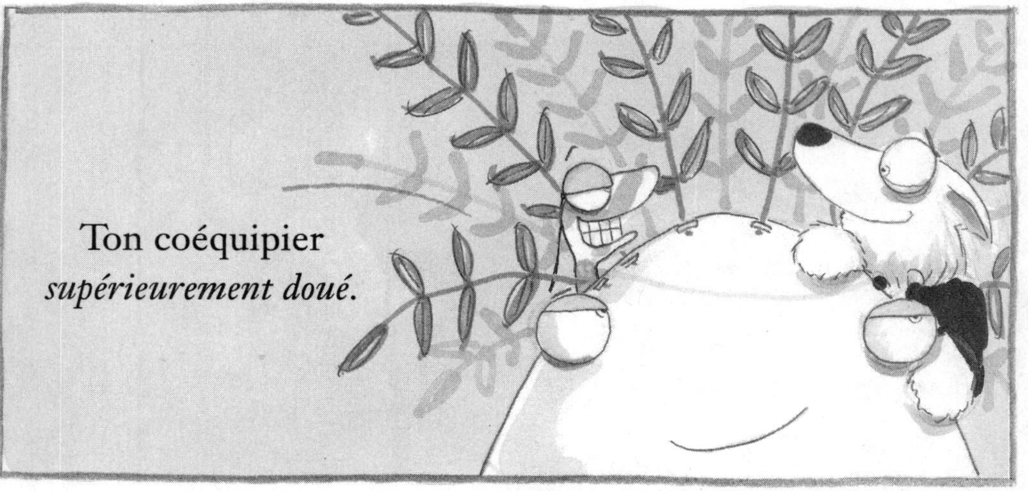
Ton coéquipier
supérieurement doué.

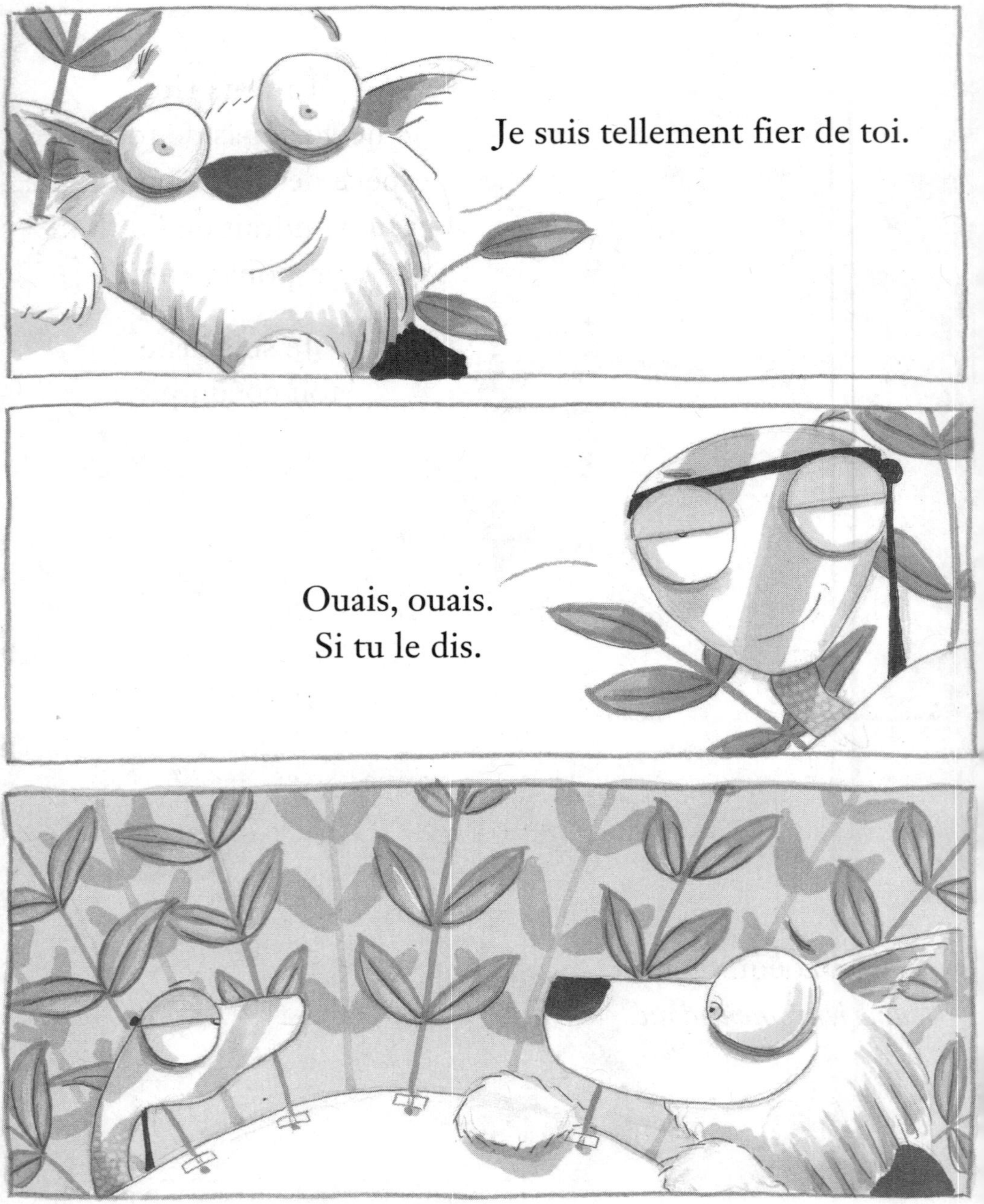
Je suis tellement fier de toi.
Ouais, ouais.
Si tu le dis.

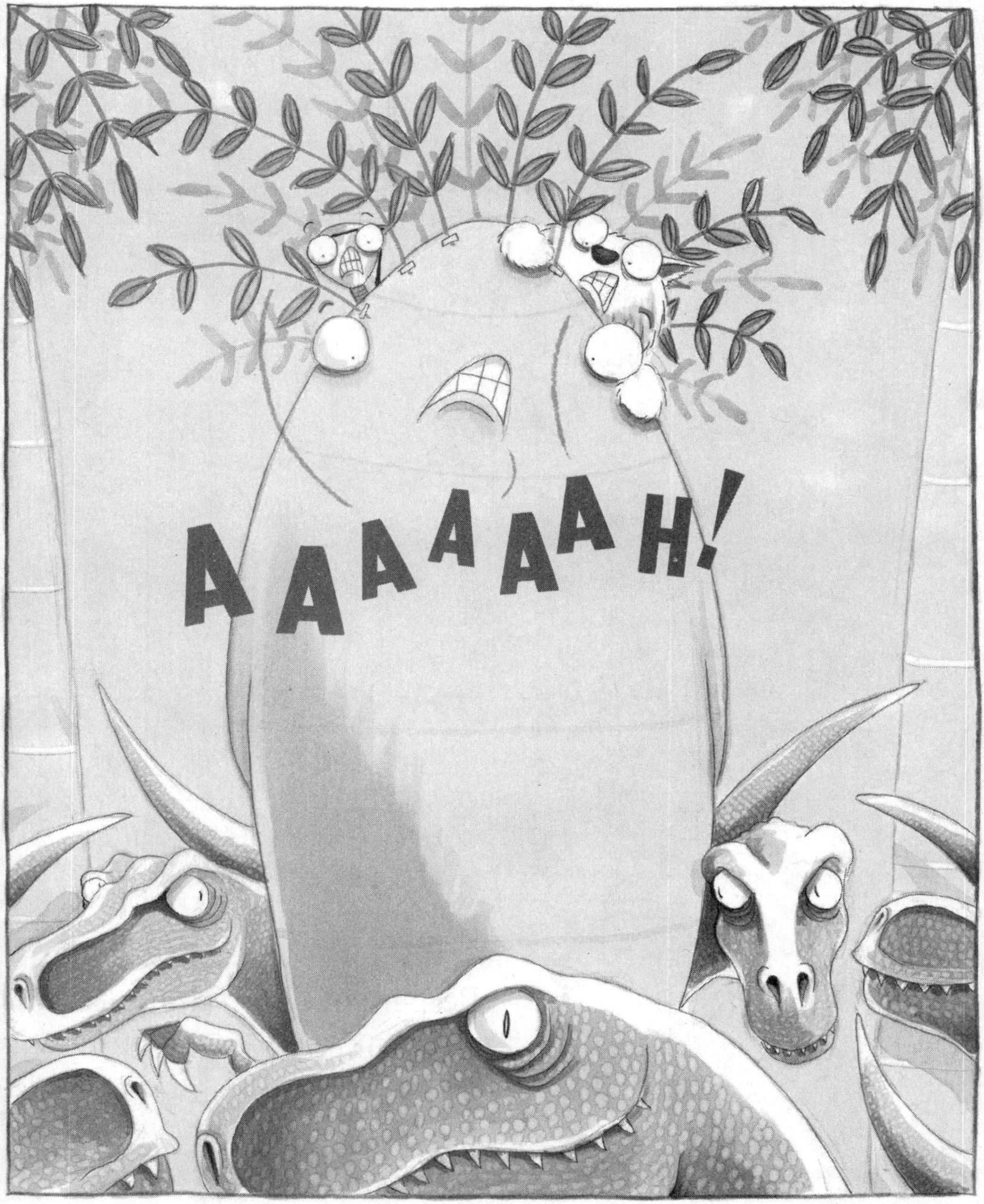
AAAAAAH!

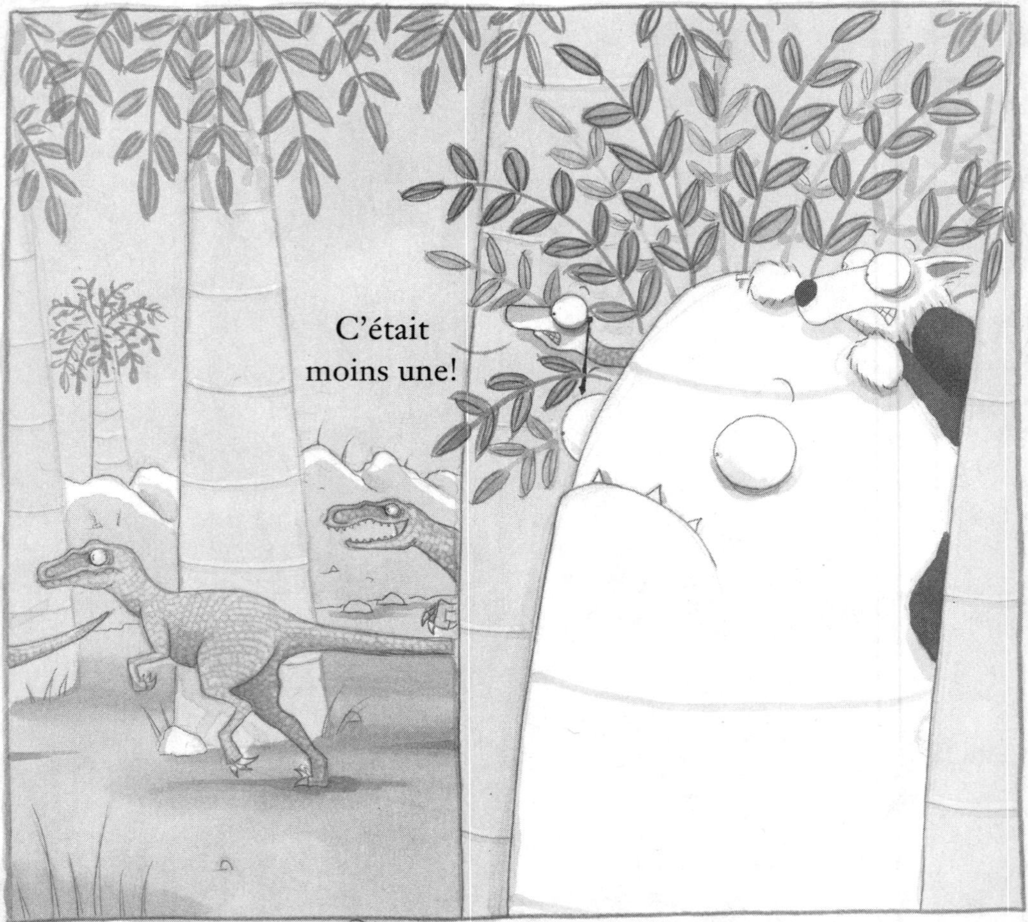
C'était
moins une!

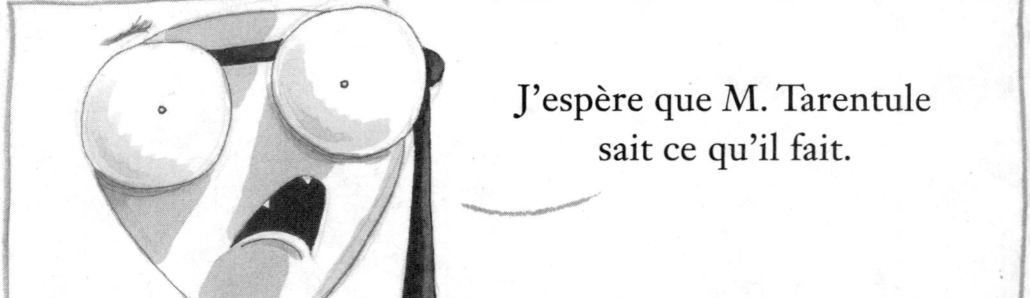
J'espère que M. Tarentule
sait ce qu'il fait.

· Chapitre 5 ·
LE PORTAIL

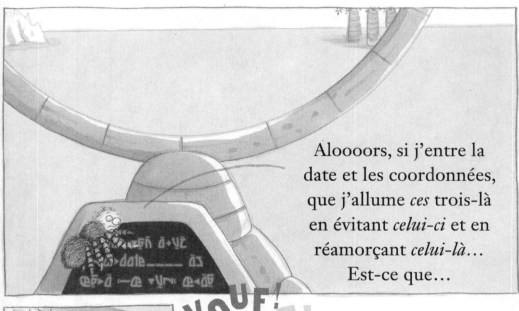

Aloooors, si j'entre la date et les coordonnées, que j'allume *ces* trois-là en évitant *celui-ci* et en réamorçant *celui-là*... Est-ce que...

ça donnerait...

VOUF!
VOUF!
VOUF!
VOUF!
VOUF!
VOUF!

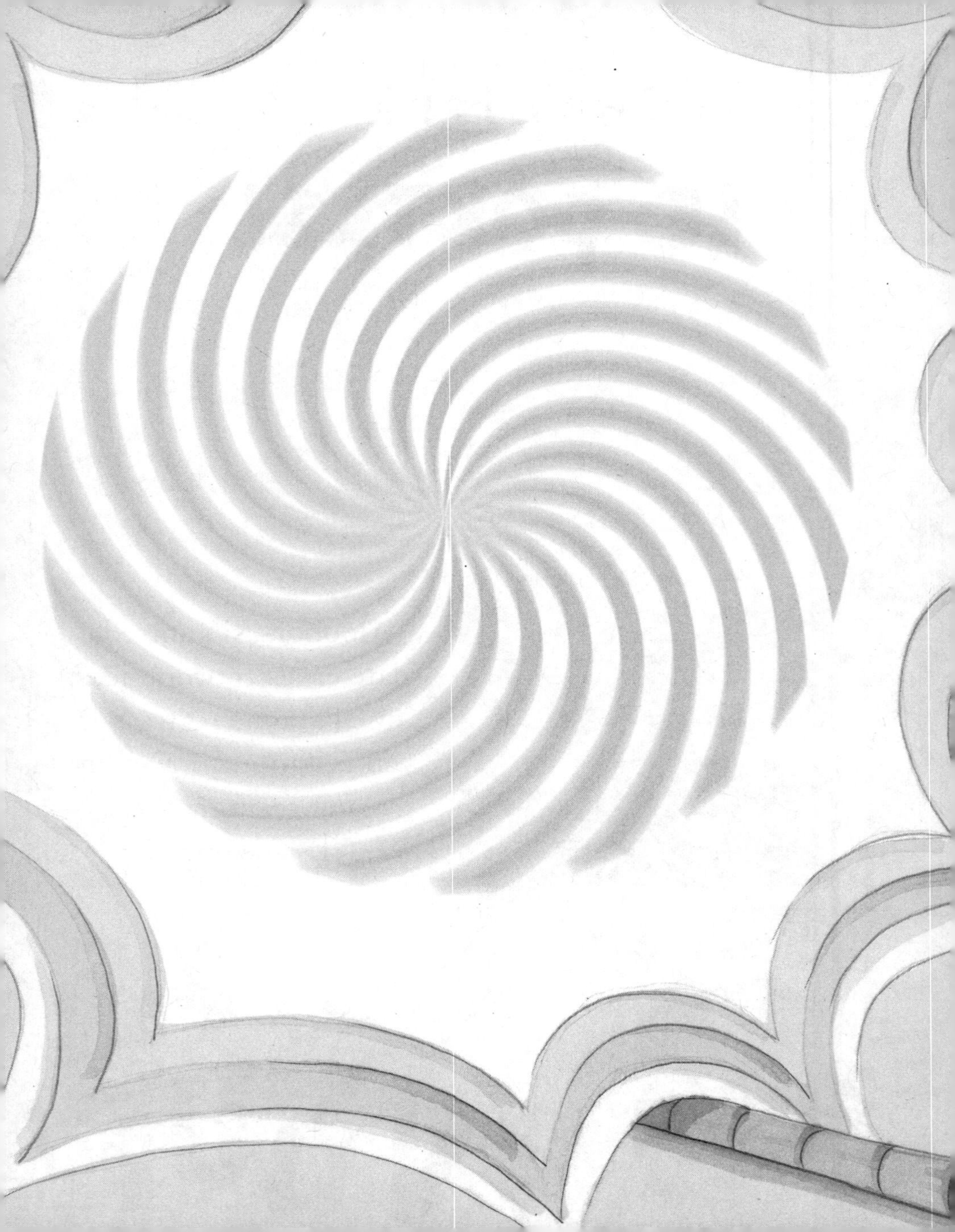

UN VORTEX VERS UNE AUTRE DIMENSION!

Ouais. Je pense que c'est ça.

Oui…

PORTAIL: OPÉRATIONNEL

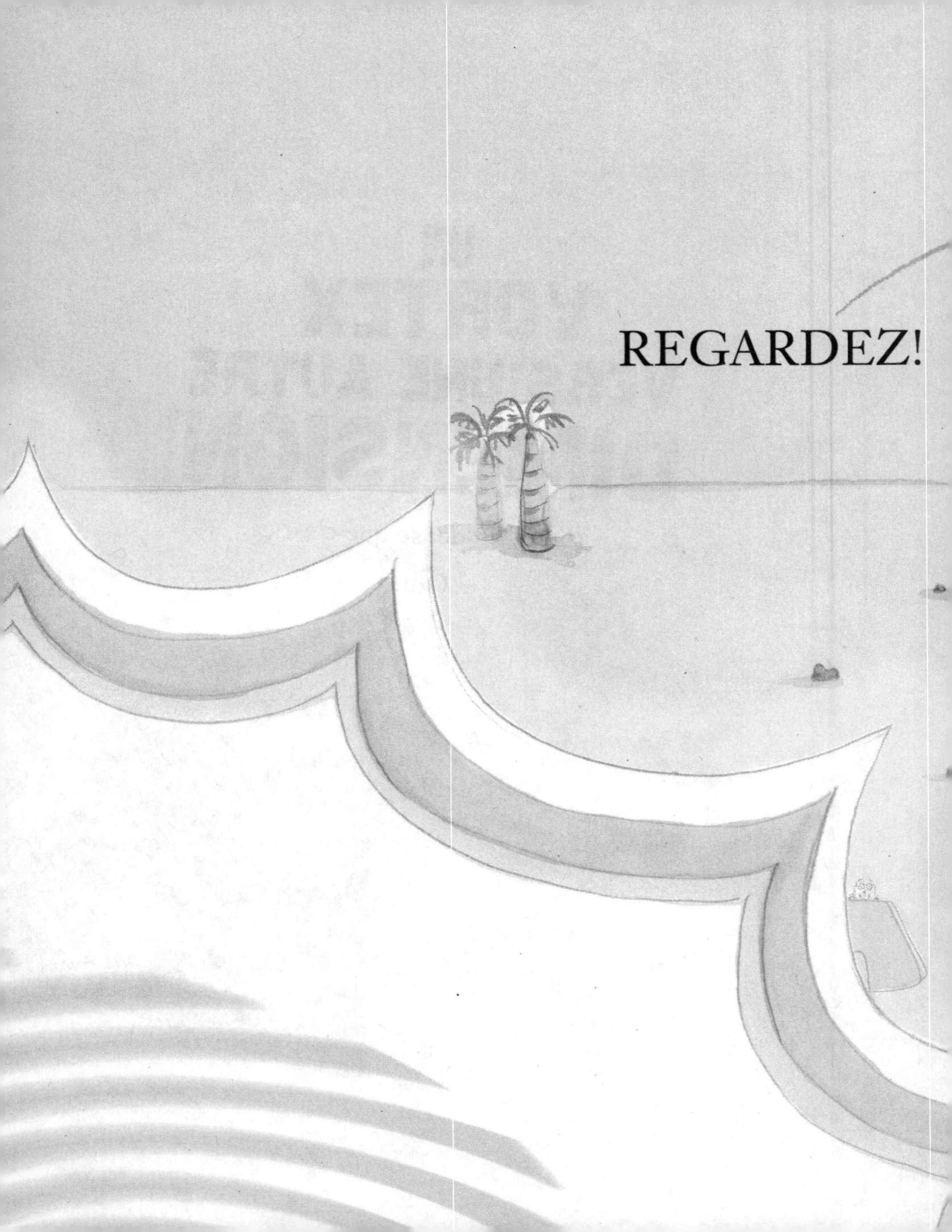

REGARDEZ!

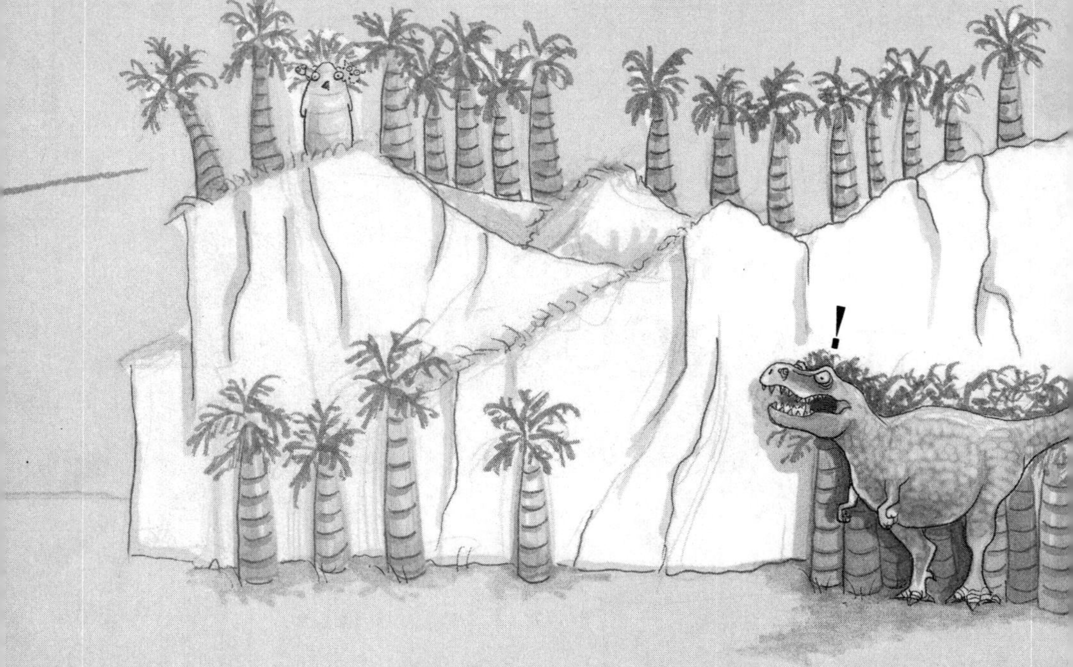
!
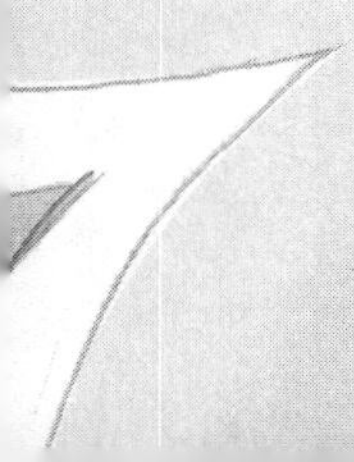

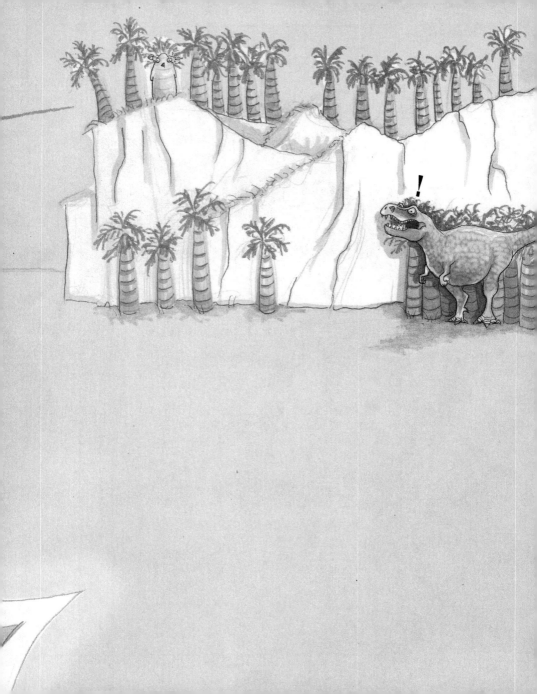

IL A RÉUSSI!
IL A RÉUSSI!
IL A RÉUSSI!

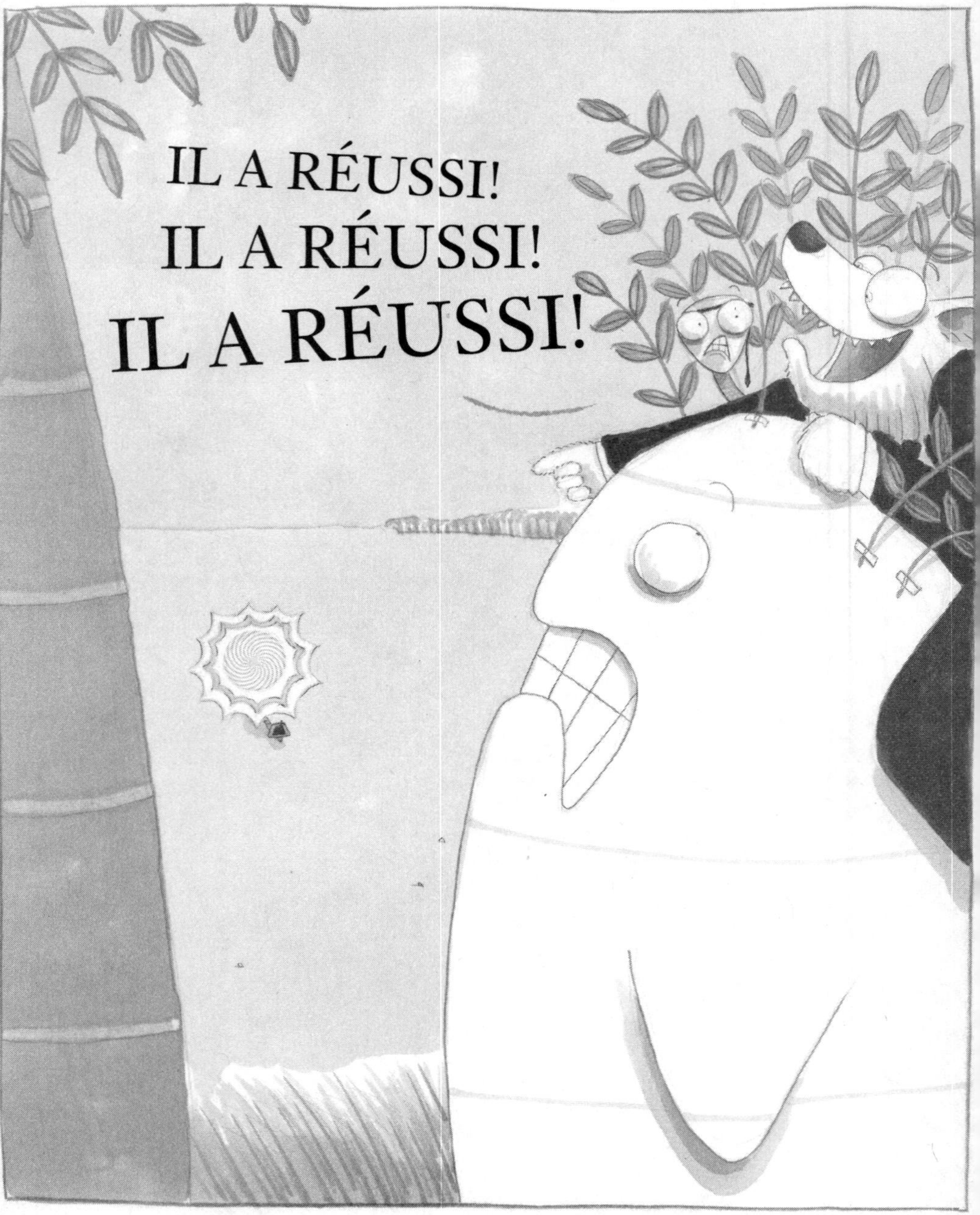

CHUT! Tu vas nous faire remarquer!

Oh! Je suis désolé!

Arbre! Éloigne-toi *lentement* et *silencieusement* de cette falaise pour retourner vers la jungle et la machine spatio-temporelle.

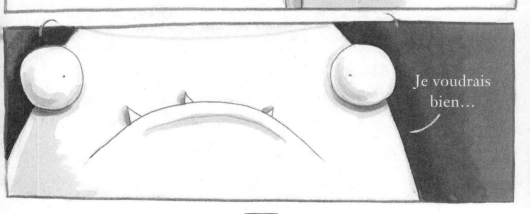

Je voudrais bien...

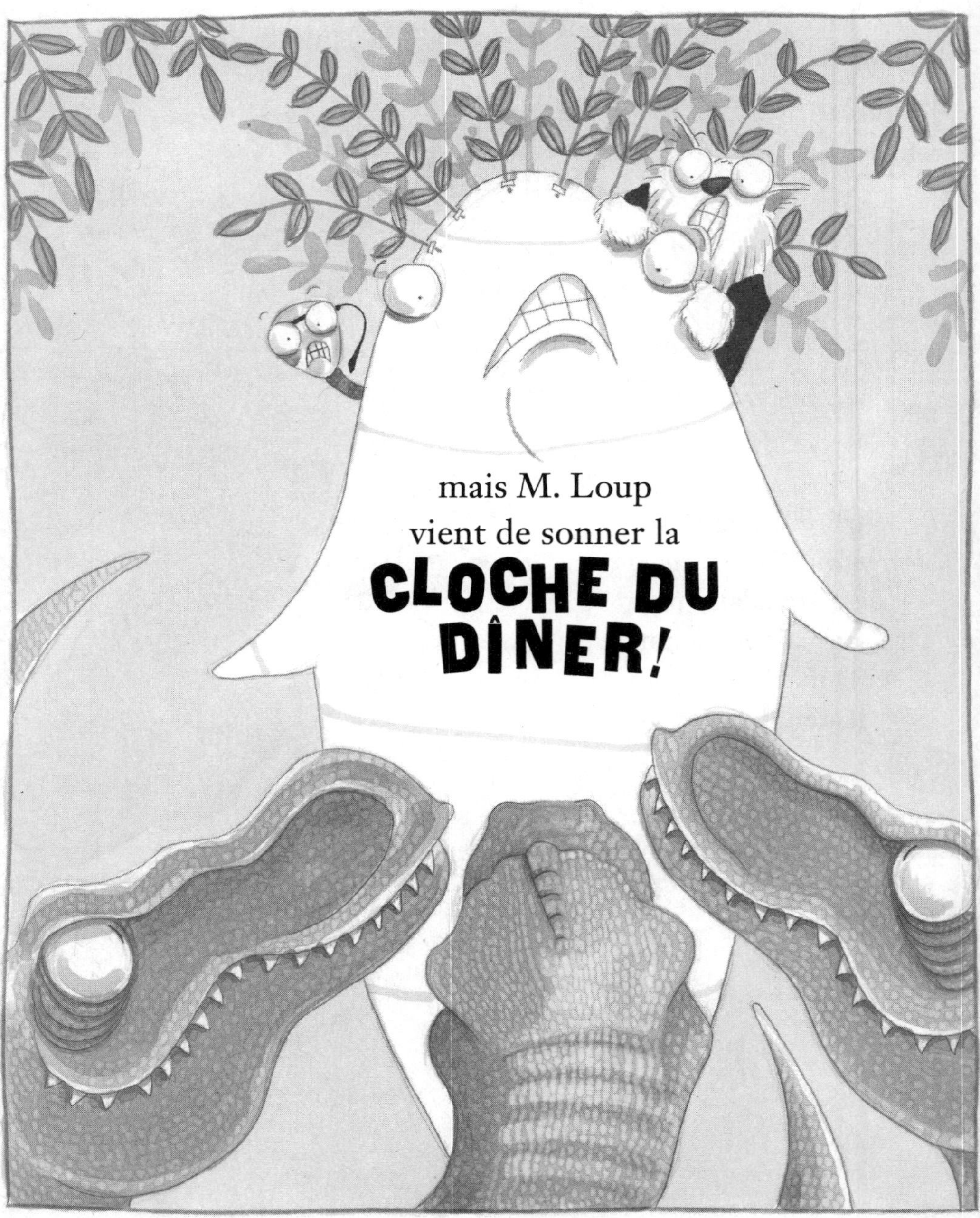

mais M. Loup
vient de sonner la
CLOCHE DU DÎNER!

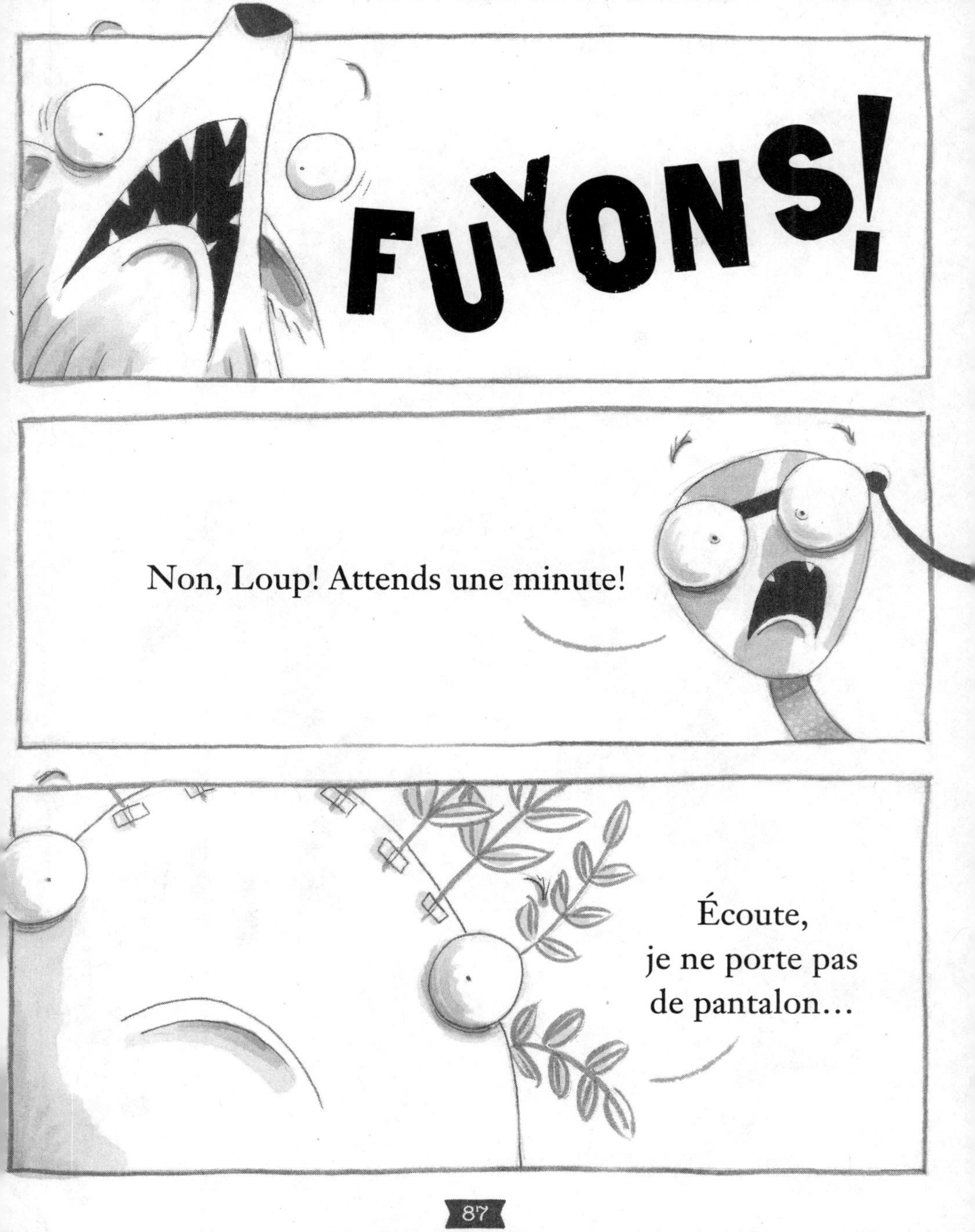
FUYONS!
Non, Loup! Attends une minute!
Écoute,
je ne porte pas
de pantalon…

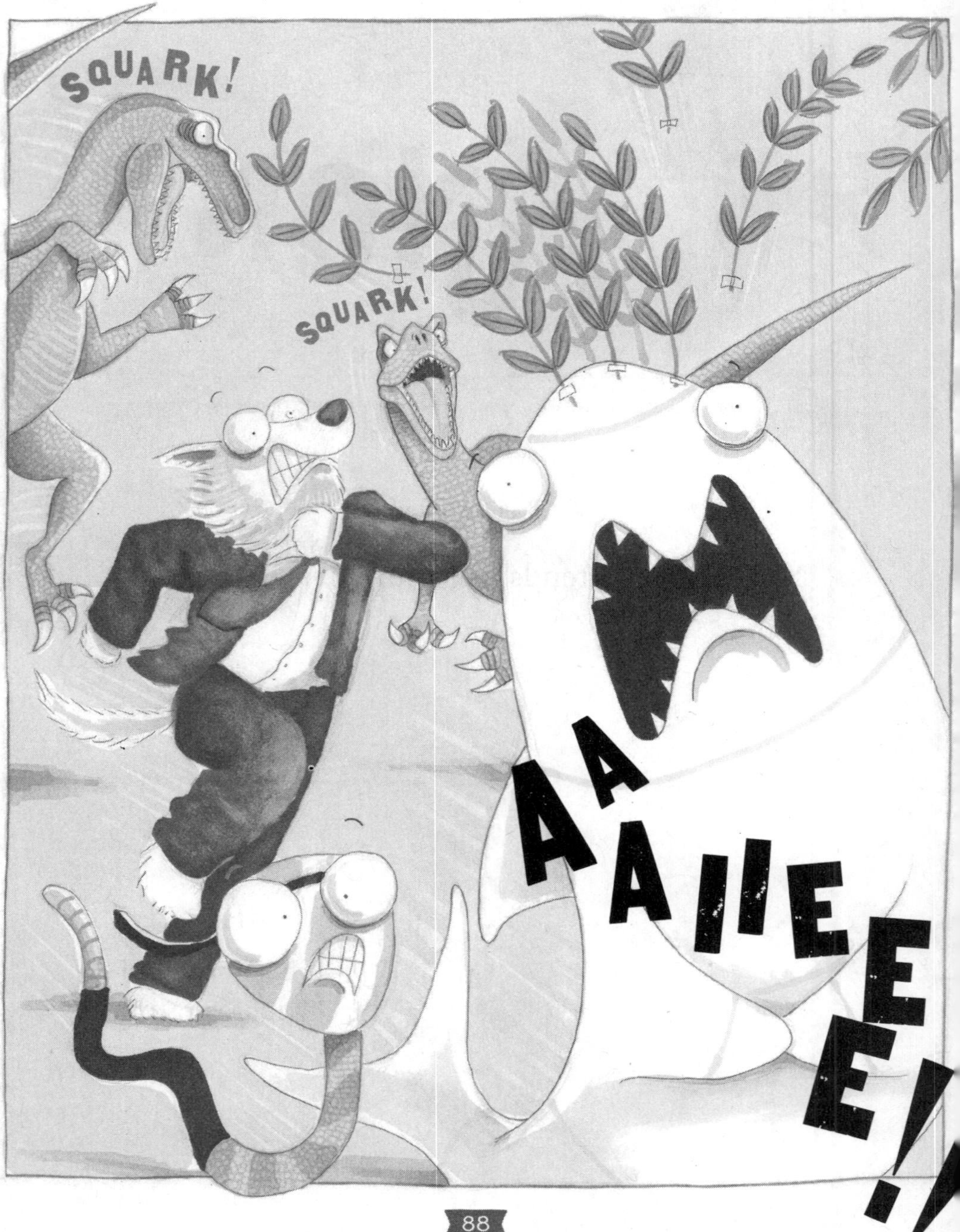
SQUARK!
SQUARK!
AAAIIEEEE!!

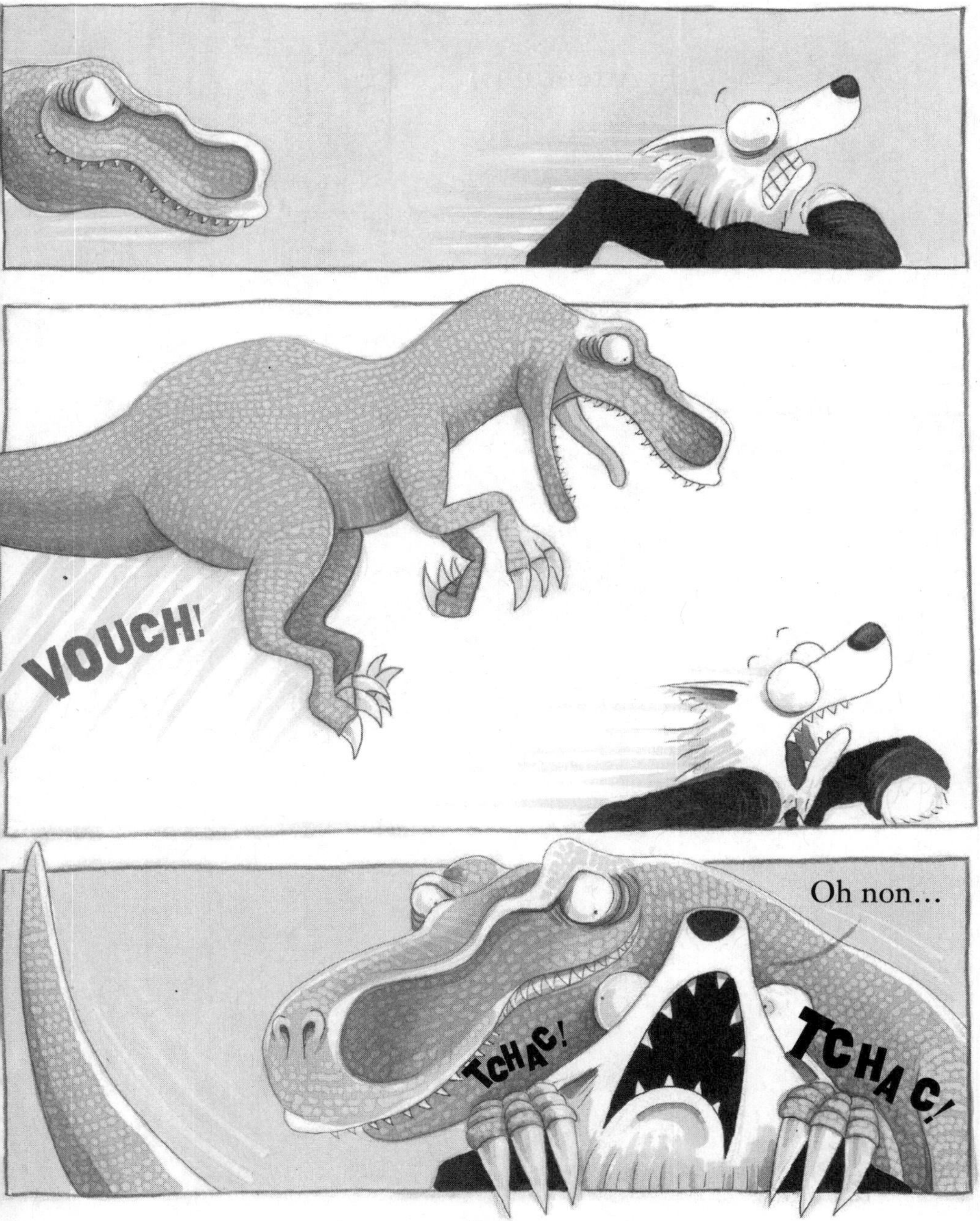
VOUCH!
Oh non...
TCHAC!
TCHAC!

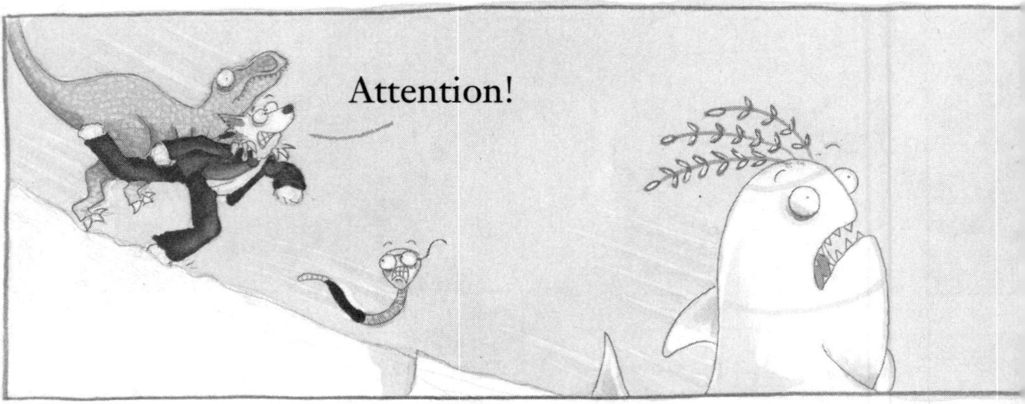
Attention!

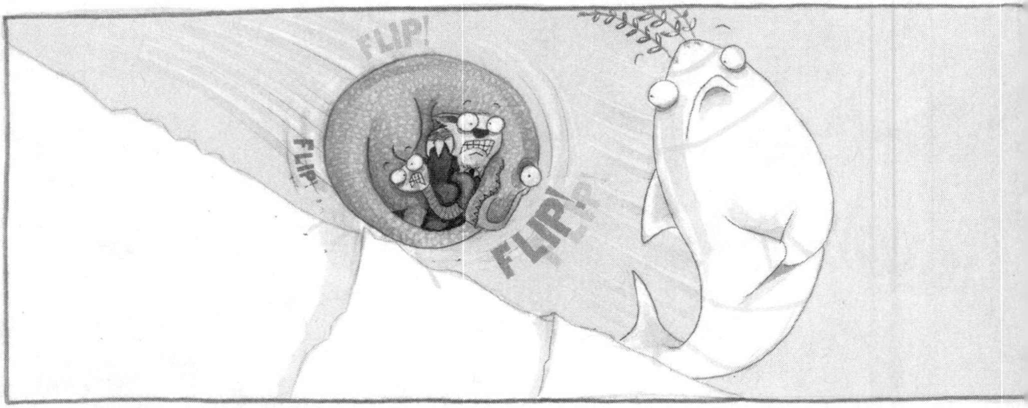
FLIP!
FLIP!
FLIP!

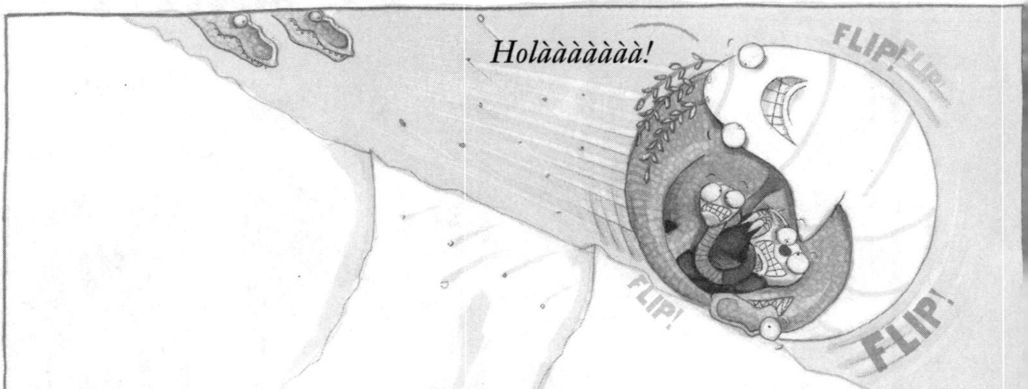
Holààààààà!
FLIP!
FLIP!
FLIP!

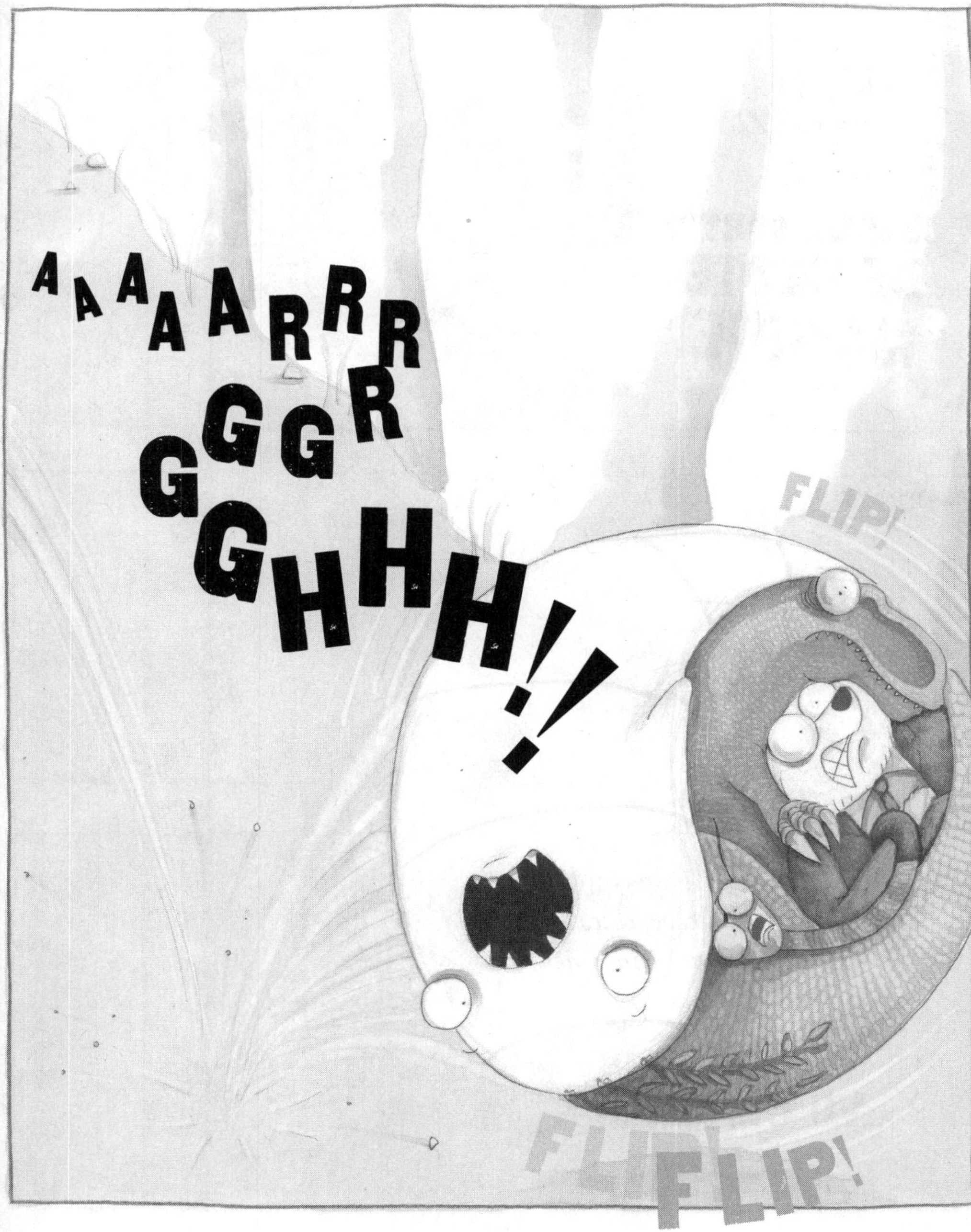
AAAAARRRRGGGGHHH!!
FLIP!
FLIP!
FLIP!

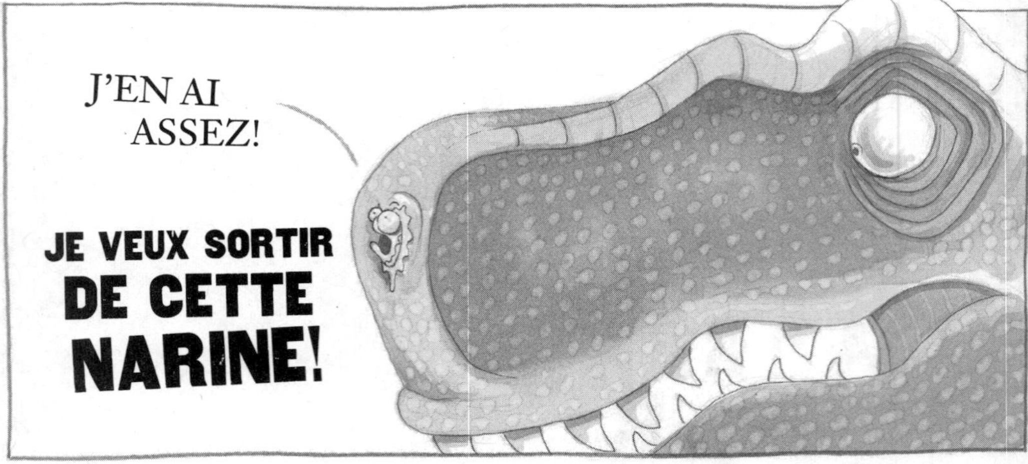
J'EN AI ASSEZ!
JE VEUX SORTIR DE CETTE NARINE!

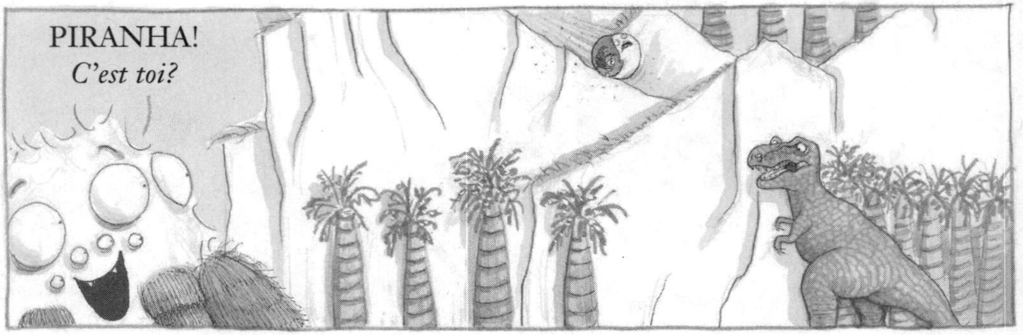
PIRANHA! *C'est toi?*

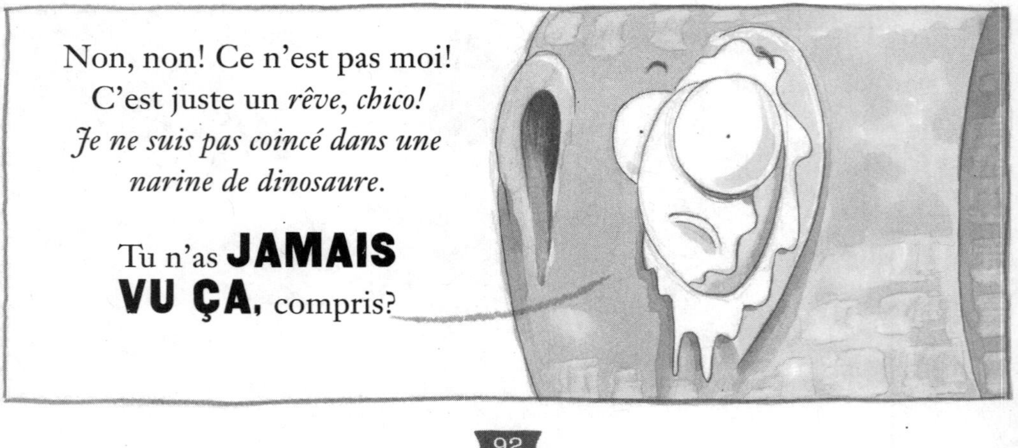
Non, non! Ce n'est pas moi! C'est juste un *rêve*, *chico!* *Je ne suis pas coincé dans une narine de dinosaure.*
Tu n'as **JAMAIS VU ÇA,** compris?

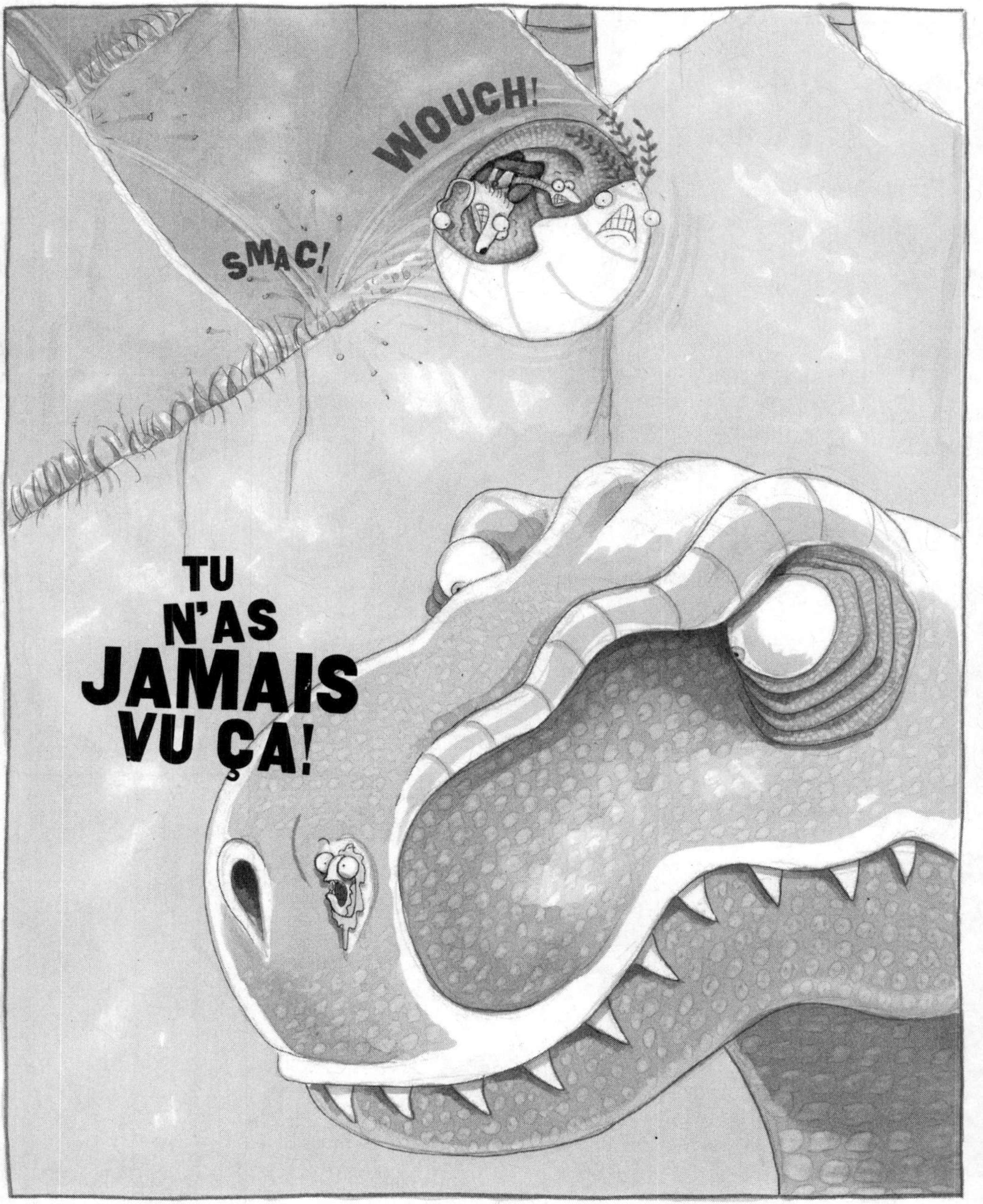
WOUCH!
SMAC!
TU N'AS JAMAIS VU ÇA!

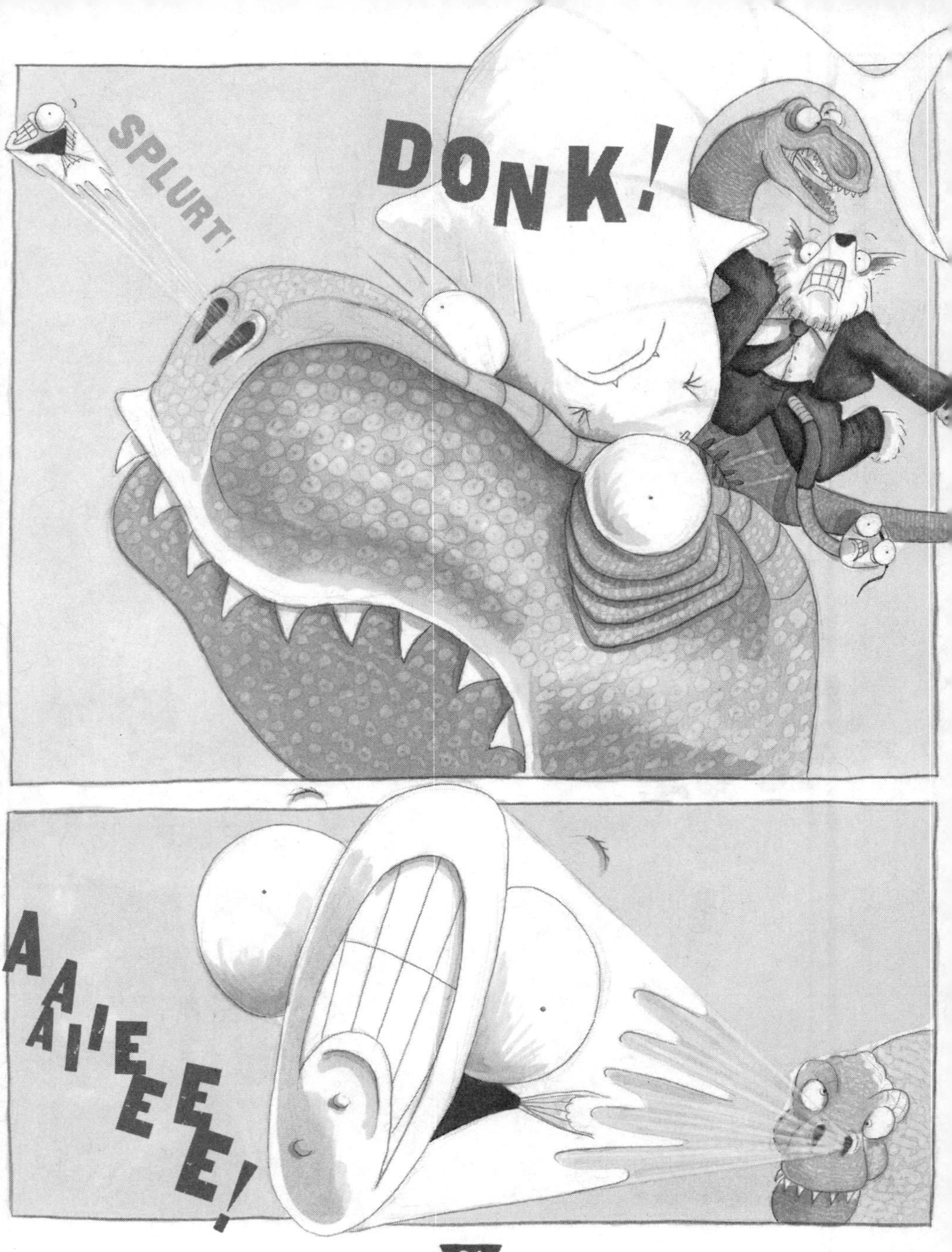
SPLURT!
DONK!
AAAIIEEEEE!

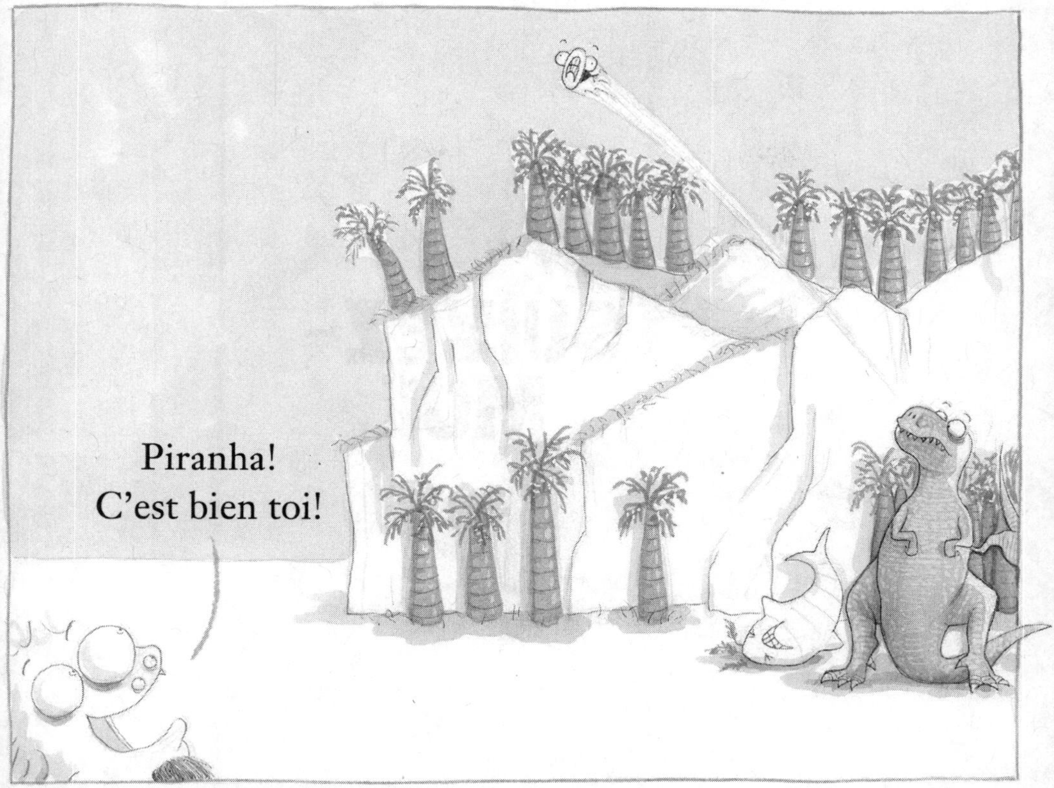
Piranha!
C'est bien toi!

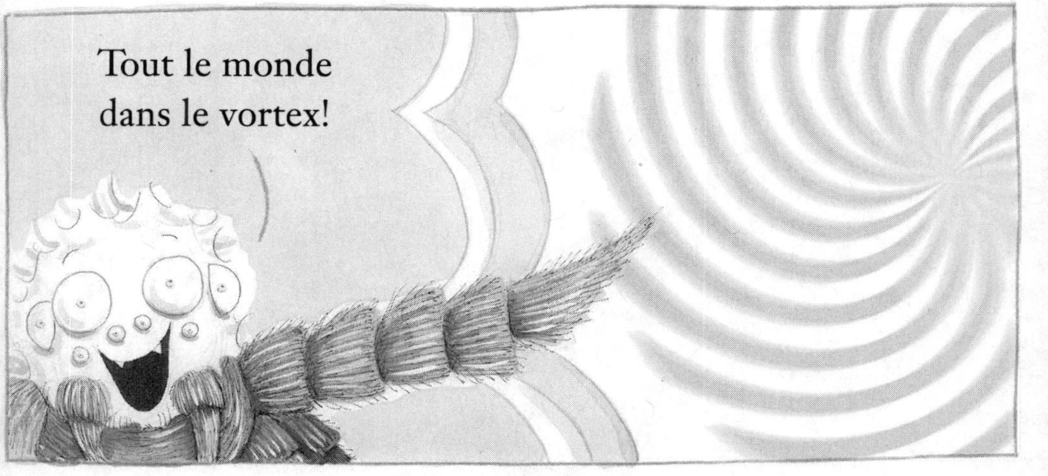
Tout le monde
dans le vortex!

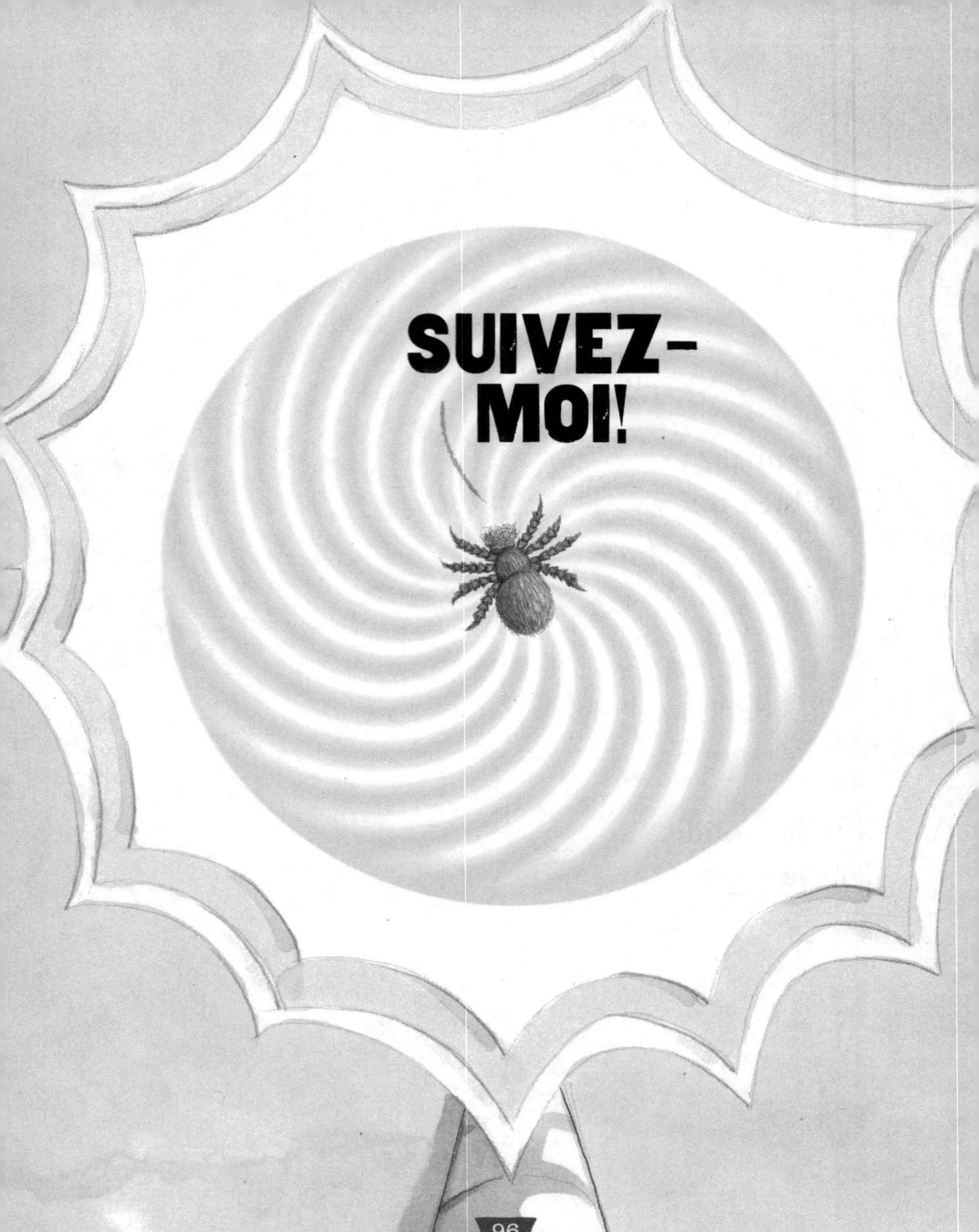
SUIVEZ-
MOI!

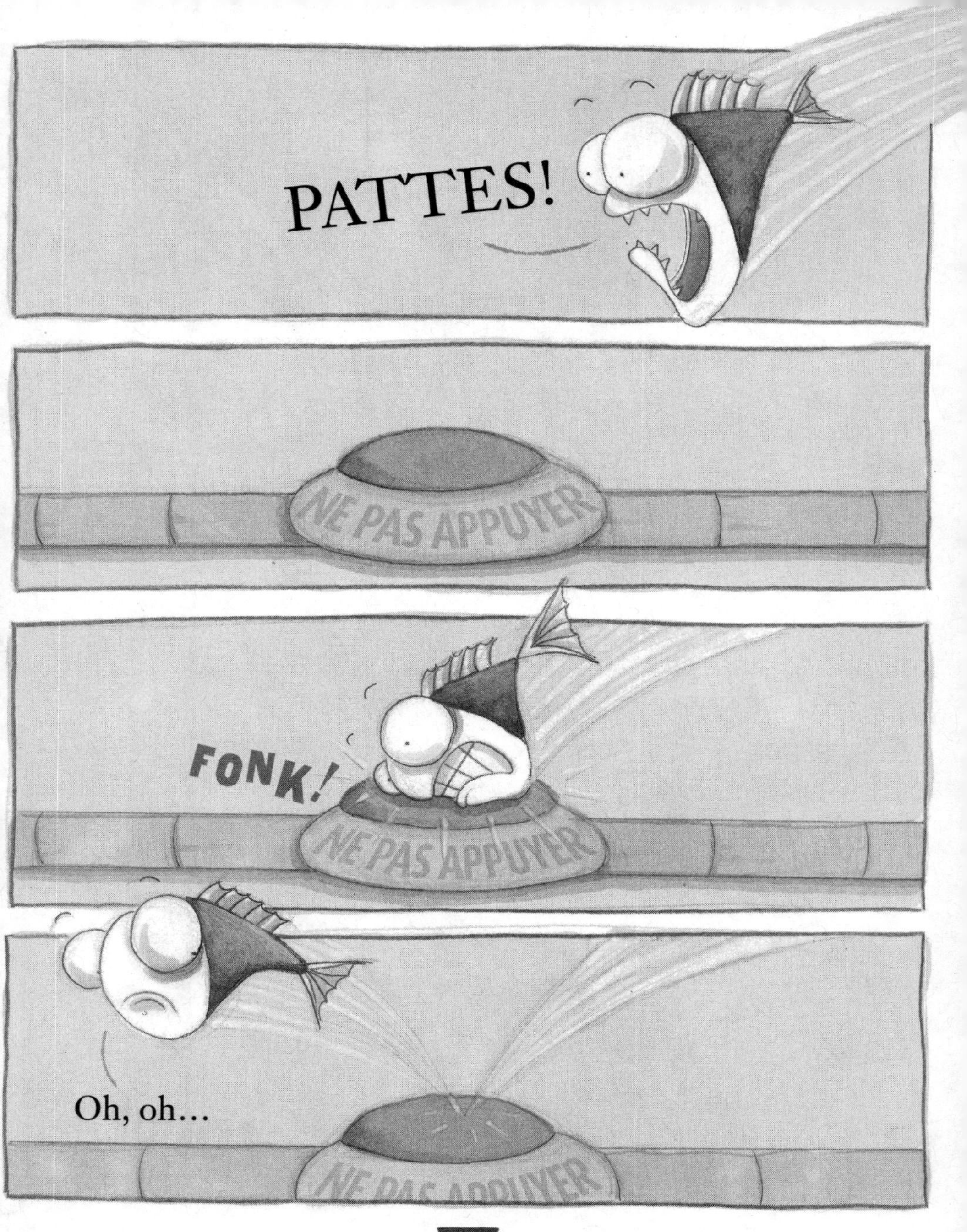
PATTES!
NE PAS APPUYER
FONK!
NE PAS APPUYER
Oh, oh…

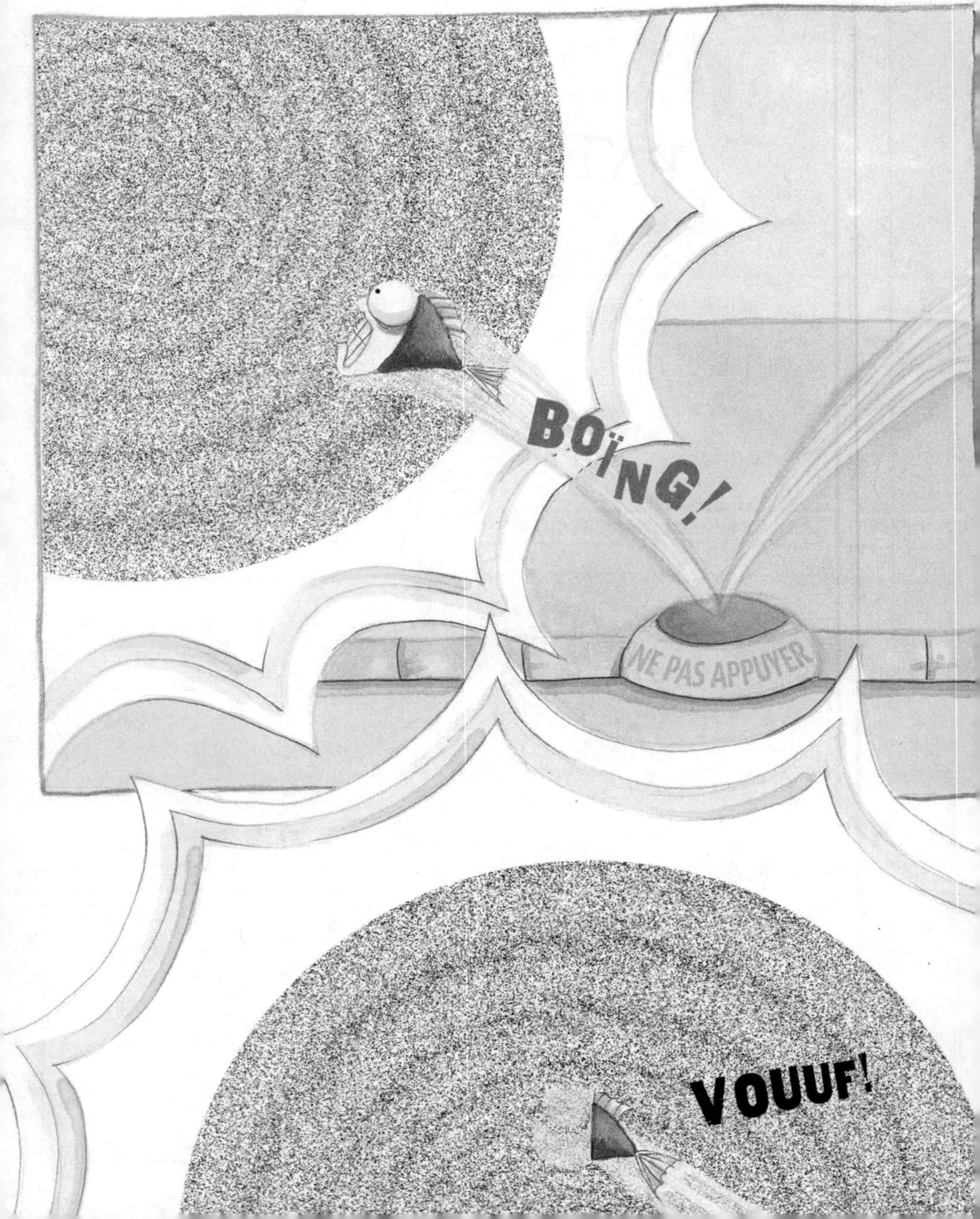

BOÏNG!
NE PAS APPUYER
VOUUF!

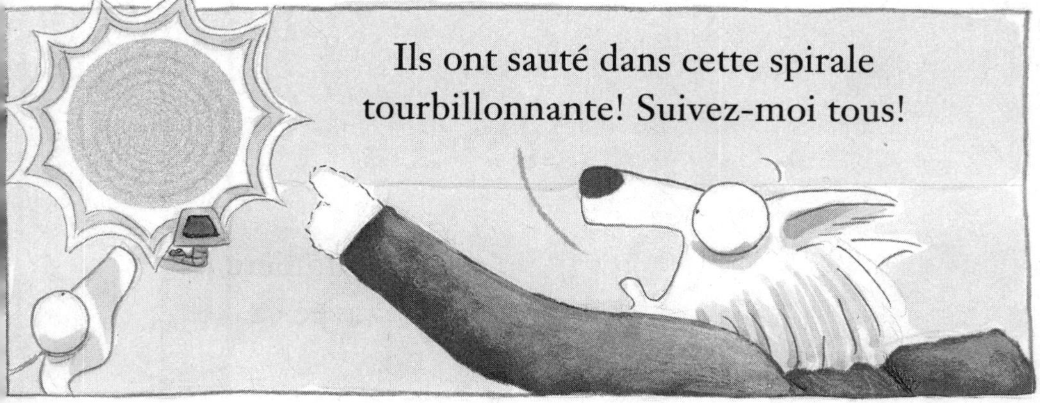
Ils ont sauté dans cette spirale tourbillonnante! Suivez-moi tous!

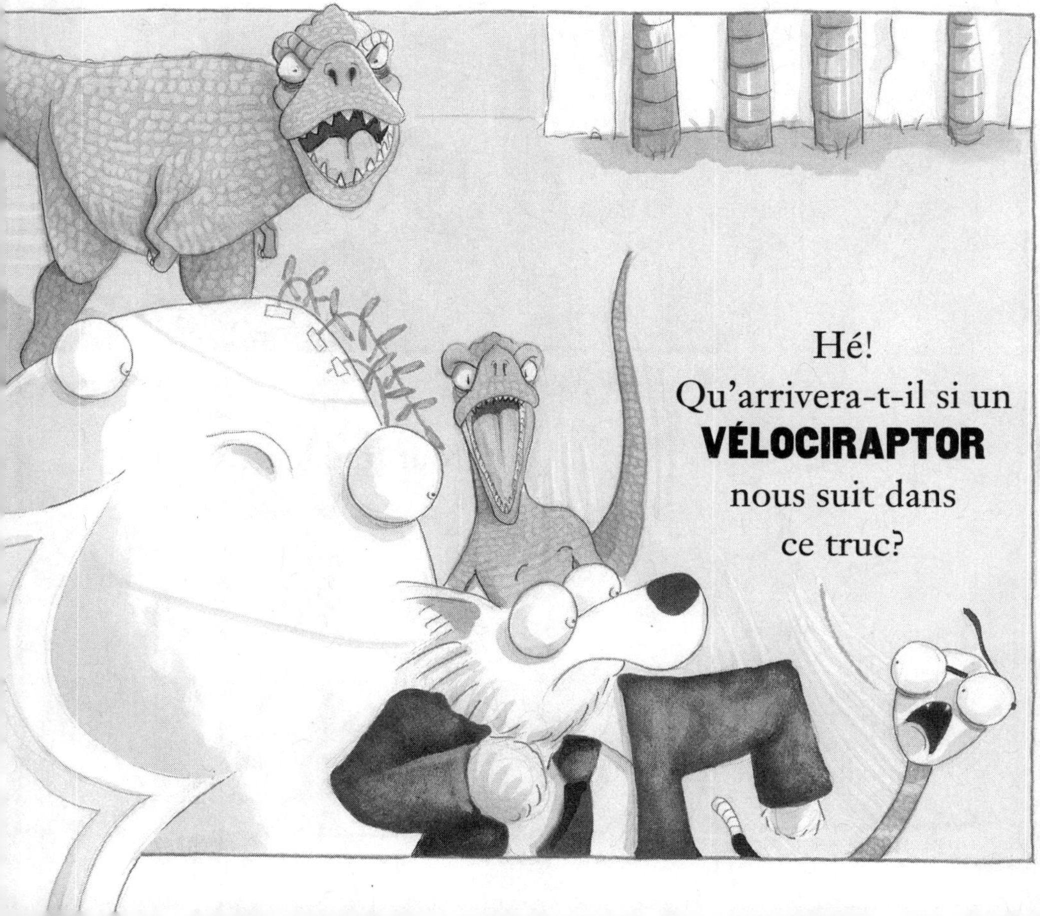
Hé!
Qu'arrivera-t-il si un **VÉLOCIRAPTOR** nous suit dans ce truc?

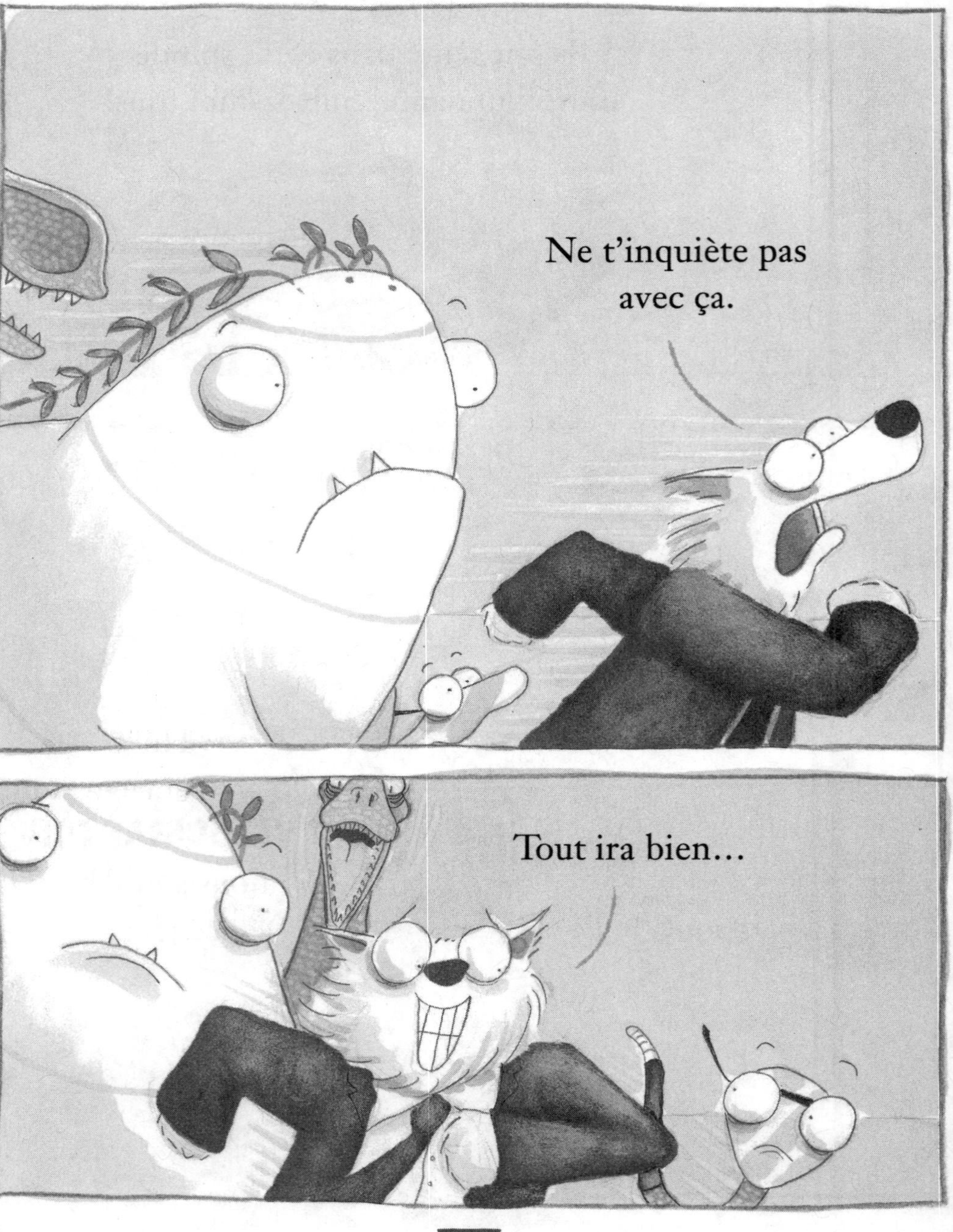
Ne t'inquiète pas avec ça.
Tout ira bien…

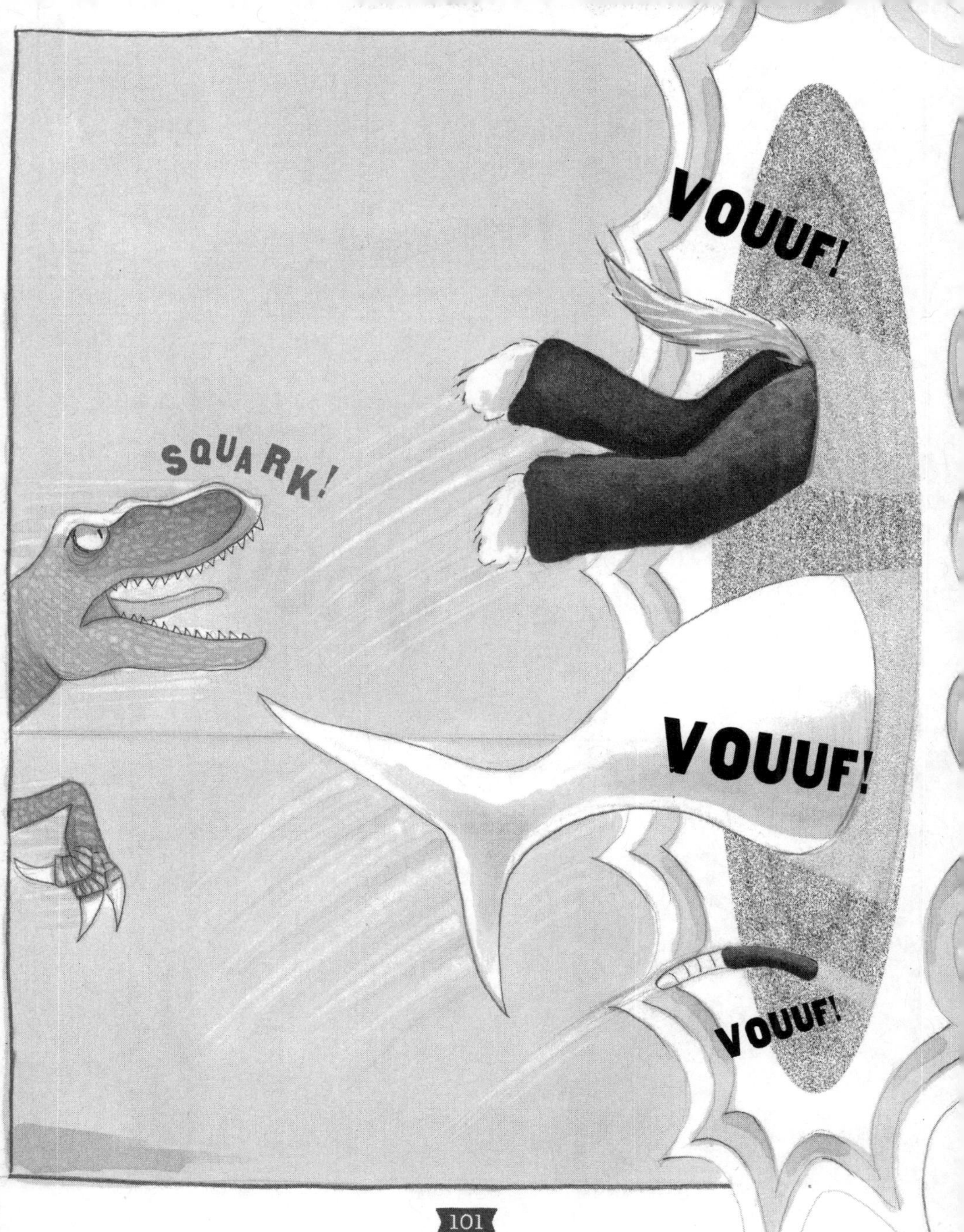
VOUUF!
SQUARK!
VOUUF!
VOUUF!

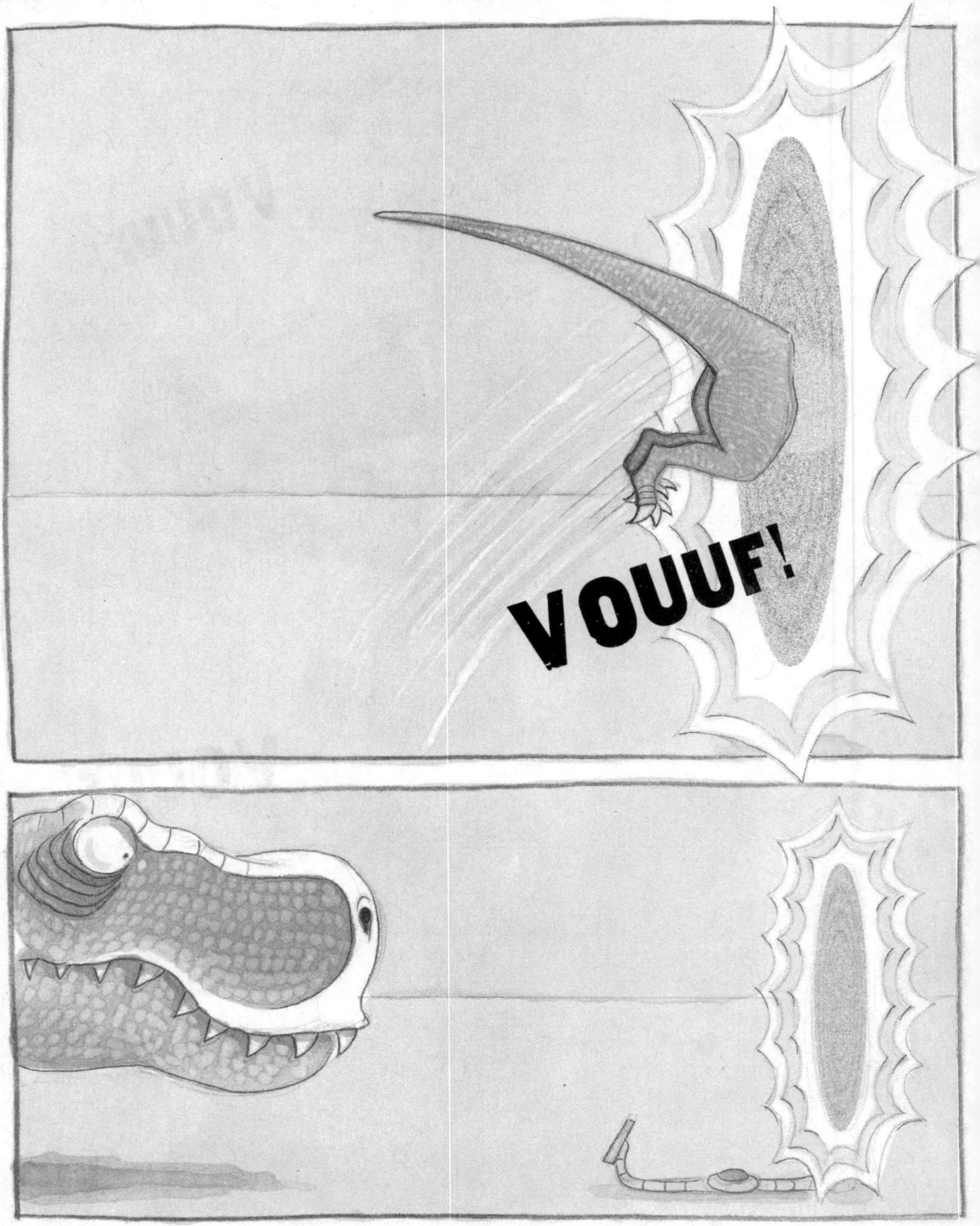
VOUUF!

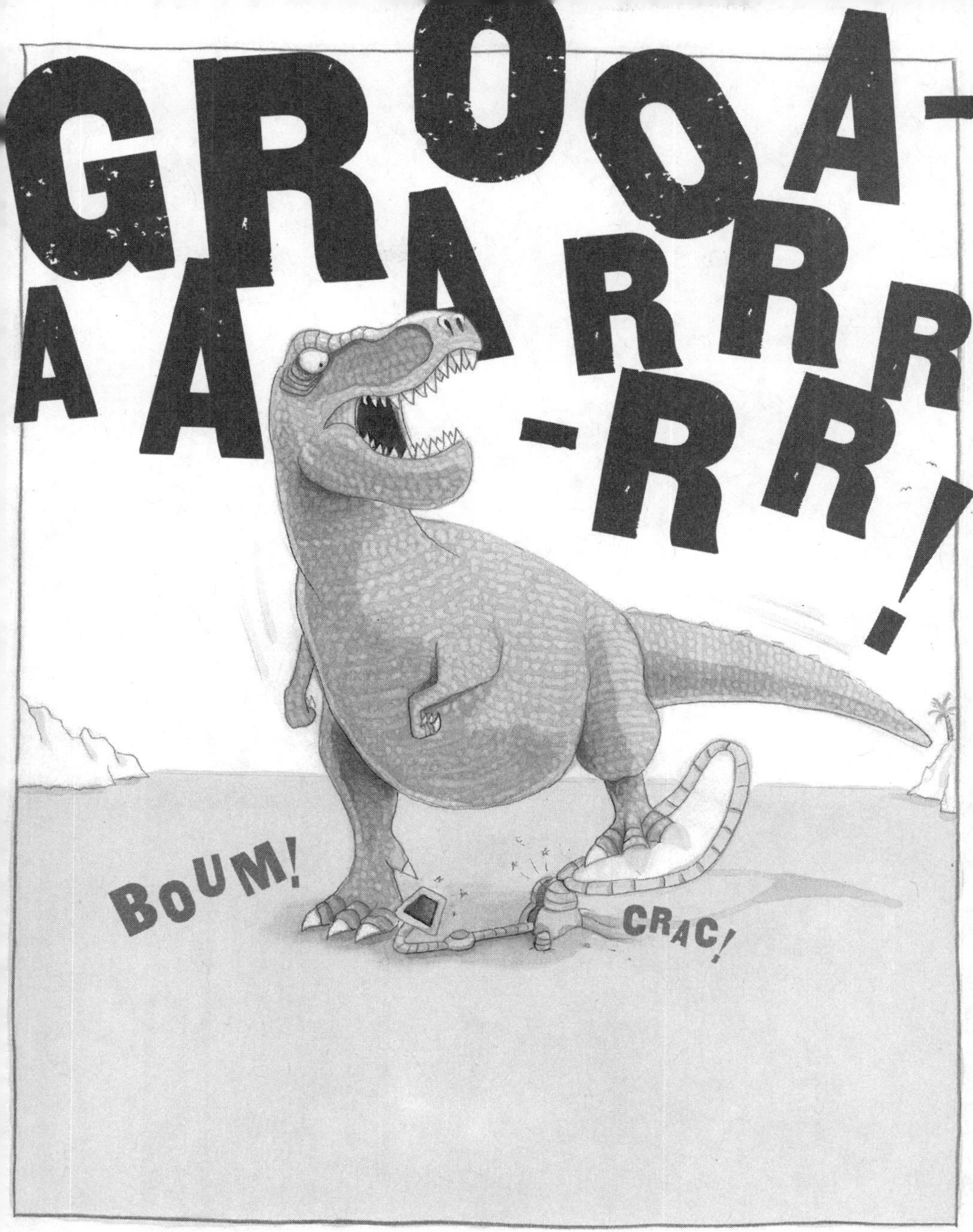
GROOA-AAARRR-RRRR!
BOUM!
CRAC!

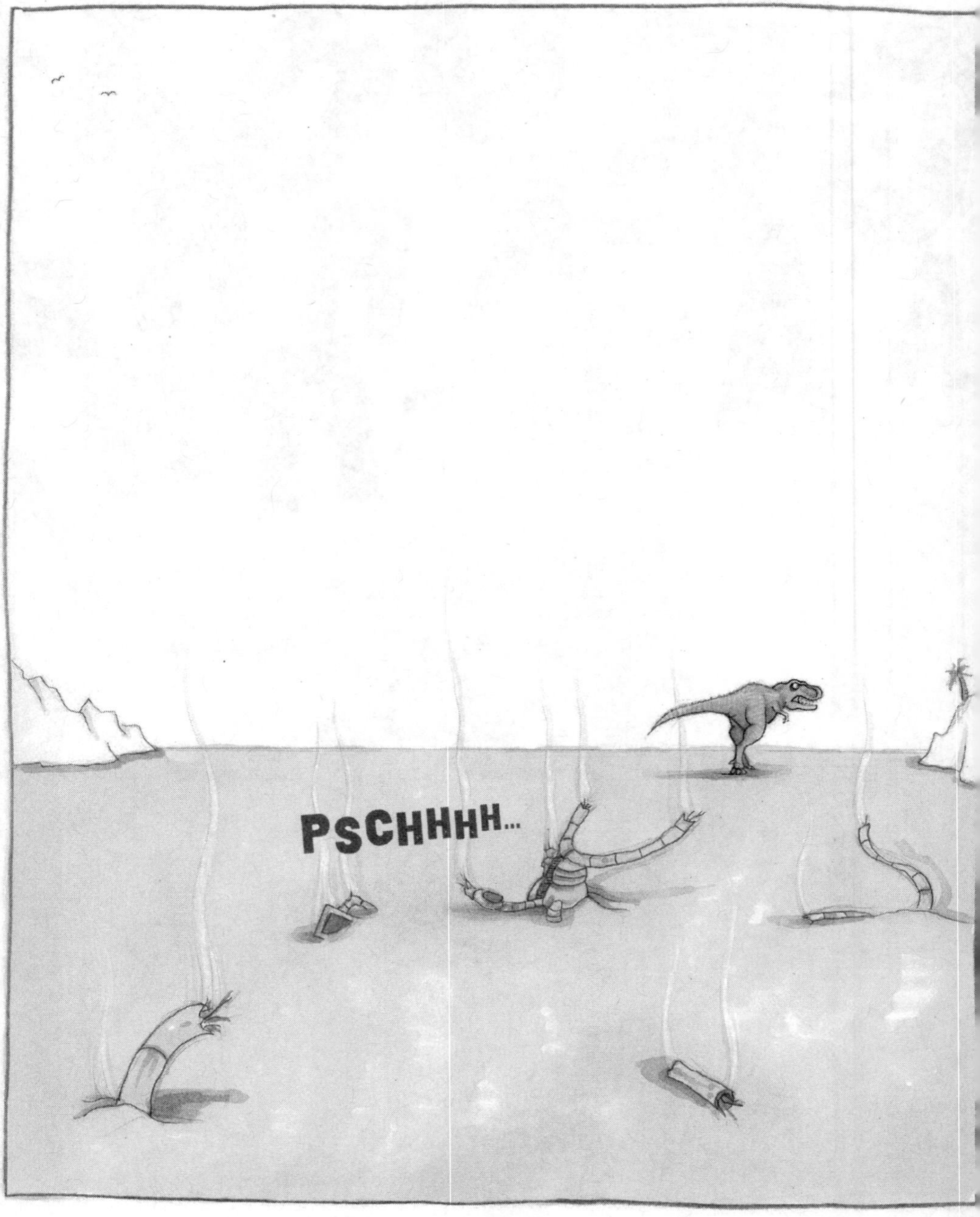
PSCHHHH...

• Chapitre 6 •

ALLER SIMPLE POUR BIZARROVILLE

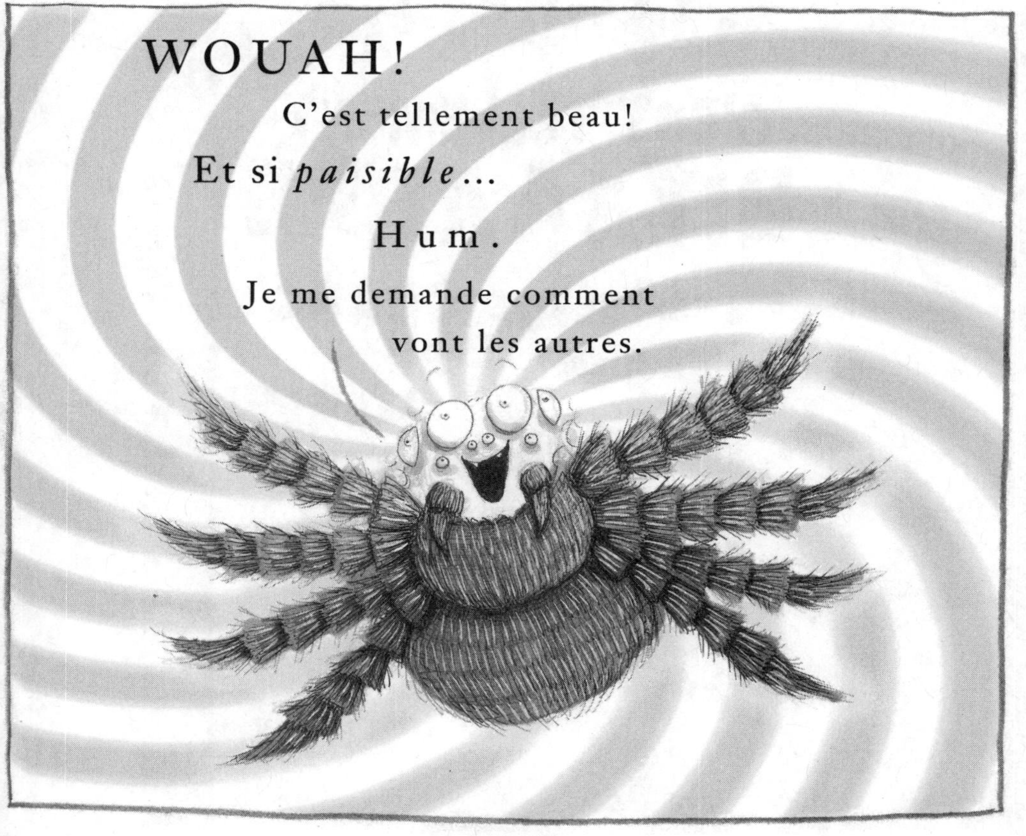
WOUAH!
C'est tellement beau!
Et si *paisible*...
Hum.
Je me demande comment vont les autres.

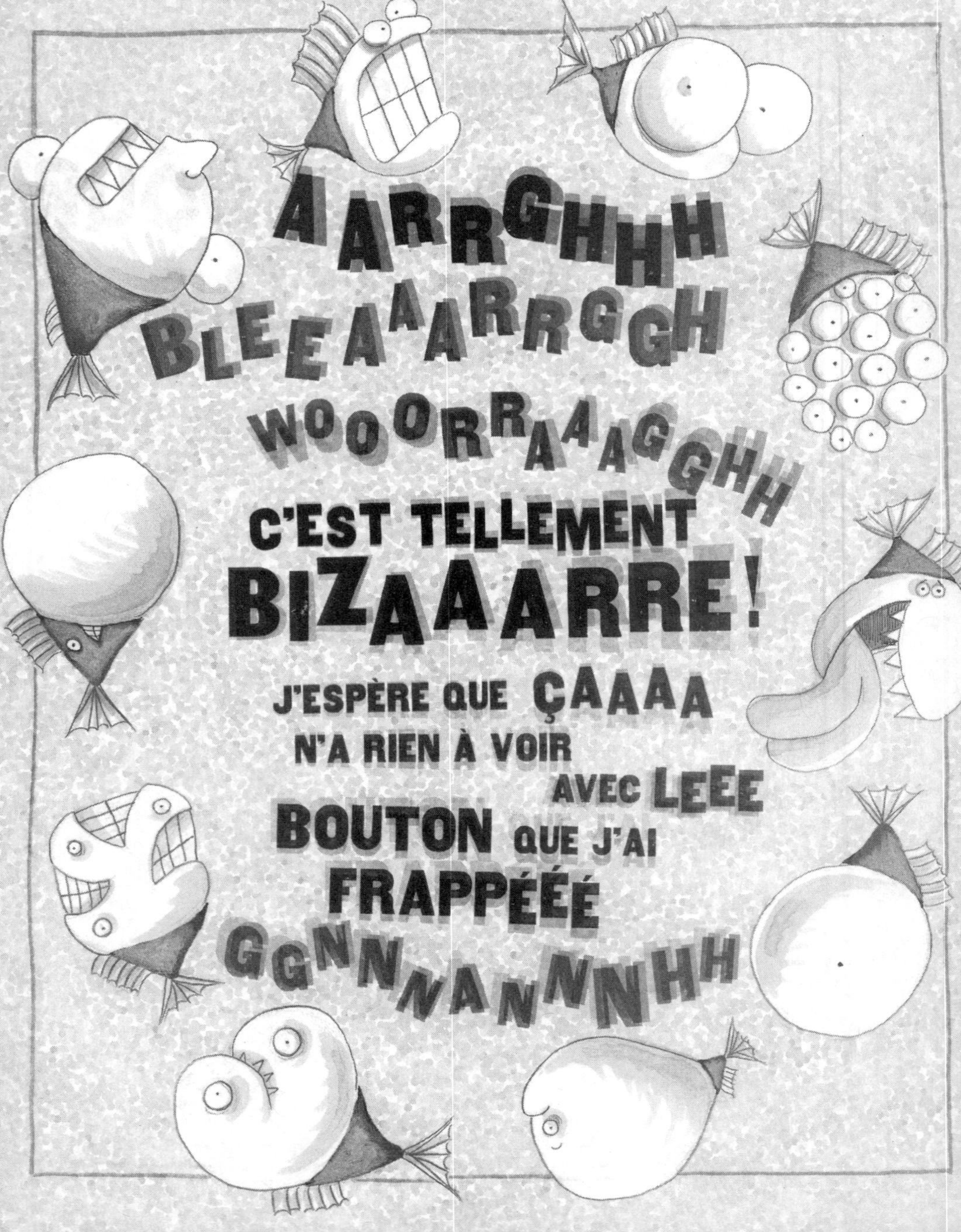
AARRGHHH
BLEEAAARRGGH
WOOORRAAGGHH
C'EST TELLEMENT
BIZAAARRE !
J'ESPÈRE QUE ÇAAAA
N'A RIEN À VOIR
AVEC LEEE
BOUTON QUE J'AI
FRAPPÉÉÉ
GGNNNANNNHH

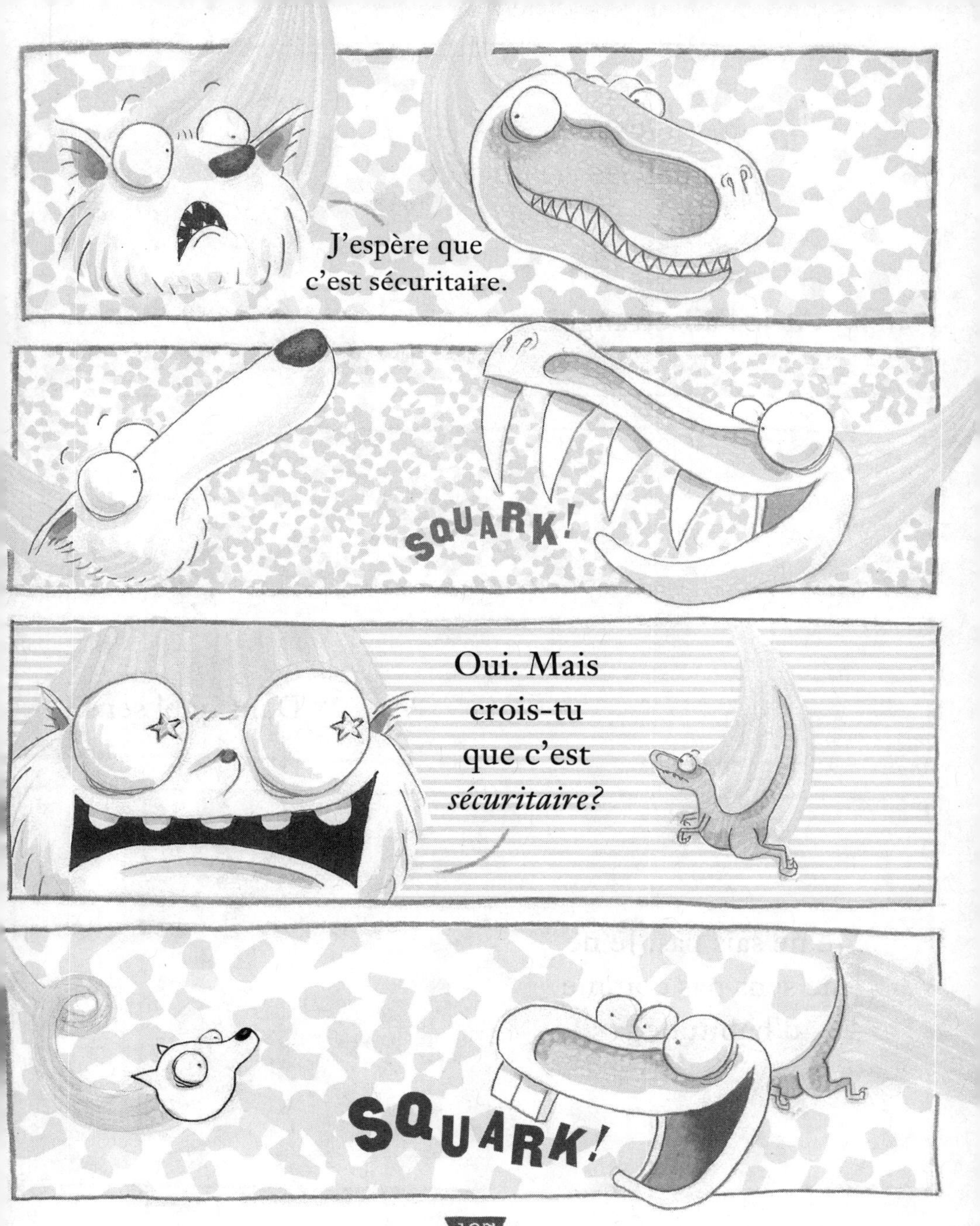
J’espère que
c’est sécuritaire.
SQUARK!
Oui. Mais
crois-tu
que c’est
sécuritaire?
SQUARK!

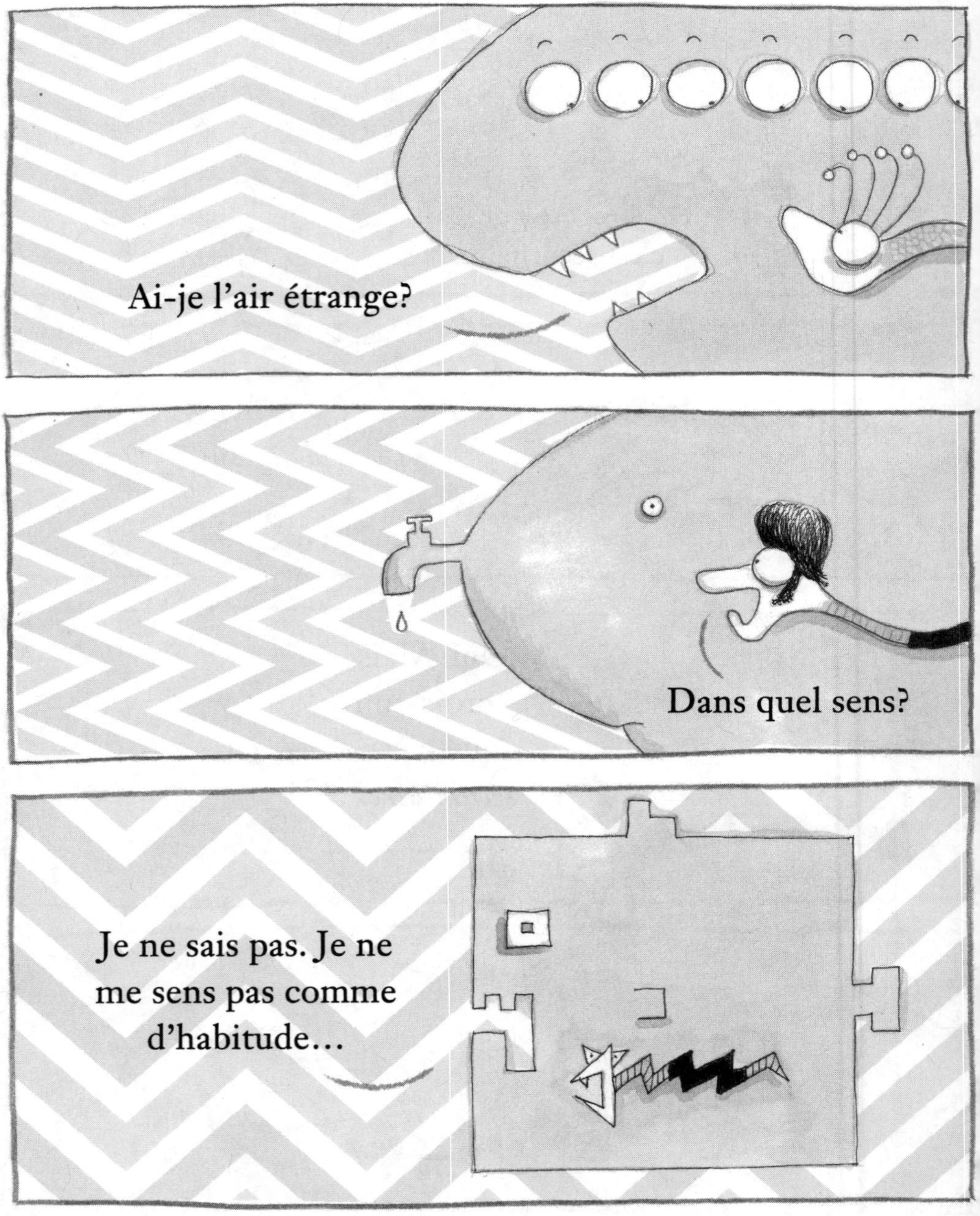
Ai-je l'air étrange?
Dans quel sens?
Je ne sais pas. Je ne me sens pas comme d'habitude…

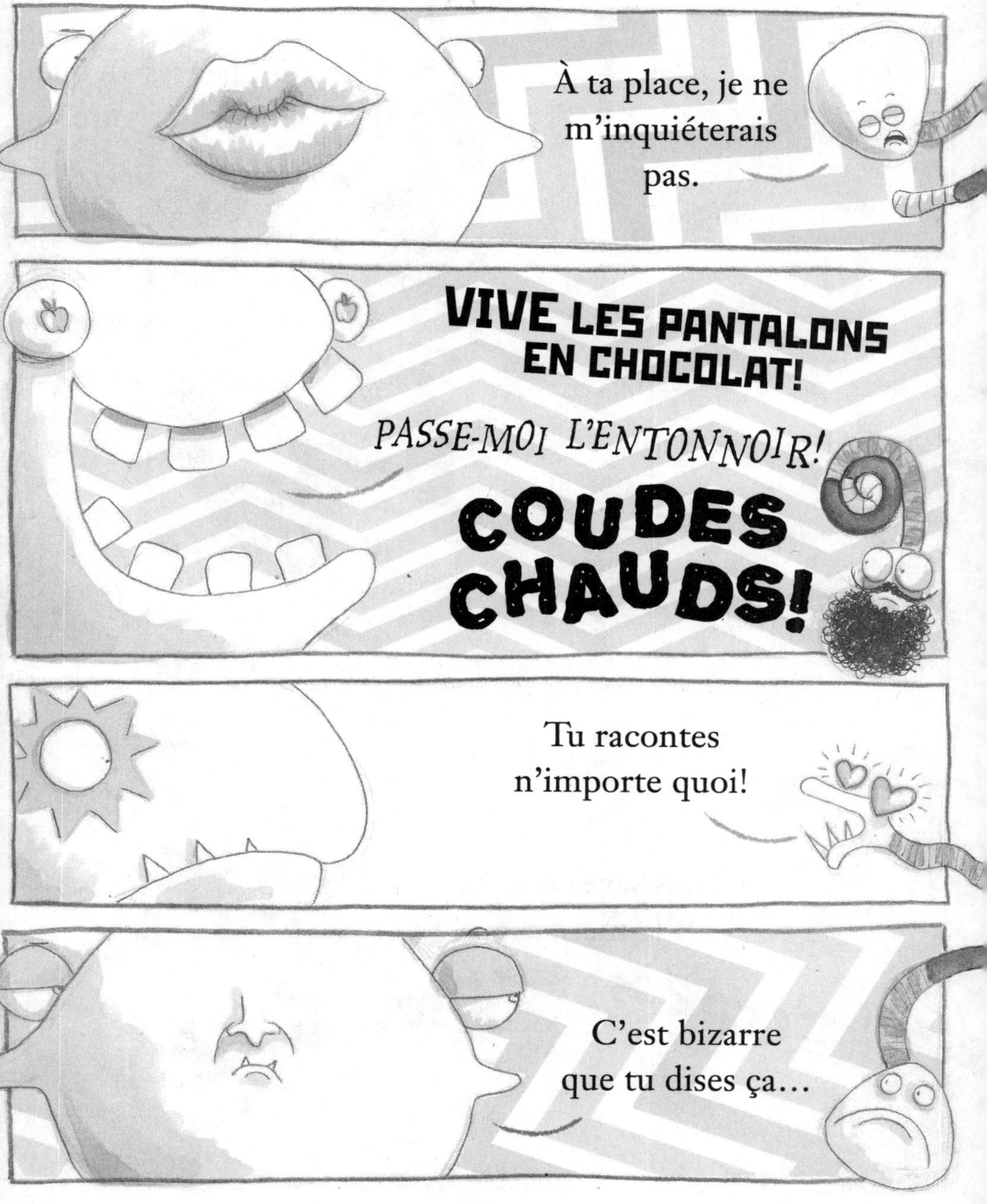
À ta place, je ne m'inquiéterais pas.
VIVE LES PANTALONS EN CHOCOLAT!
PASSE-MOI L'ENTONNOIR!
COUDES CHAUDS!
Tu racontes n'importe quoi!
C'est bizarre que tu dises ça…

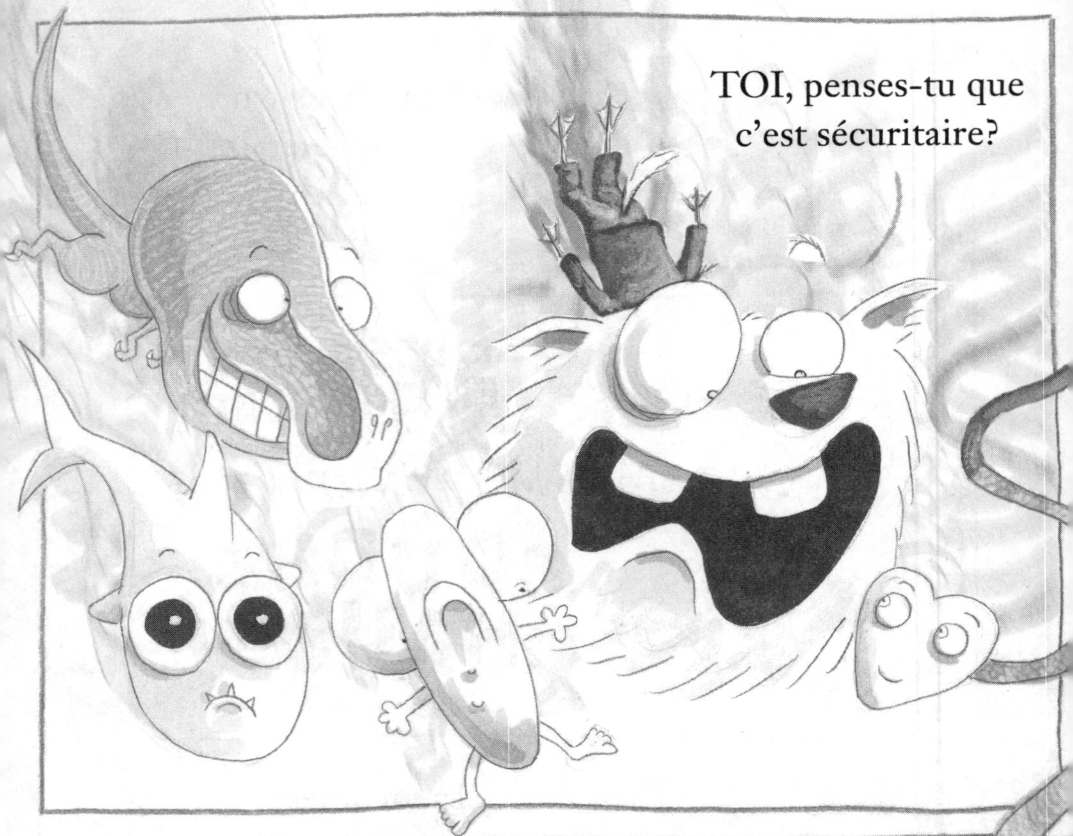
TOI, penses-tu que
c'est sécuritaire?

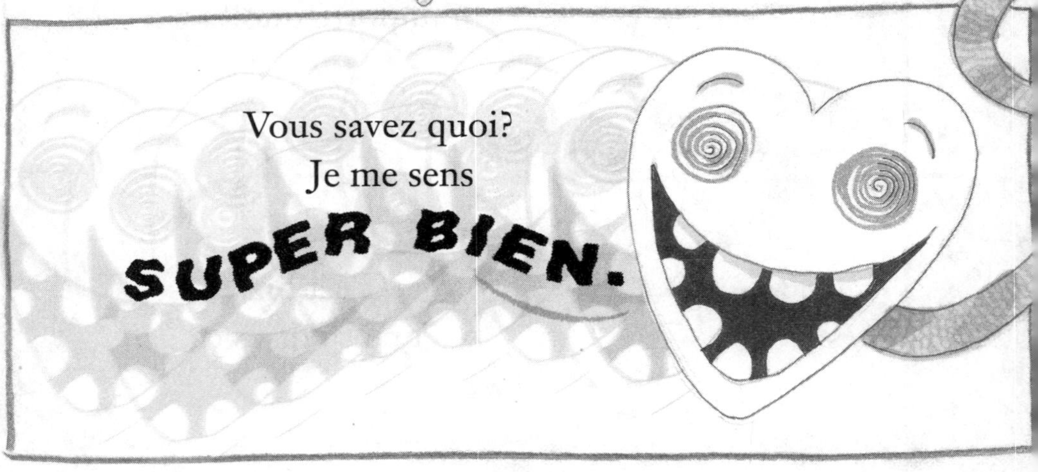
Vous savez quoi?
Je me sens
SUPER BIEN.

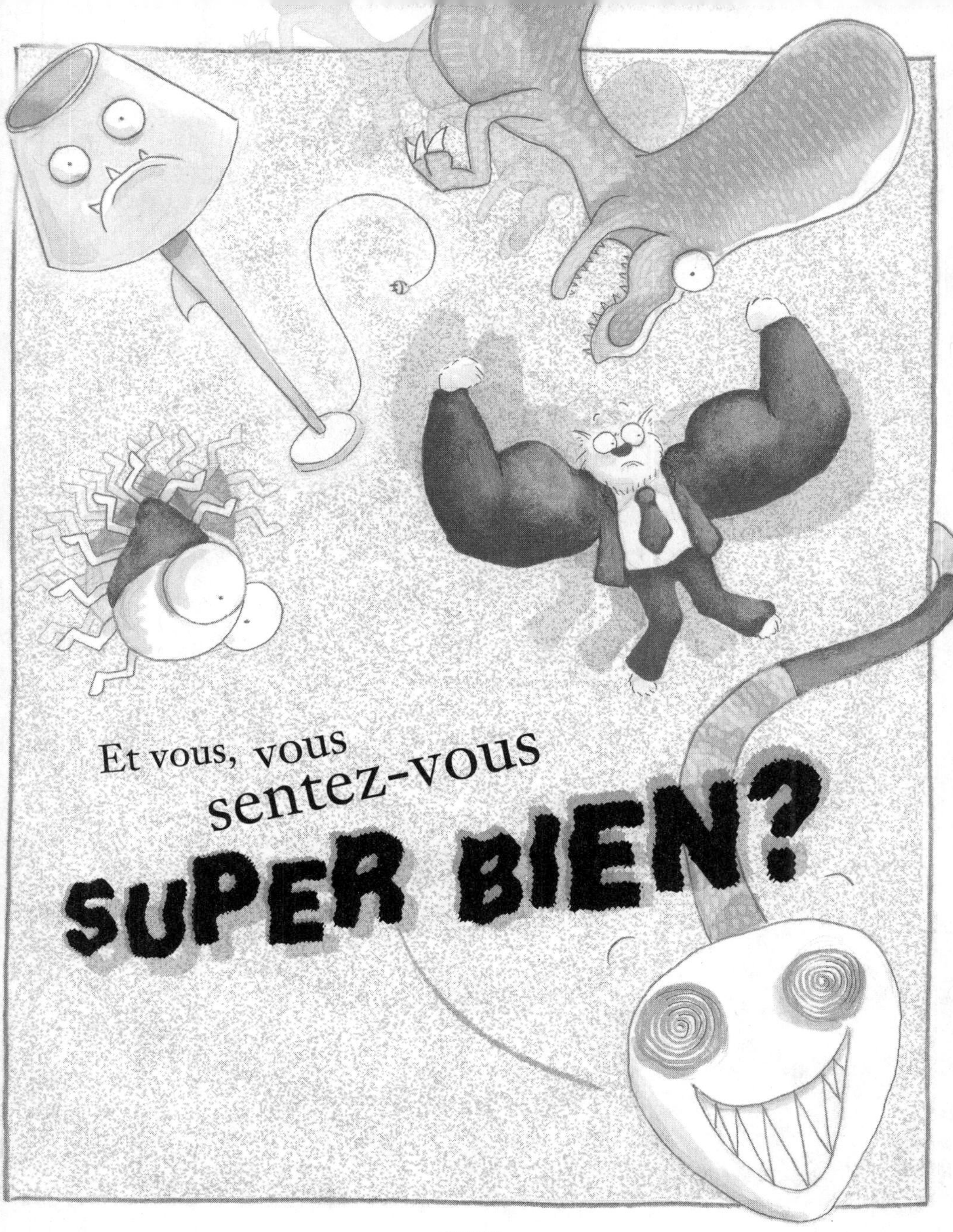
Et vous, vous sentez-vous
SUPER BIEN?

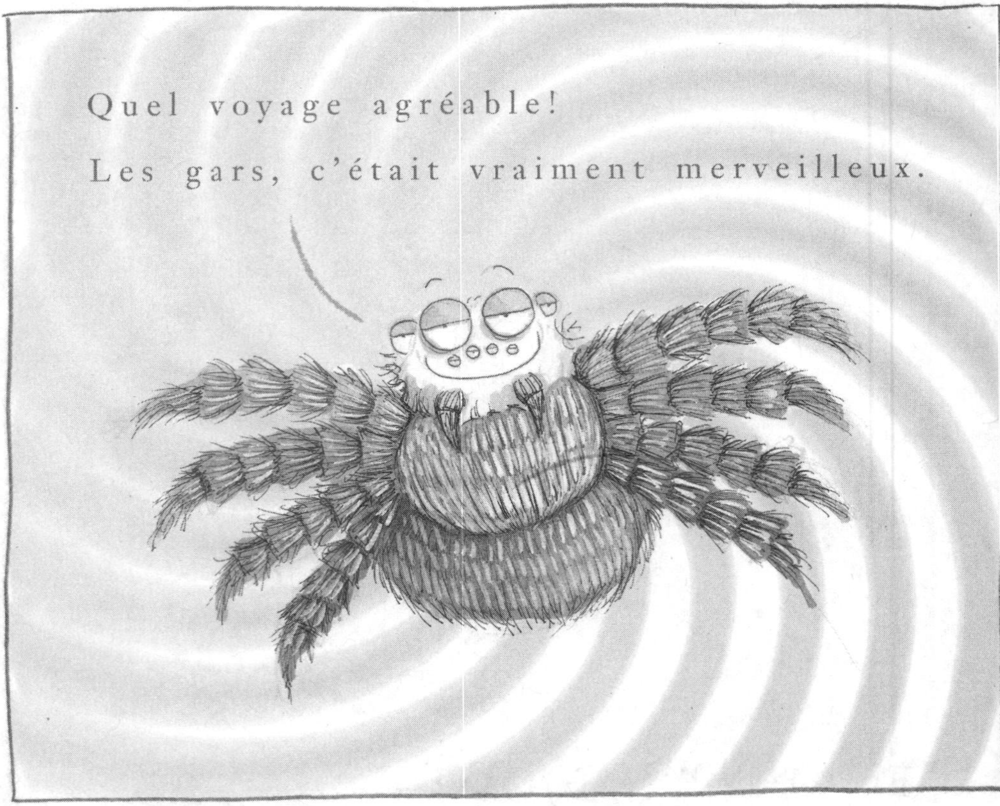
Quel voyage agréable!
Les gars, c'était vraiment merveilleux.

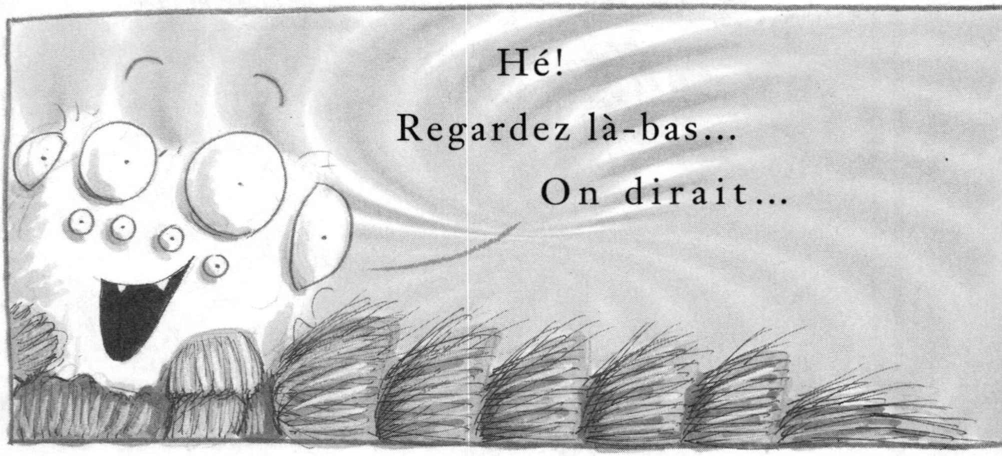
Hé!
Regardez là-bas...
On dirait...

• Chapitre 7 •

RETOUR VERS LE... TU SAIS QUOI

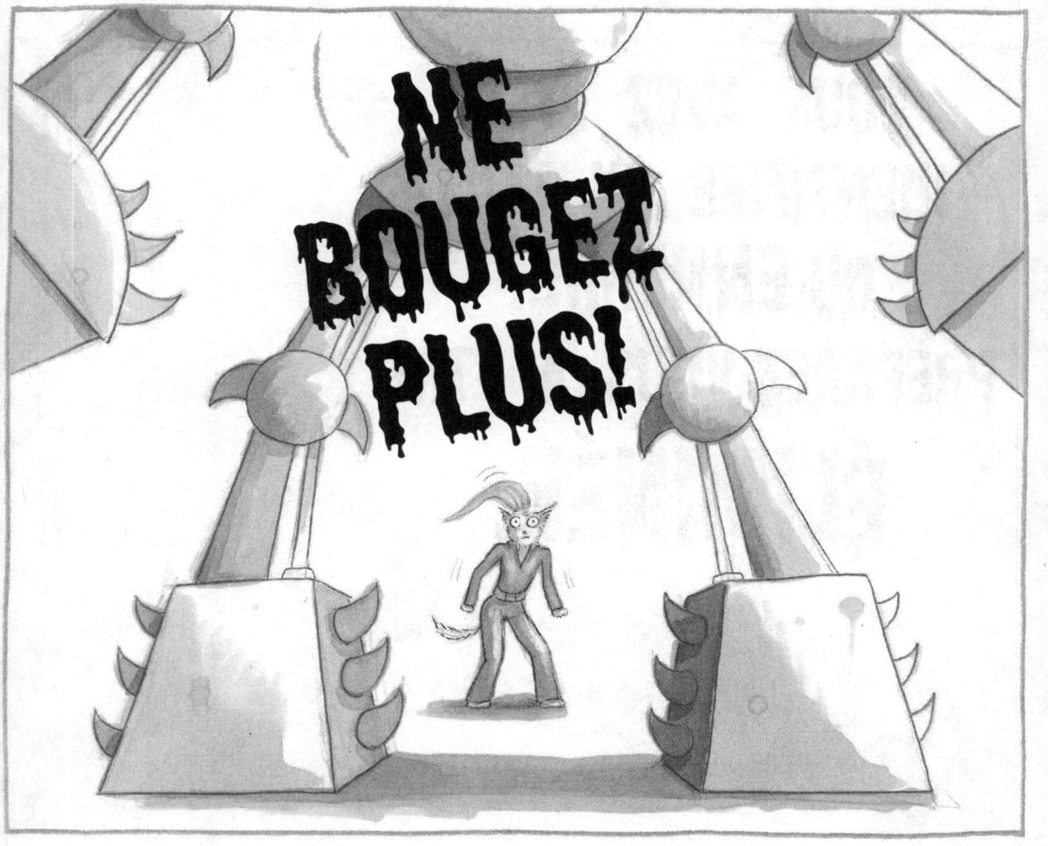
NE BOUGEZ PLUS!

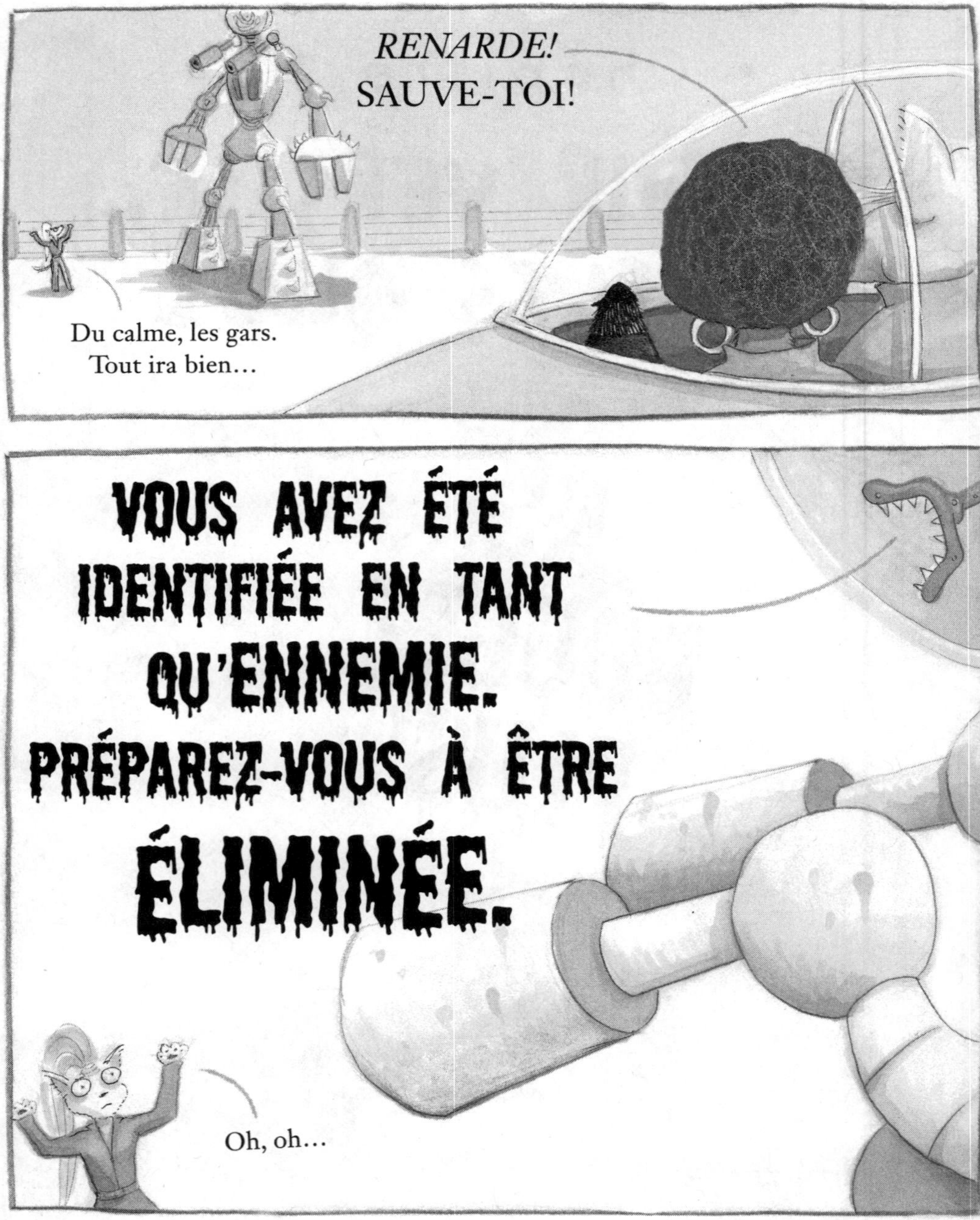
RENARDE!
SAUVE-TOI!
Du calme, les gars. Tout ira bien…
VOUS AVEZ ÉTÉ IDENTIFIÉE EN TANT QU'ENNEMIE. PRÉPAREZ-VOUS À ÊTRE ÉLIMINÉE.
Oh, oh…

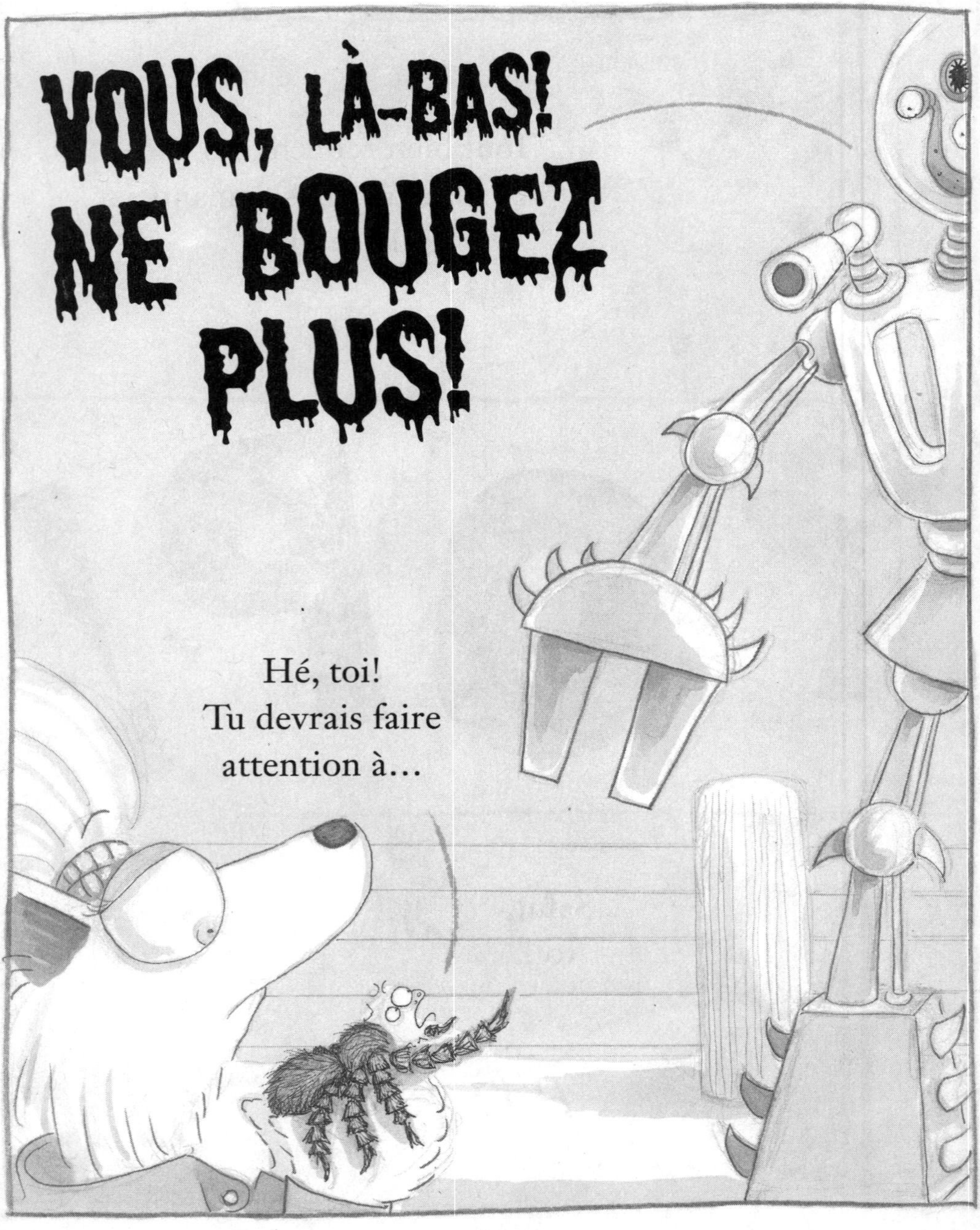
VOUS, LÀ-BAS! NE BOUGEZ PLUS!
Hé, toi! Tu devrais faire attention à…

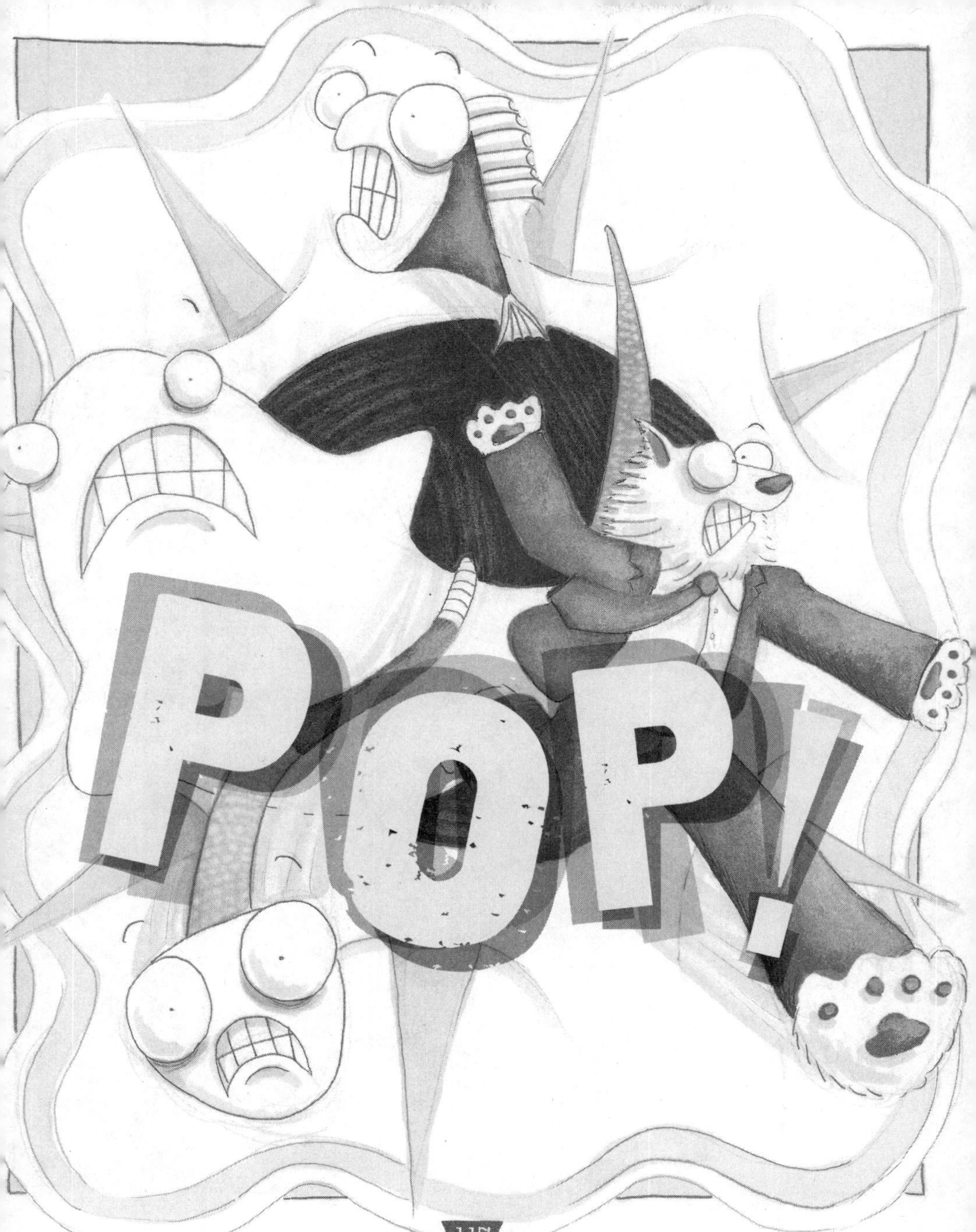
POP!

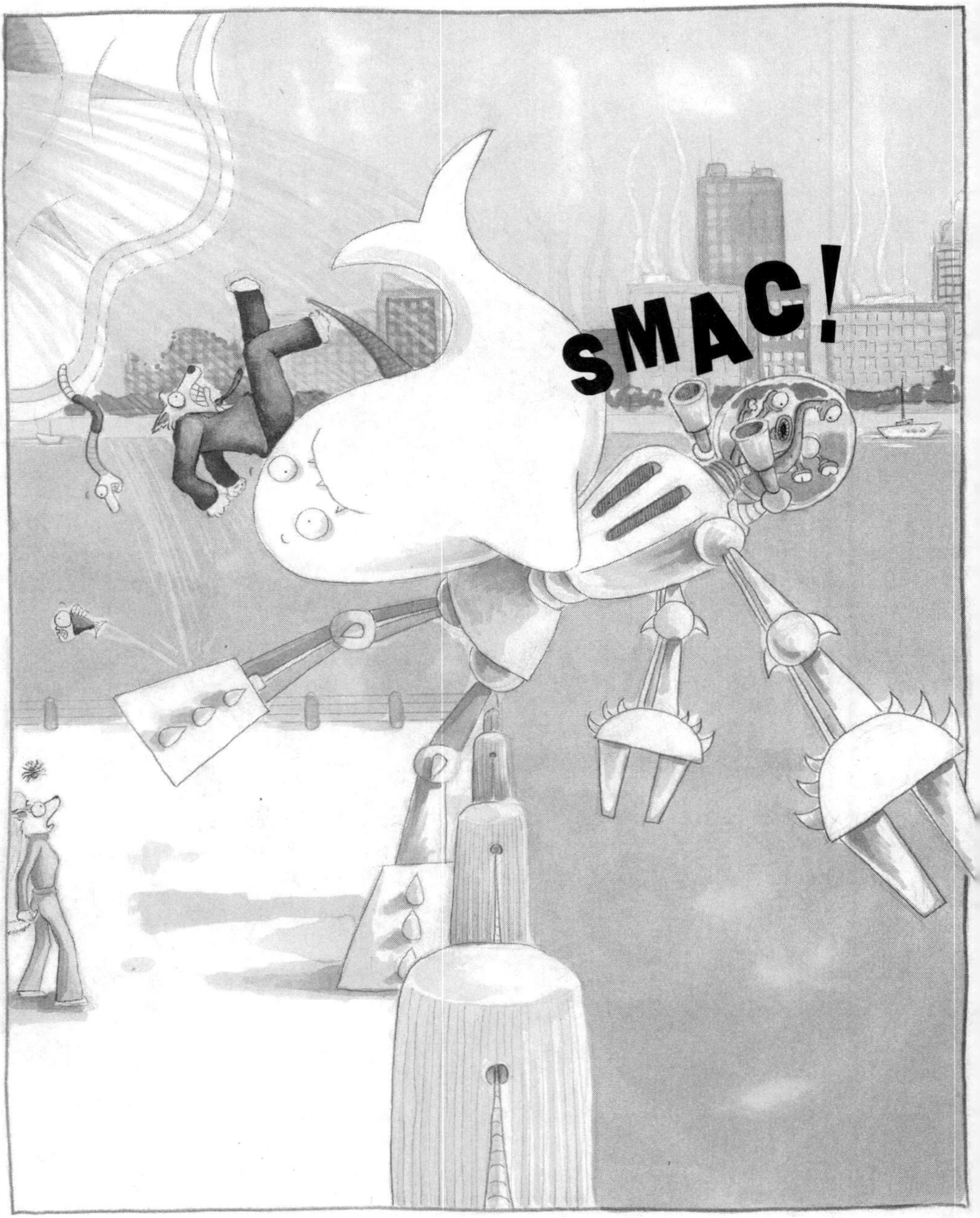
SMAC!

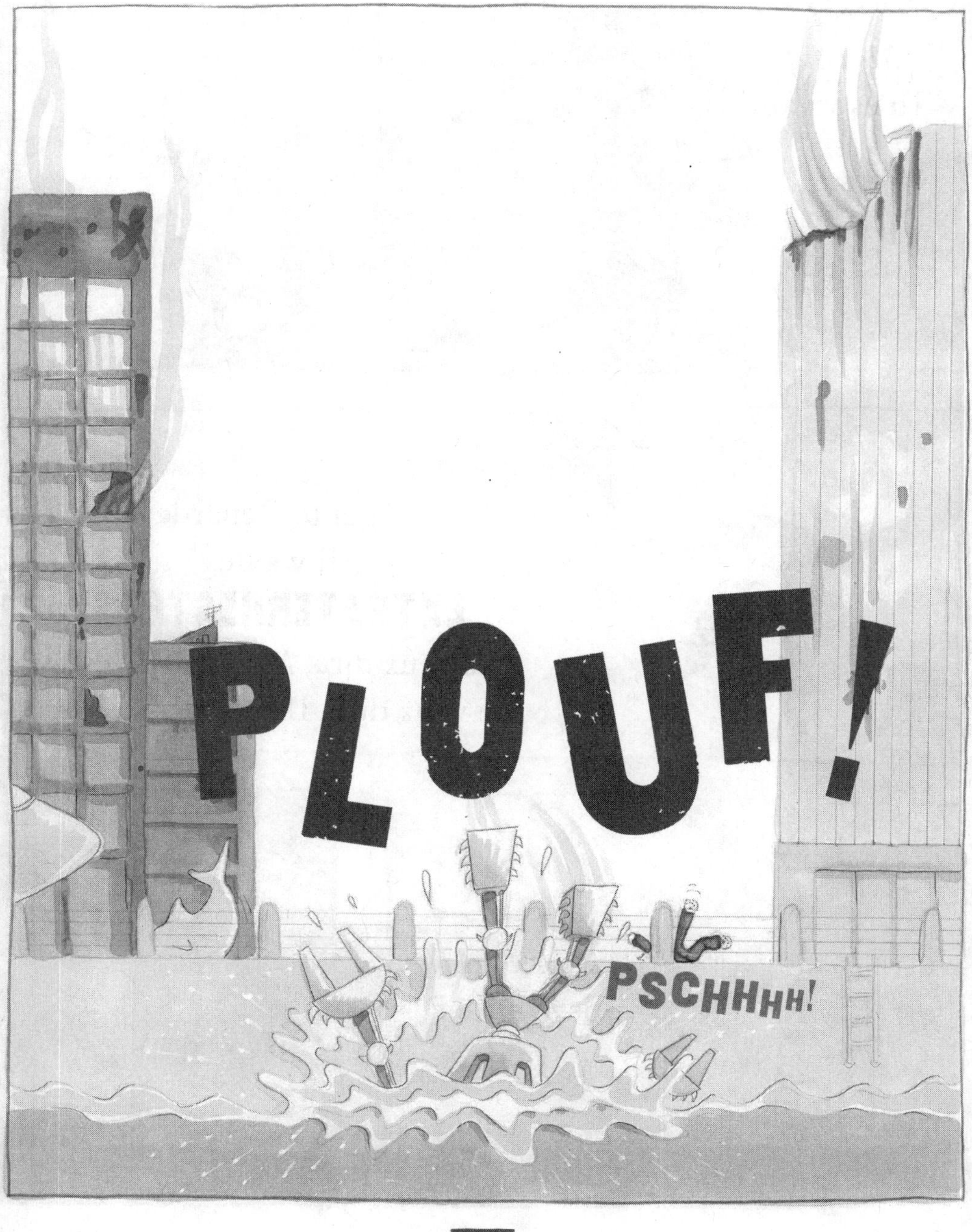
PLOUF!
PSCHHHH!

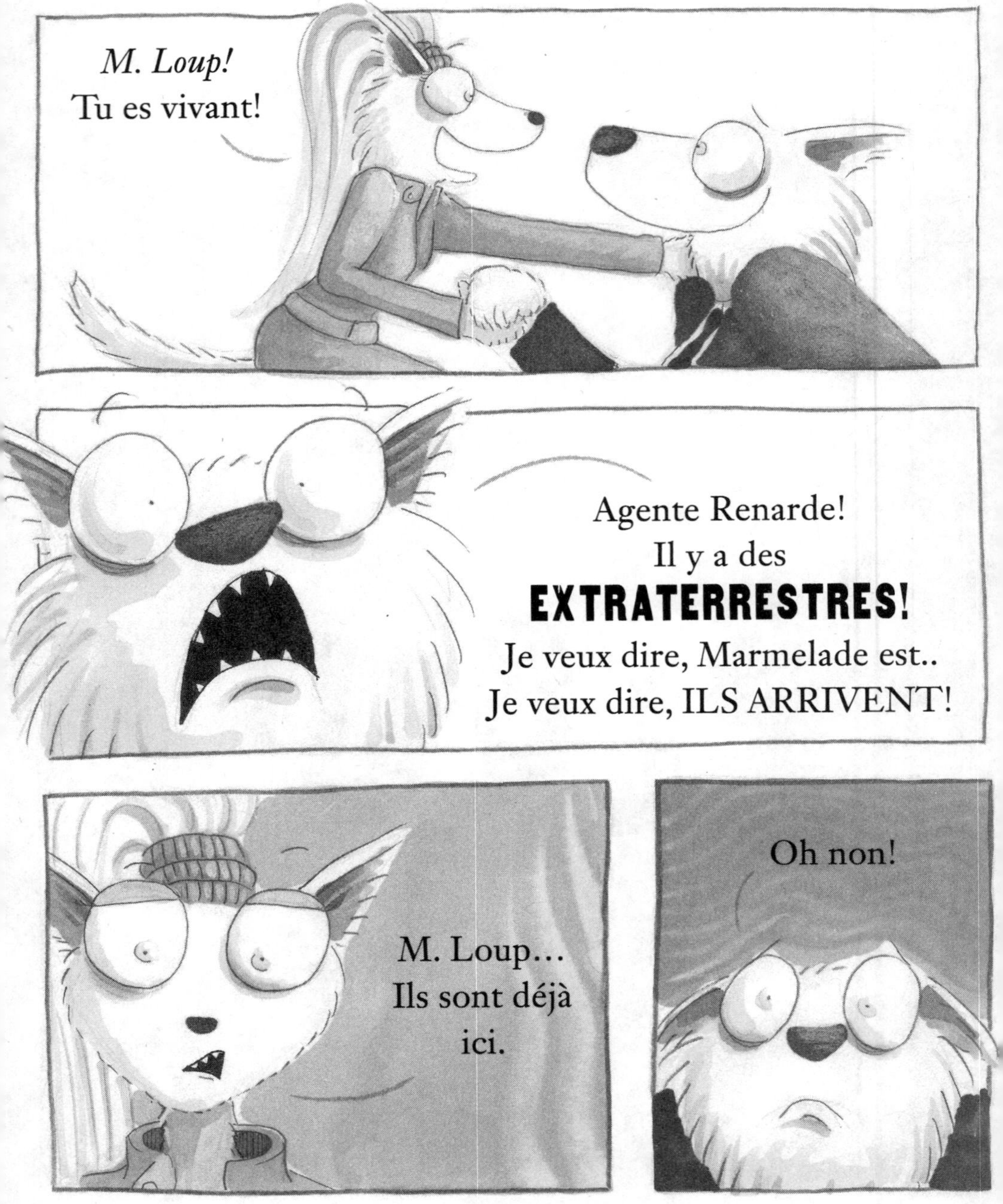
M. Loup!
Tu es vivant!
Agente Renarde!
Il y a des
EXTRATERRESTRES!
Je veux dire, Marmelade est..
Je veux dire, ILS ARRIVENT!
M. Loup…
Ils sont déjà
ici.
Oh non!

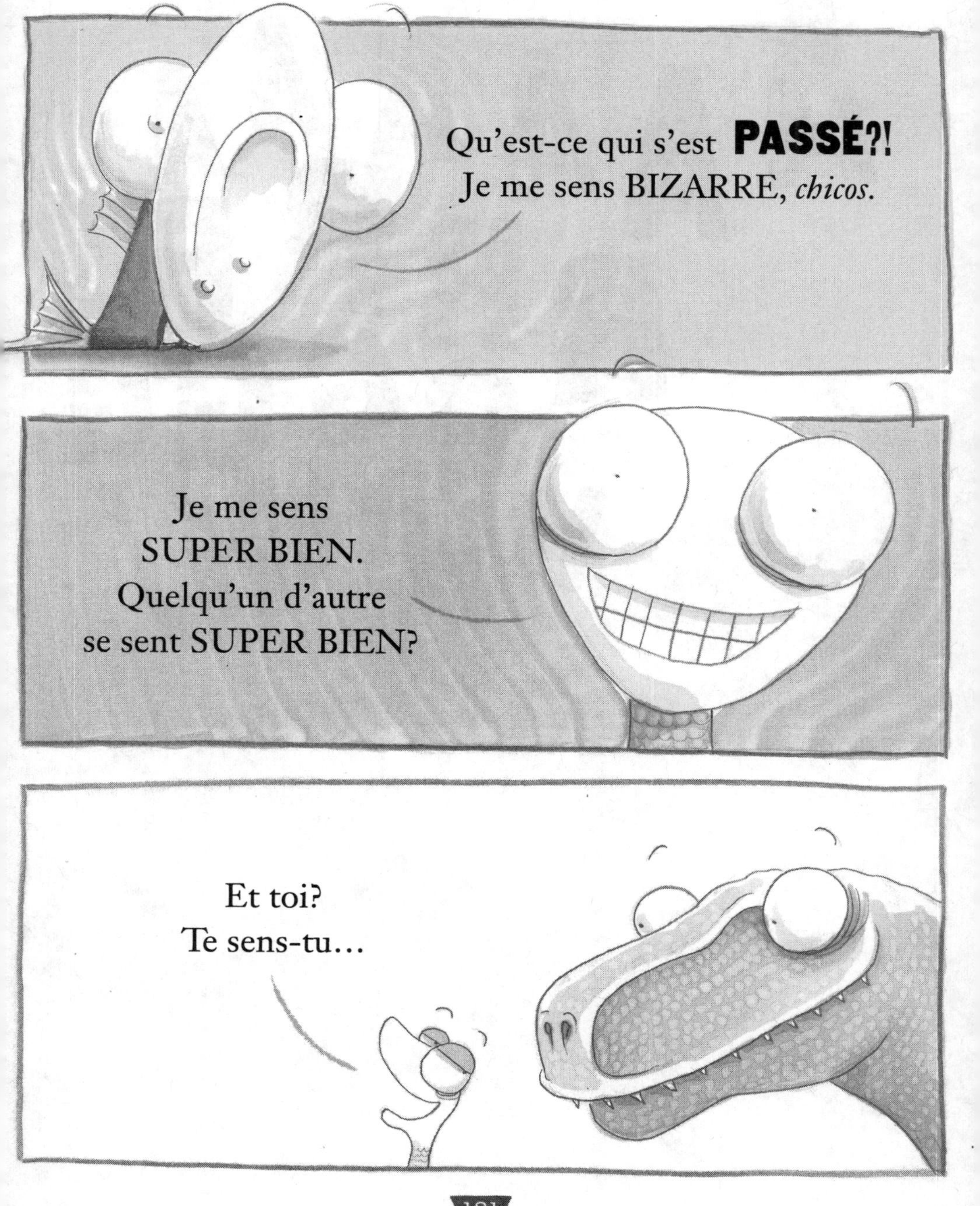
Qu'est-ce qui s'est **PASSÉ**?!
Je me sens BIZARRE, *chicos*.
Je me sens SUPER BIEN. Quelqu'un d'autre se sent SUPER BIEN?
Et toi? Te sens-tu…

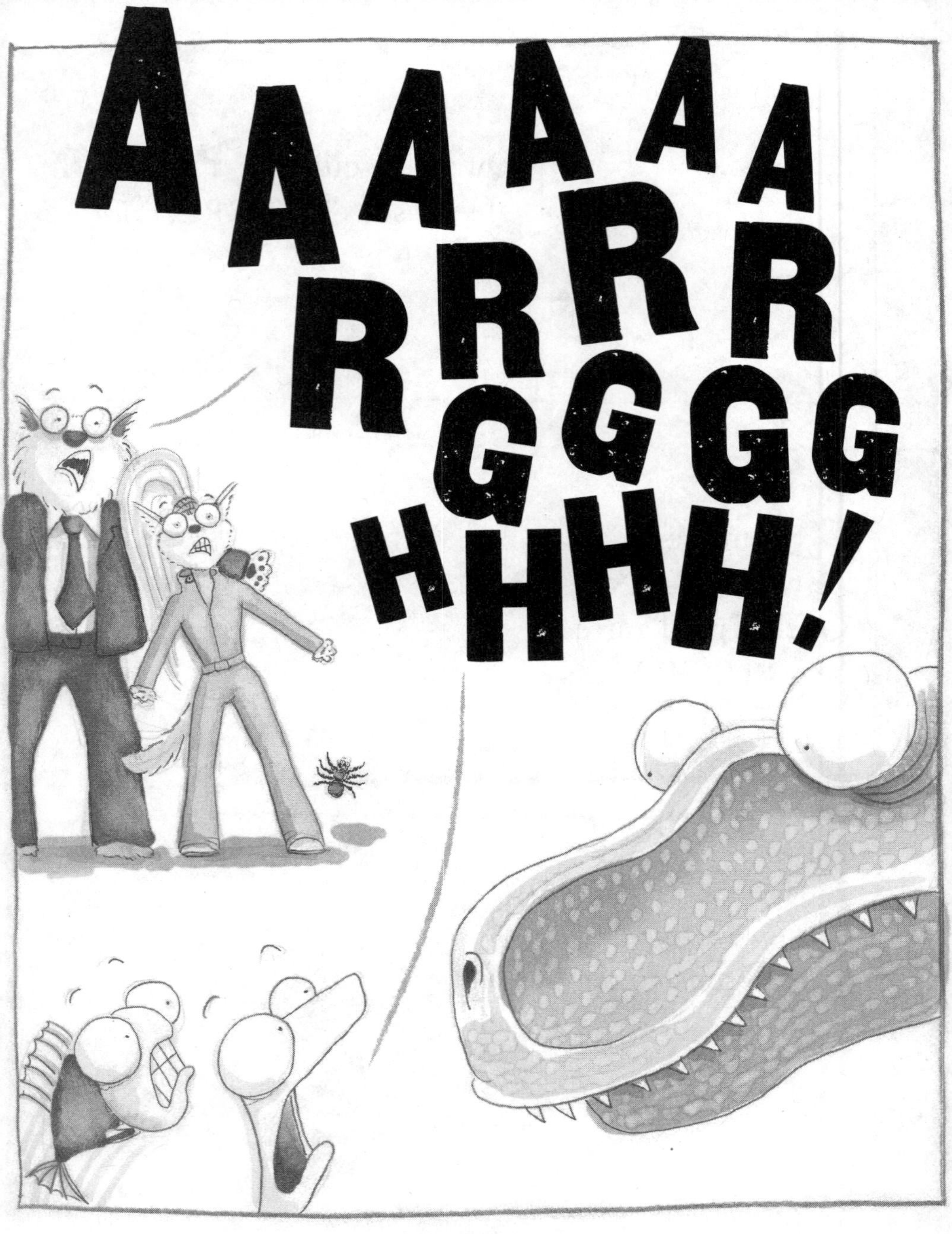
AAAAAARRRRGGGGHHHH!

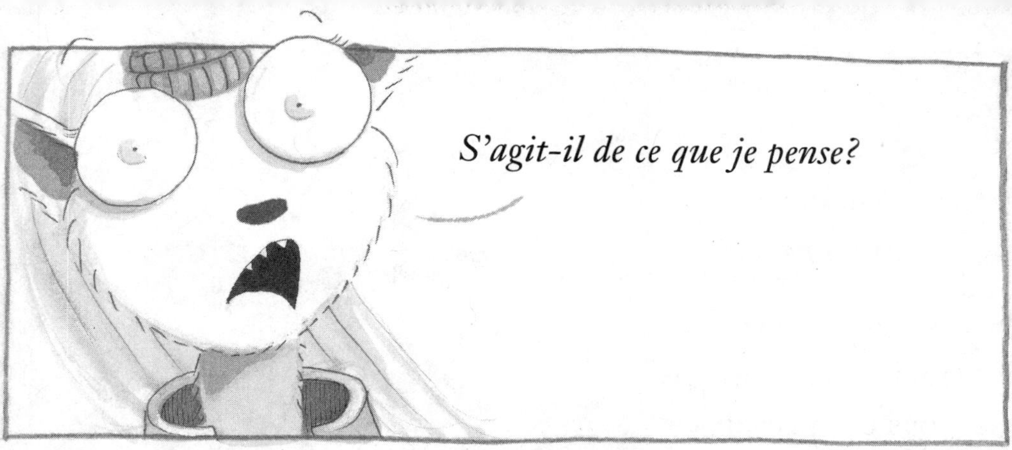
S'agit-il de ce que je pense?

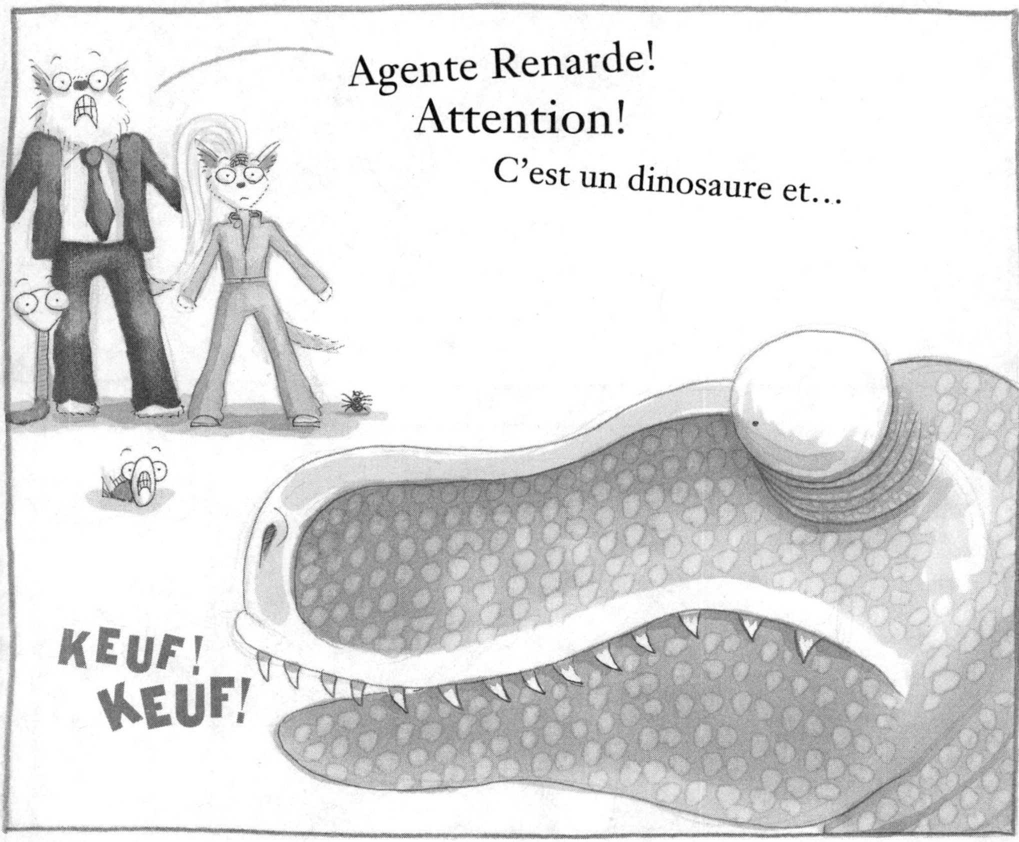
Agente Renarde!
Attention!
C'est un dinosaure et...
KEUF! KEUF!

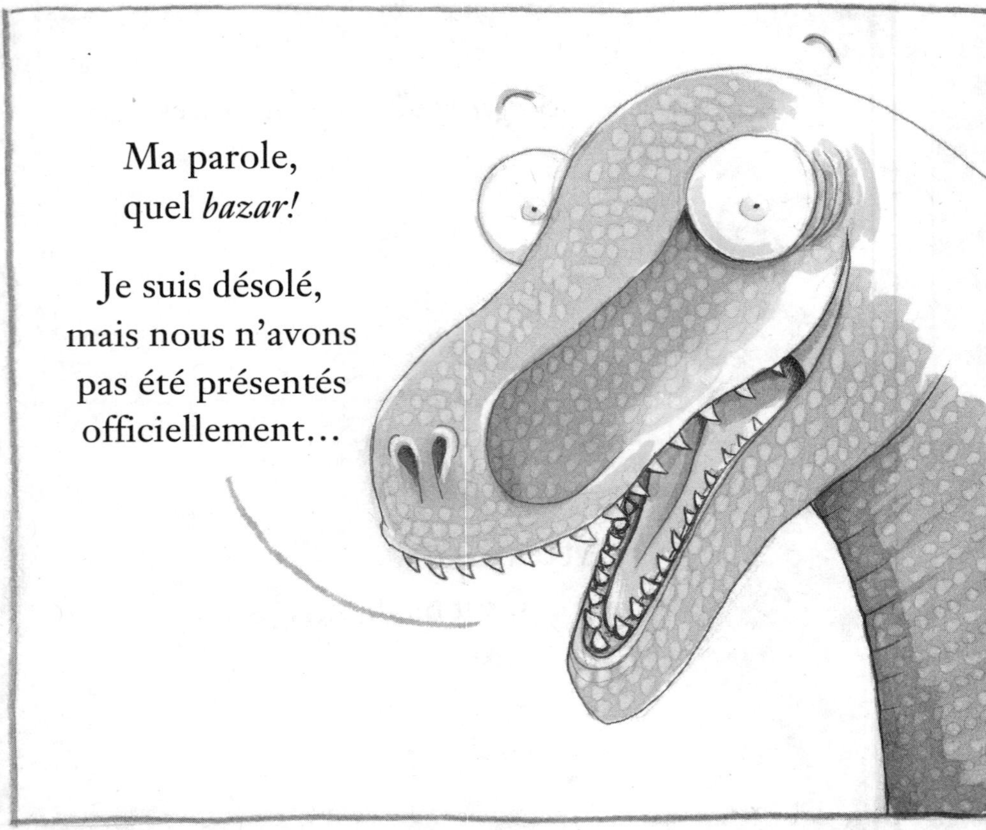
Ma parole,
quel *bazar!*
Je suis désolé,
mais nous n'avons
pas été présentés
officiellement...

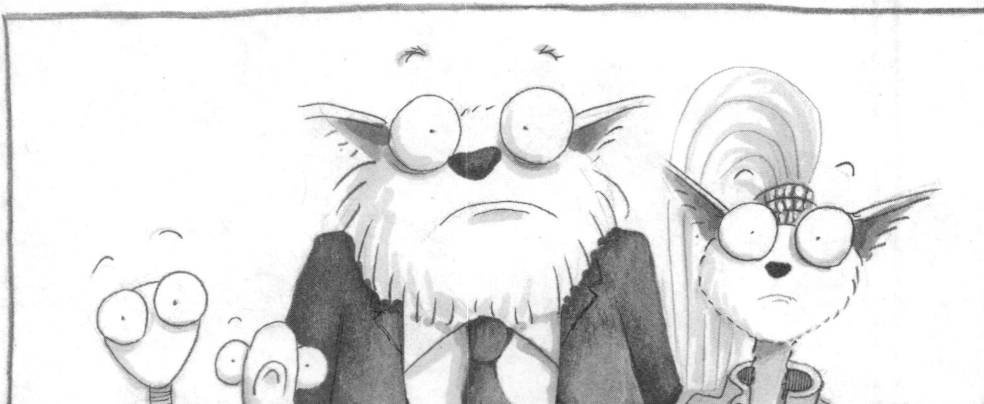

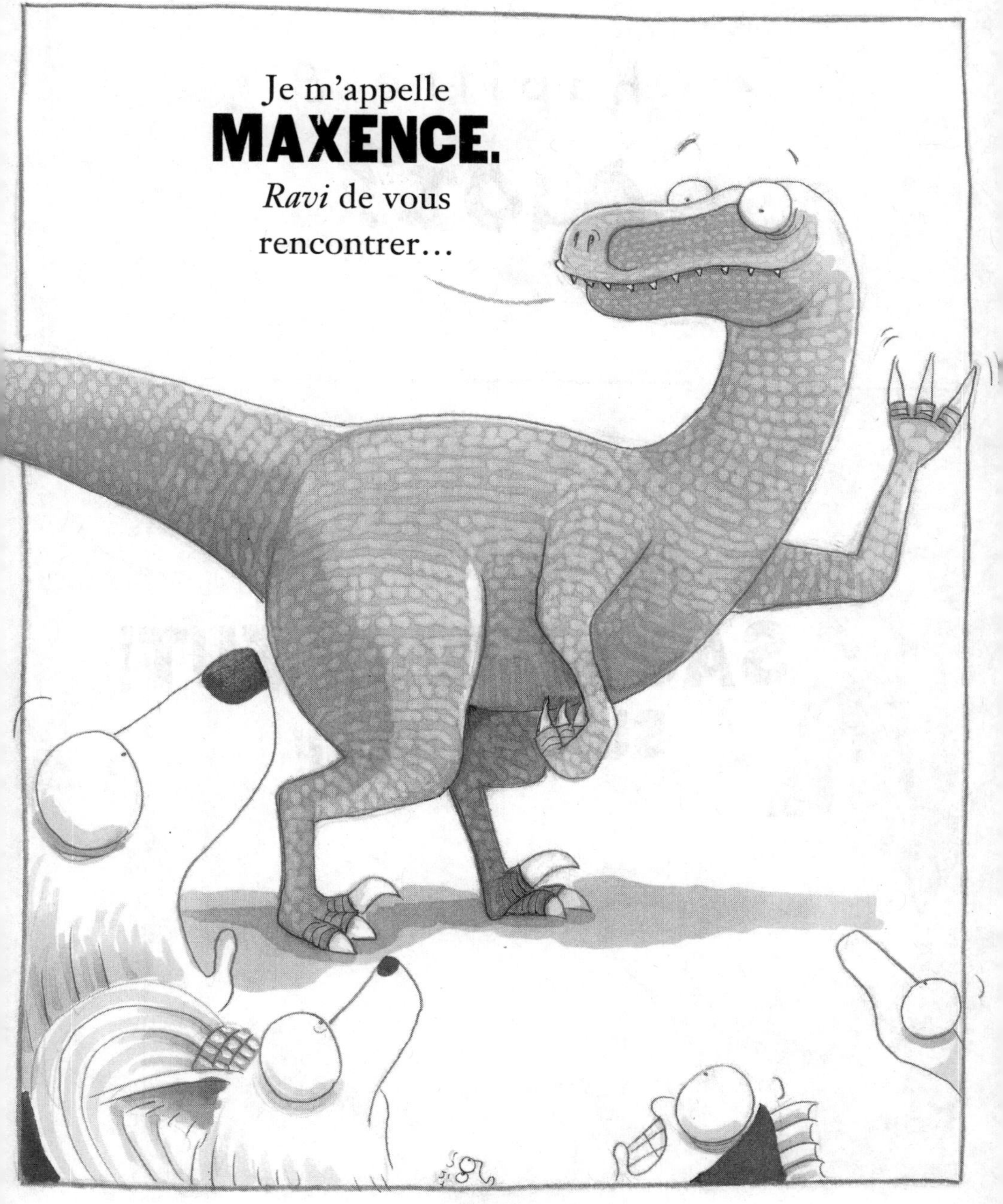
Je m'appelle
MAXENCE.
Ravi de vous
rencontrer…

• Chapitre 8 •

QUOI?

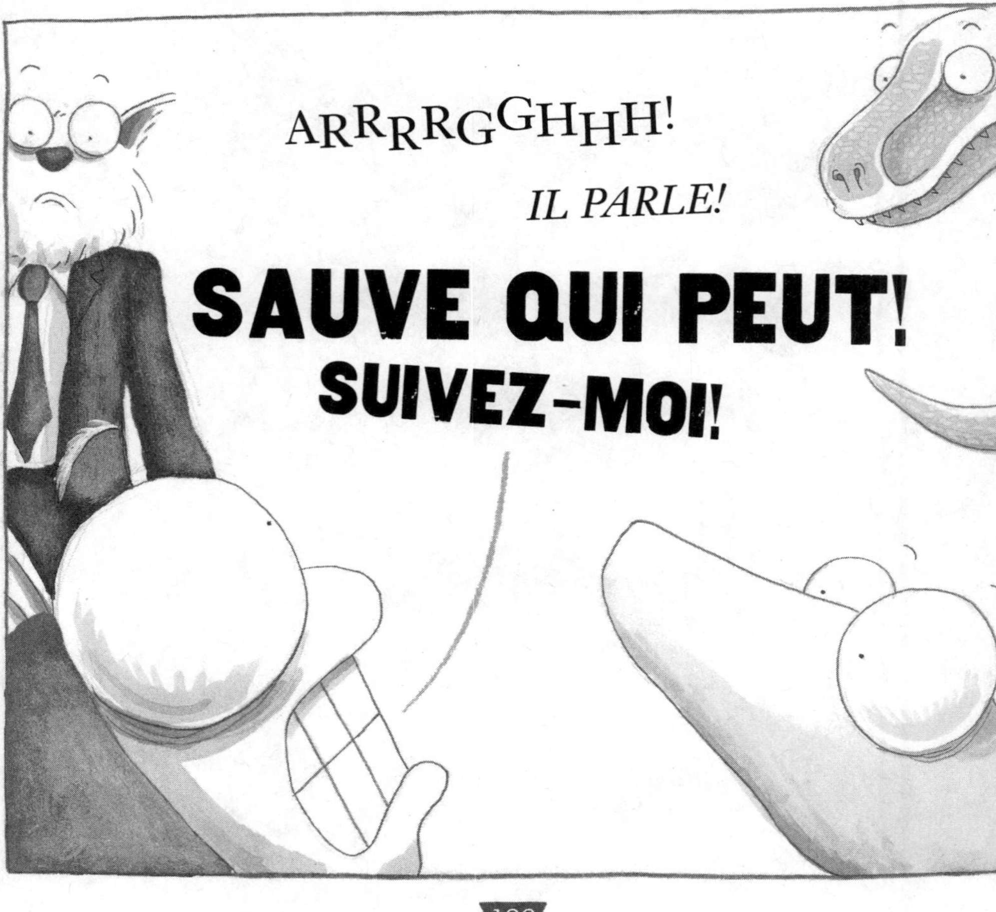
ARRRRGGHHH!
IL PARLE!
SAUVE QUI PEUT!
SUIVEZ-MOI!

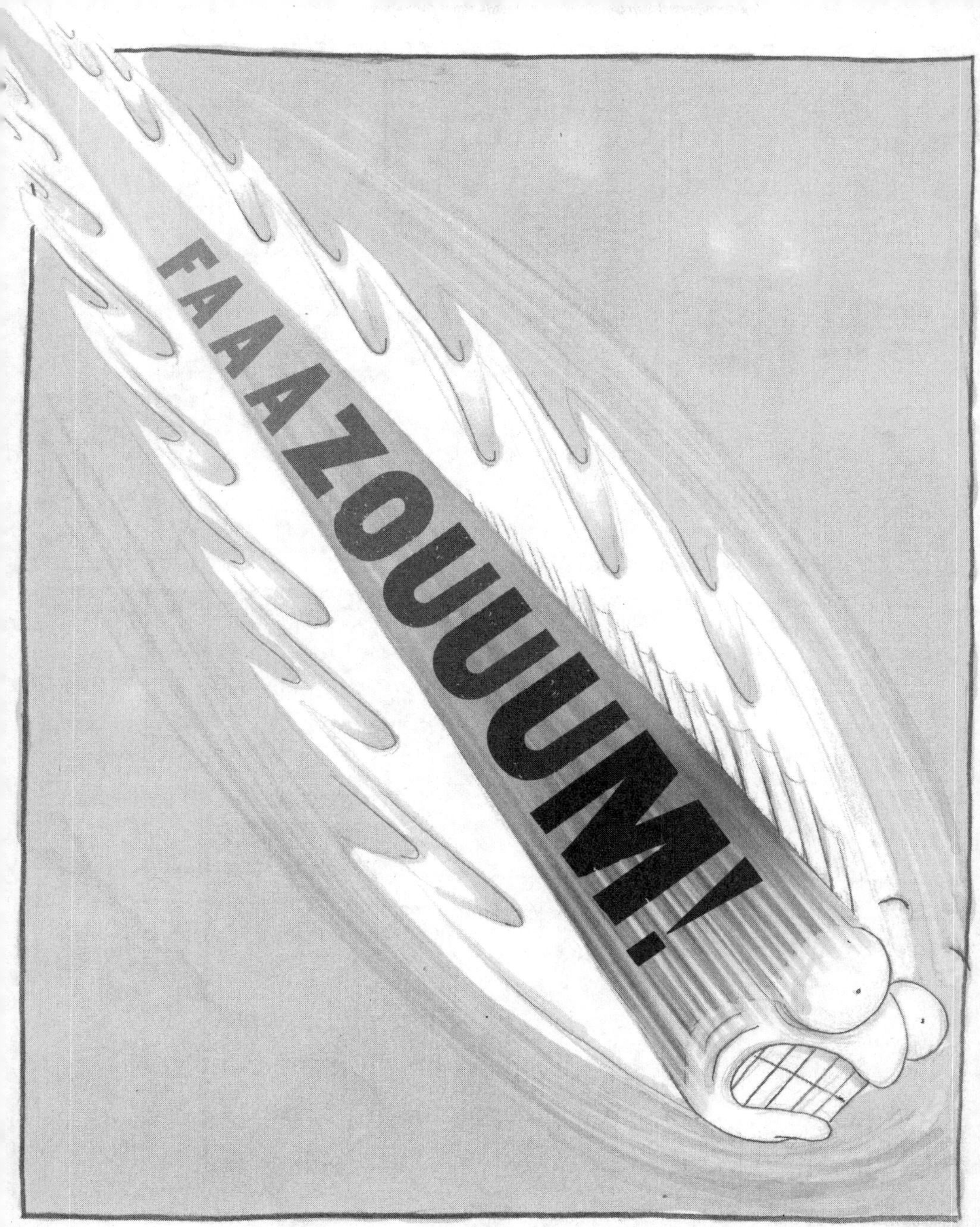
FAAAZOUUM!

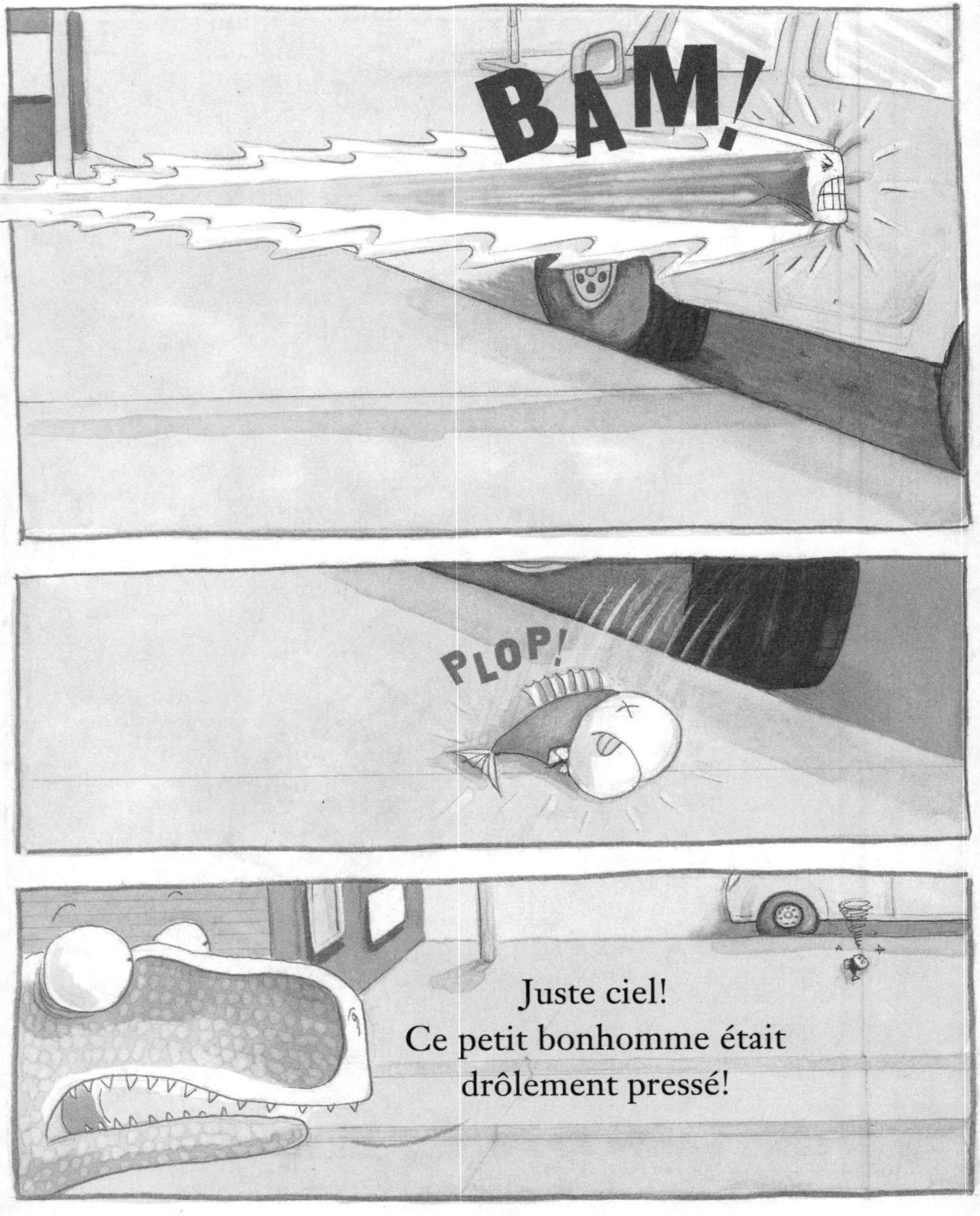
BAM!
PLOP!
Juste ciel!
Ce petit bonhomme était
drôlement pressé!

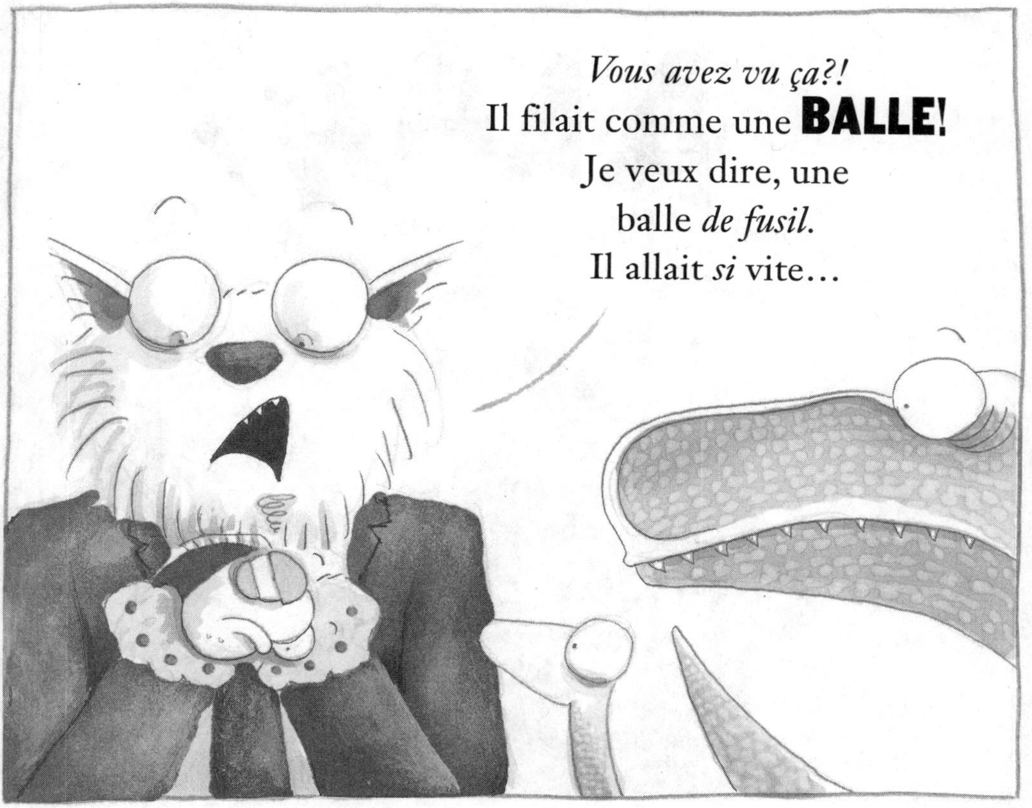
Vous avez vu ça?!
Il filait comme une **BALLE**!
Je veux dire, une
balle *de fusil*.
Il allait *si* vite…

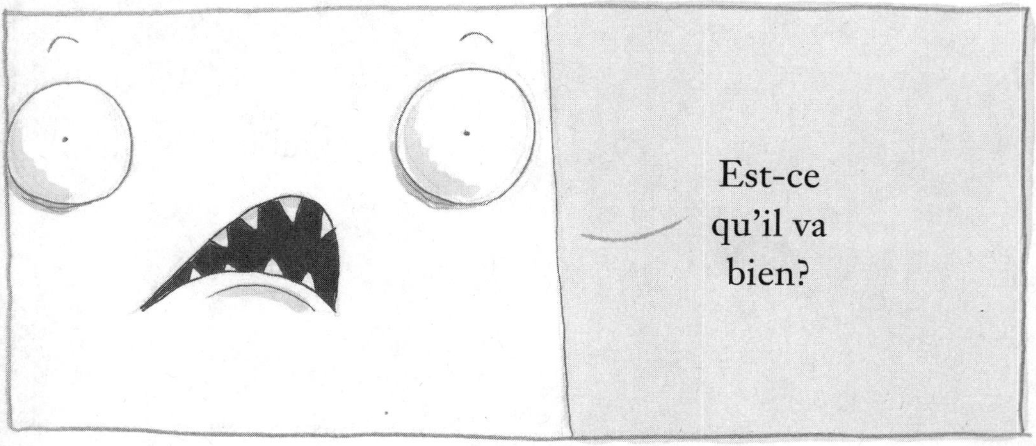
Est-ce
qu'il va
bien?

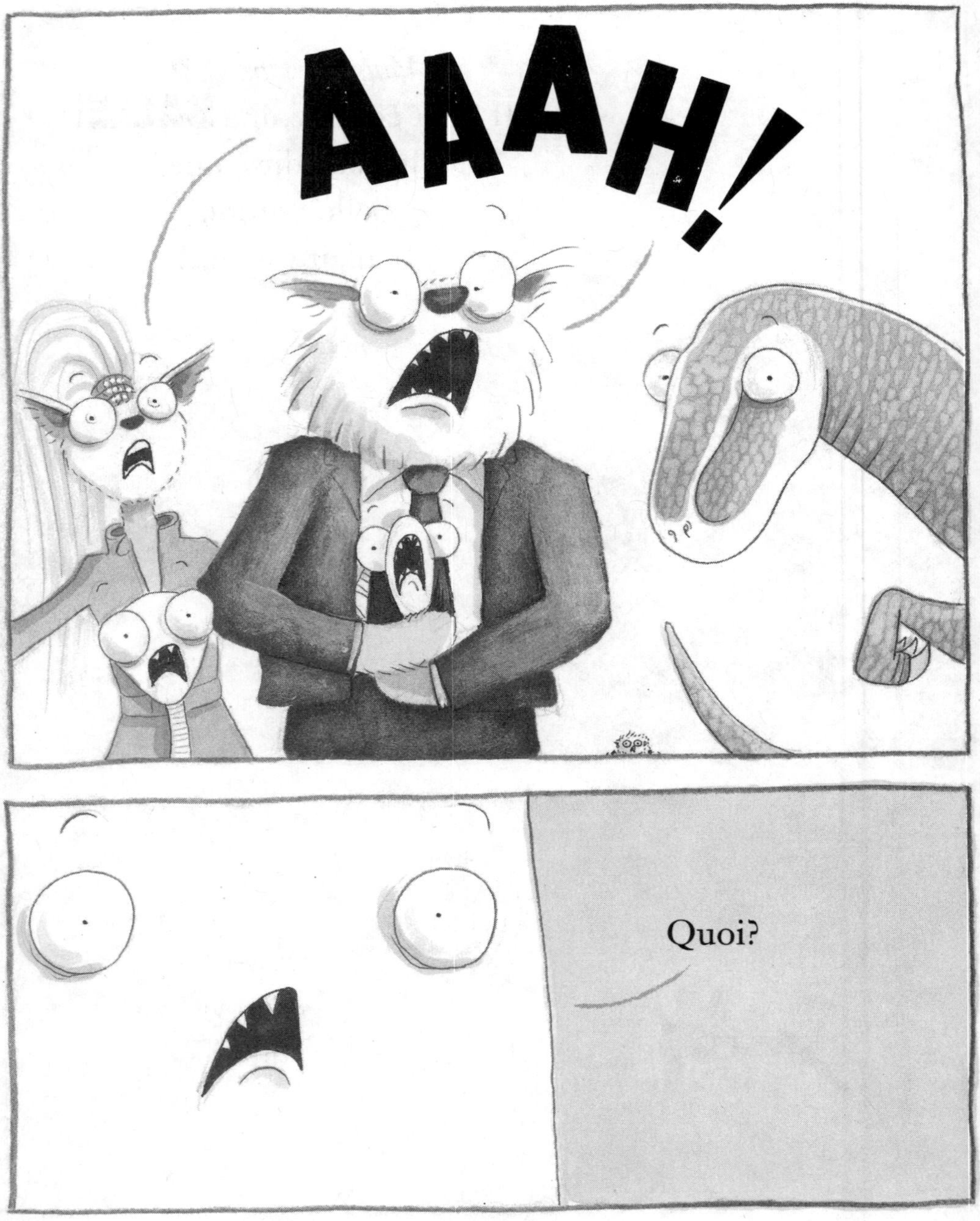
AAAH!
Quoi?

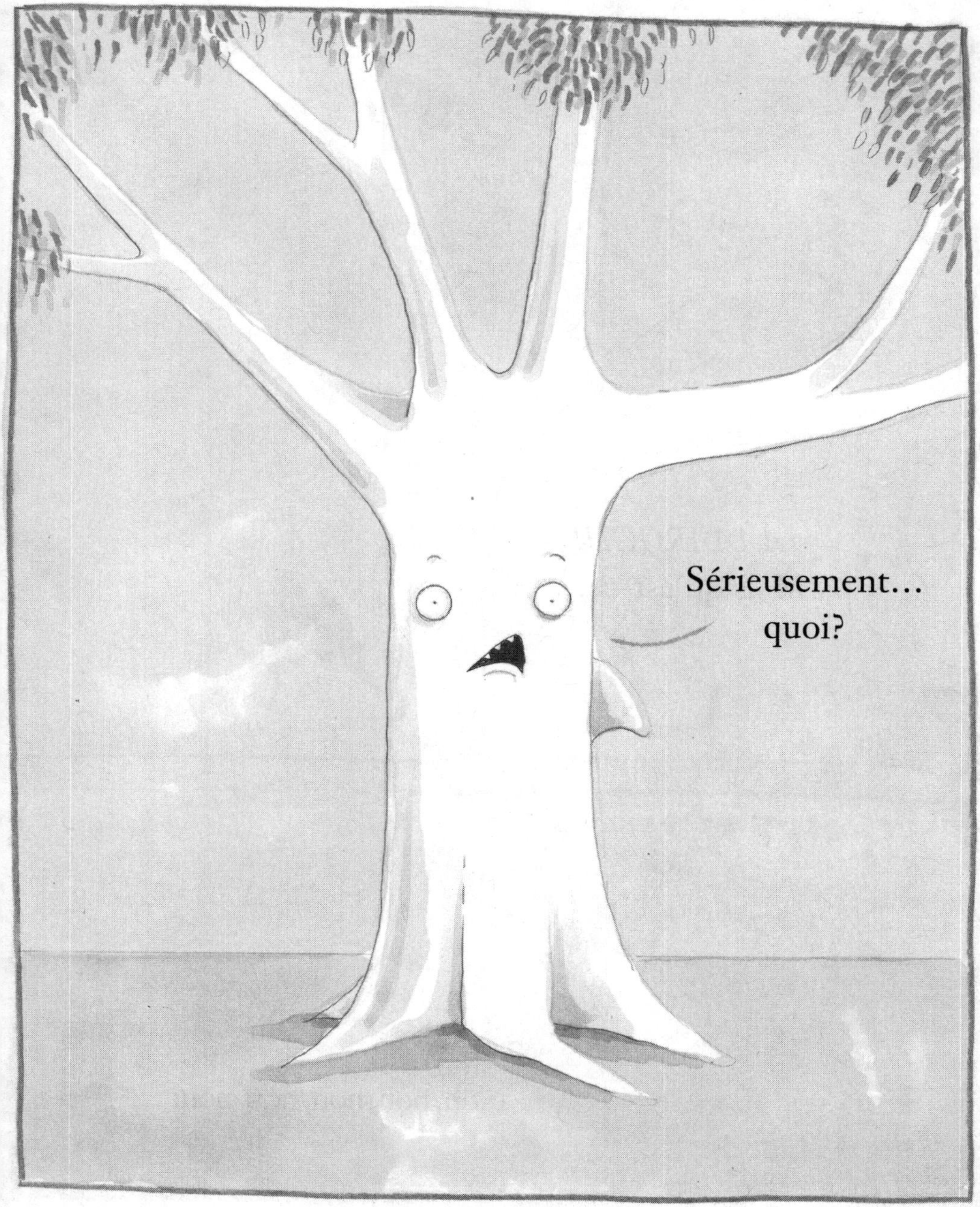
Sérieusement…
quoi?

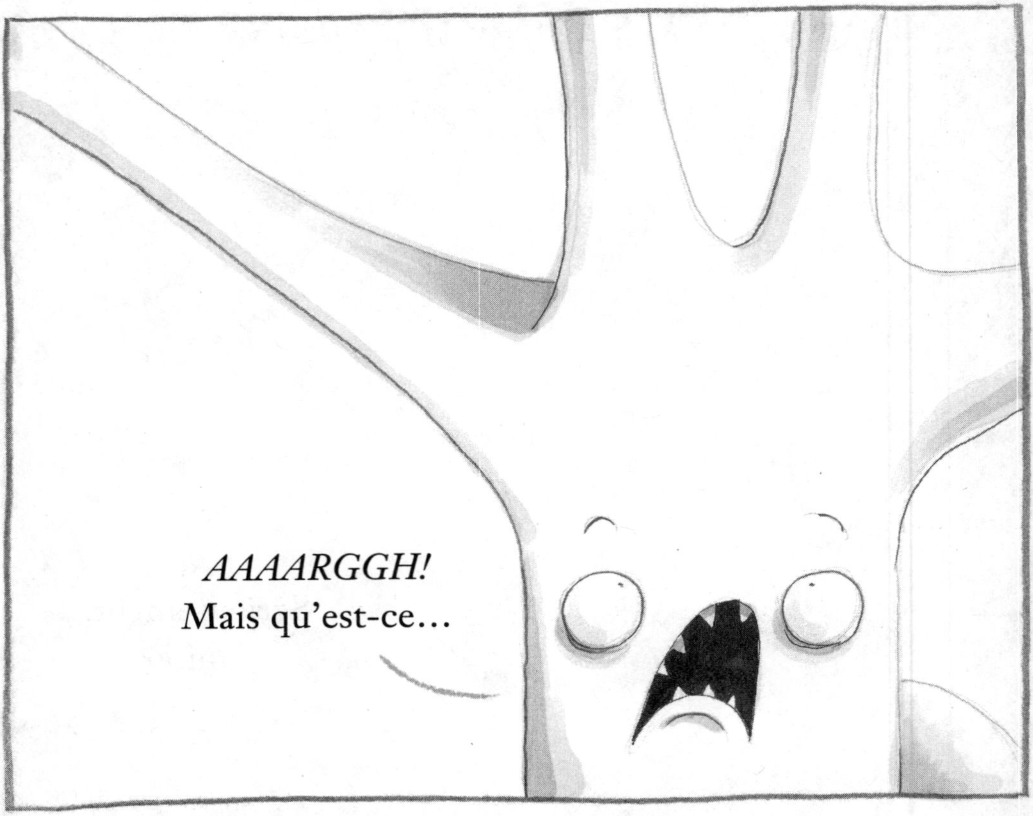
AAAARGGH!
Mais qu'est-ce…

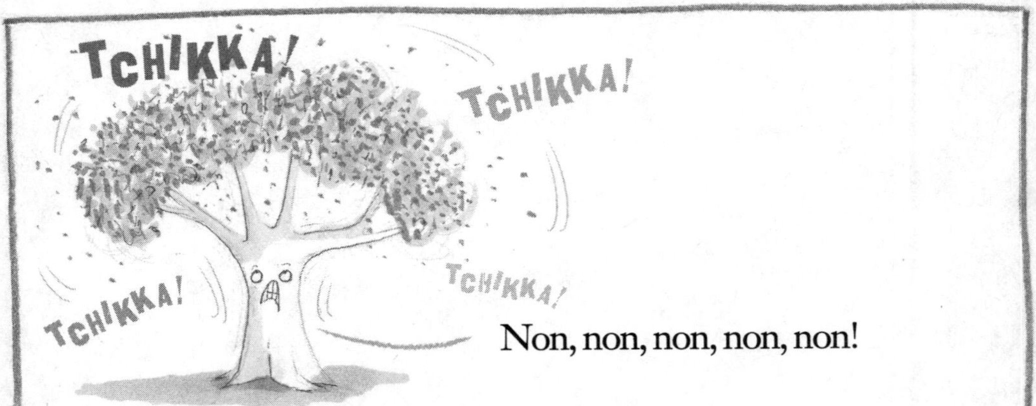
TCHIKKA!
TCHIKKA!
TCHIKKA!
TCHIKKA!
Non, non, non, non, non!

POOUUUF!

Héééééé!

POOUUUUF!

Bliiaauurrgghh!

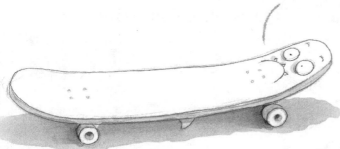

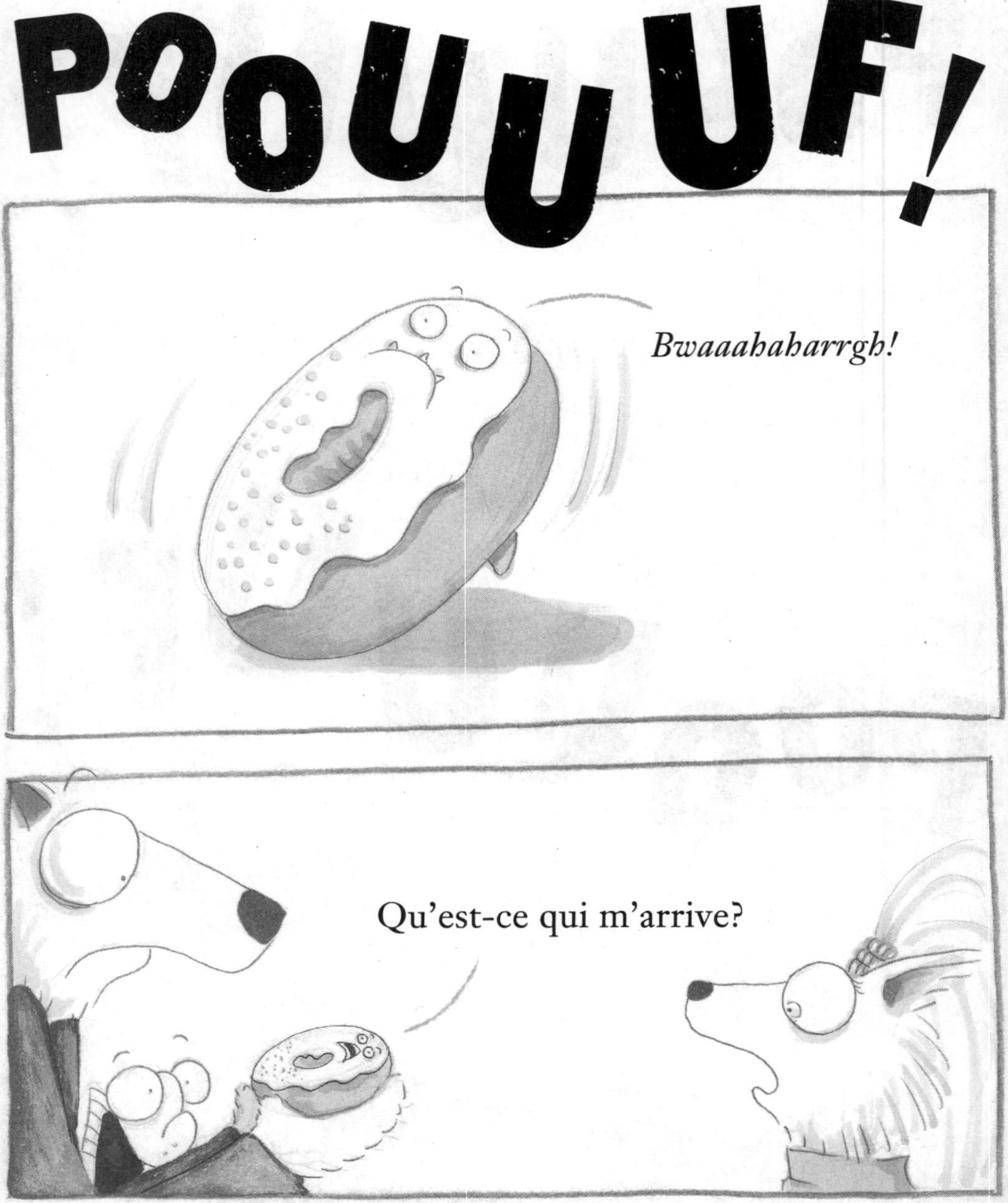
POOUUUF!
Bwaaahaharrgh!
Qu'est-ce qui m'arrive?

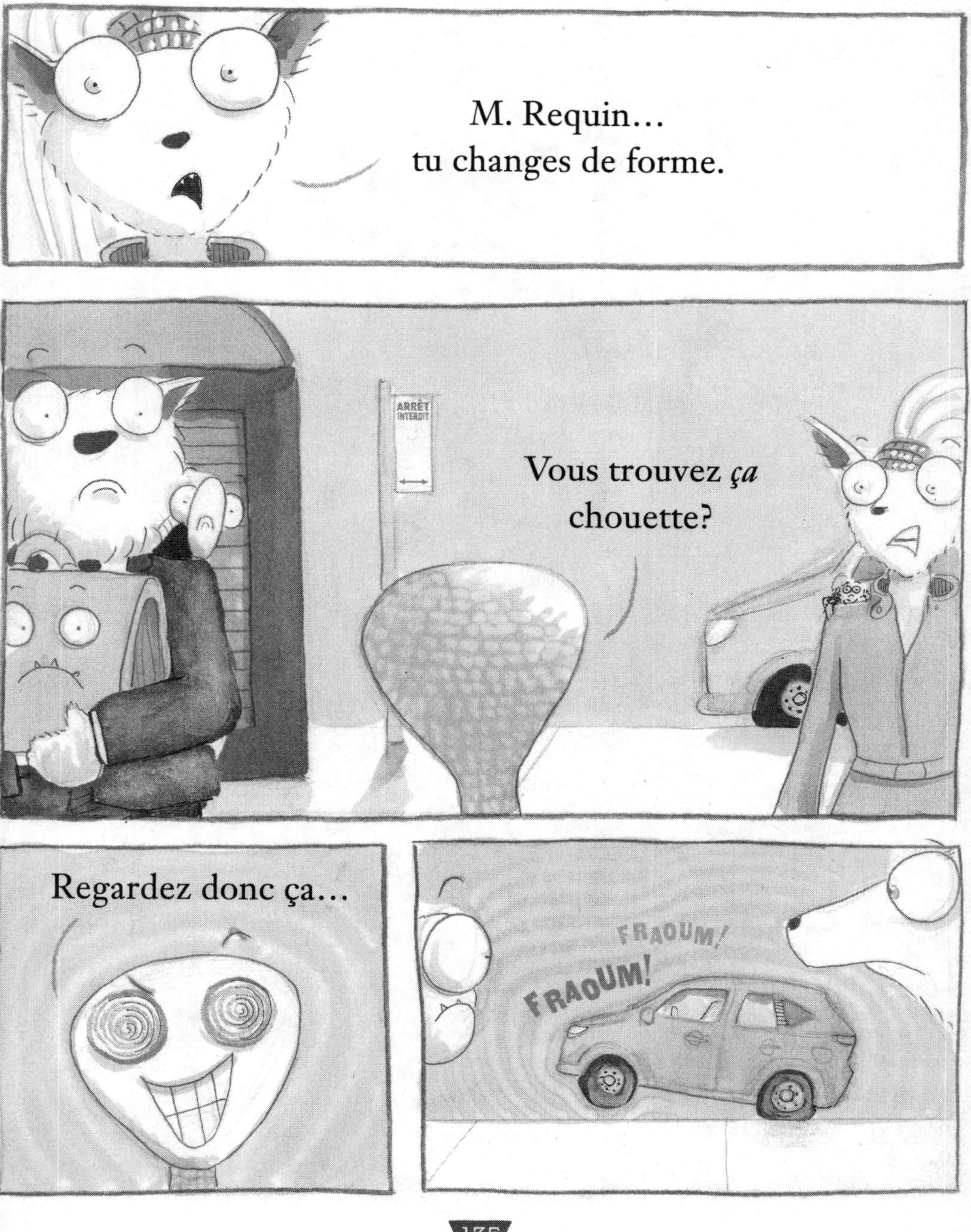
M. Requin…
tu changes de forme.
ARRÊT
INTERDIT
Vous trouvez *ça*
chouette?
Regardez donc ça…
FRAOUM!
FRAOUM!

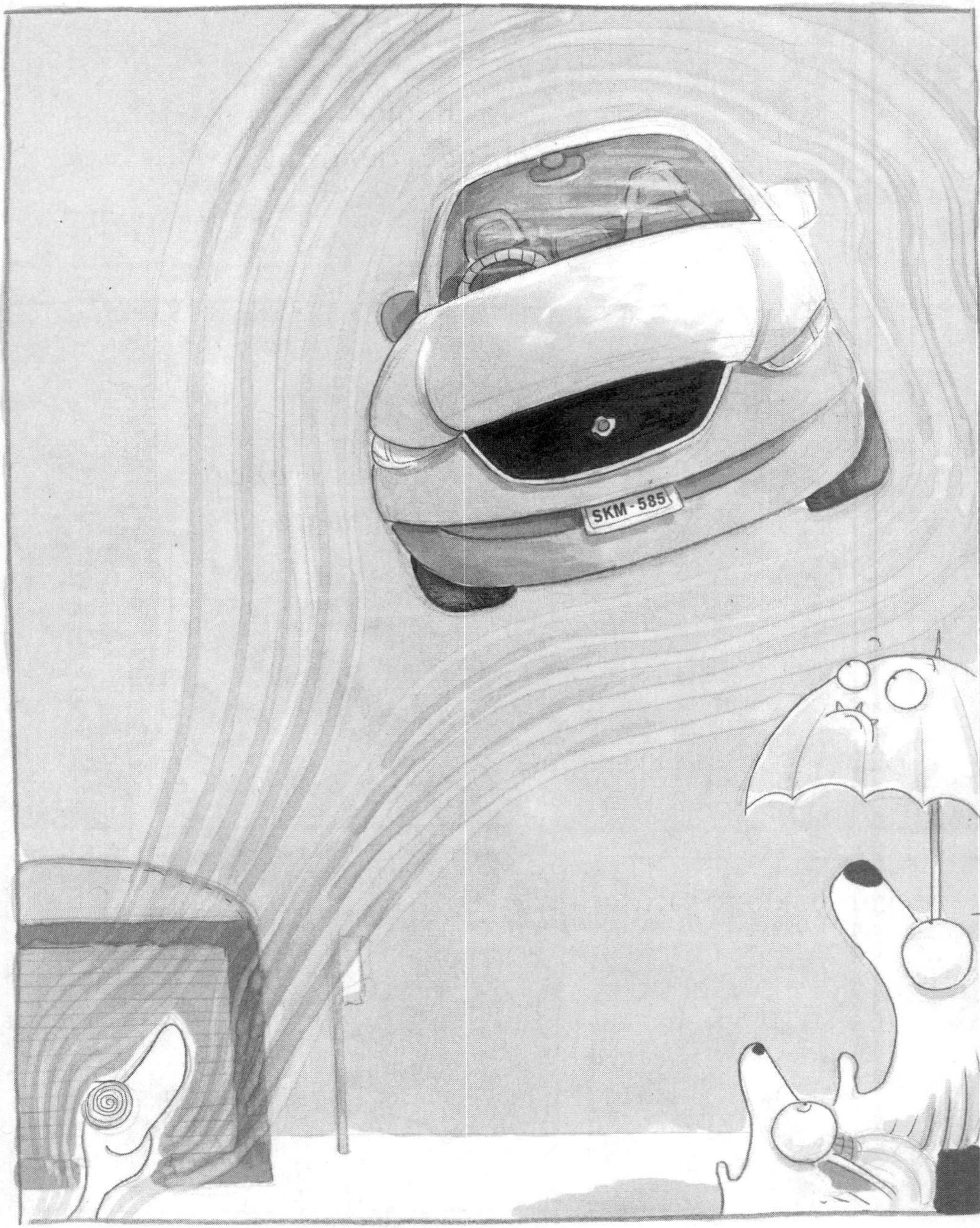
SKM - 585

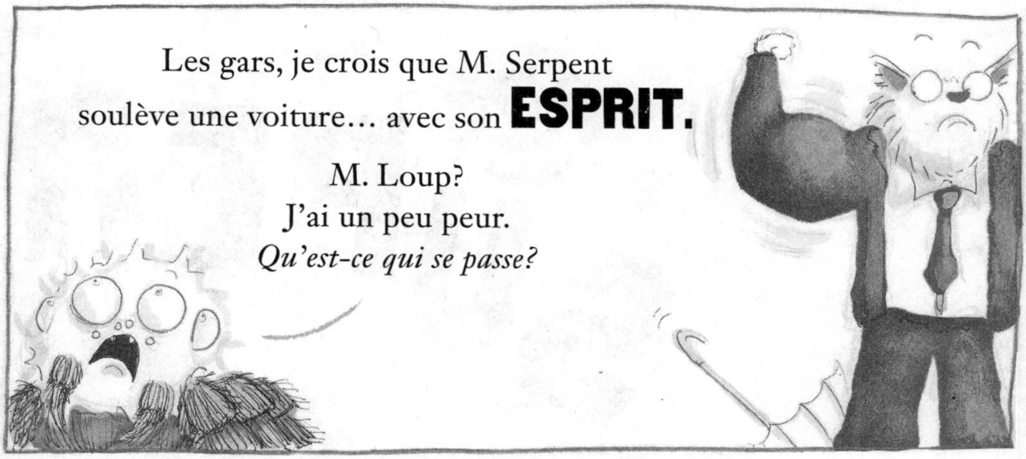
Les gars, je crois que M. Serpent soulève une voiture… avec son **ESPRIT.**
M. Loup?
J'ai un peu peur.
Qu'est-ce qui se passe?

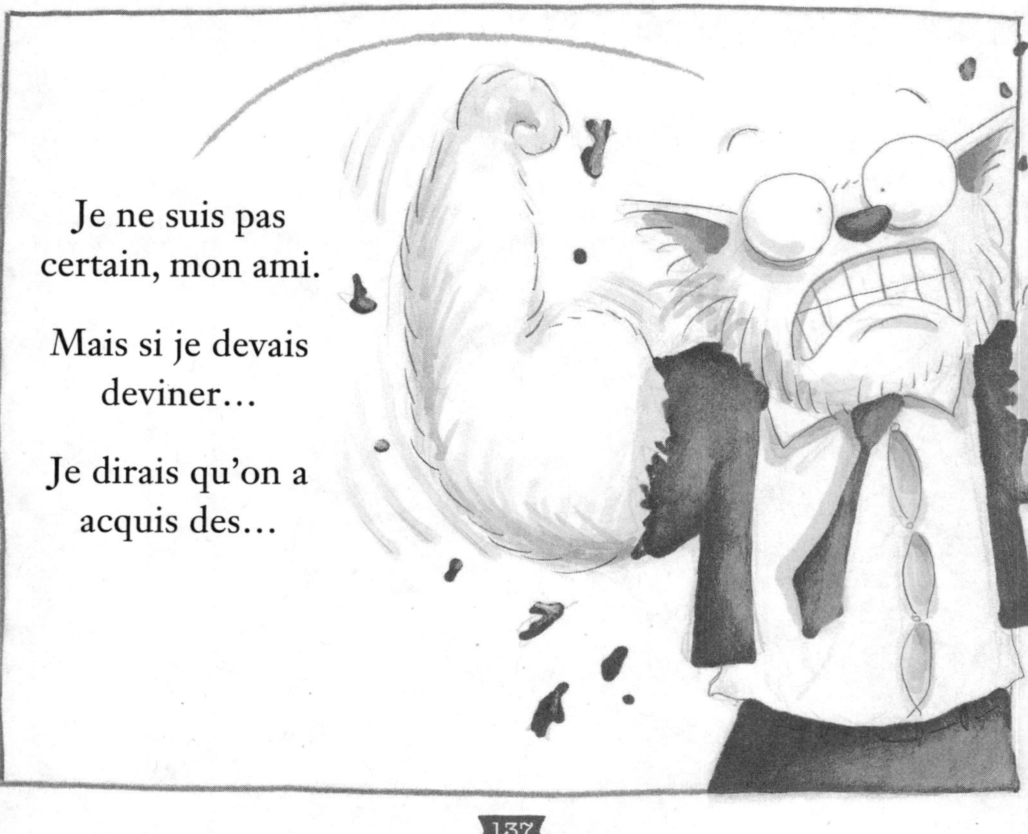
Je ne suis pas certain, mon ami.
Mais si je devais deviner…
Je dirais qu'on a acquis des…

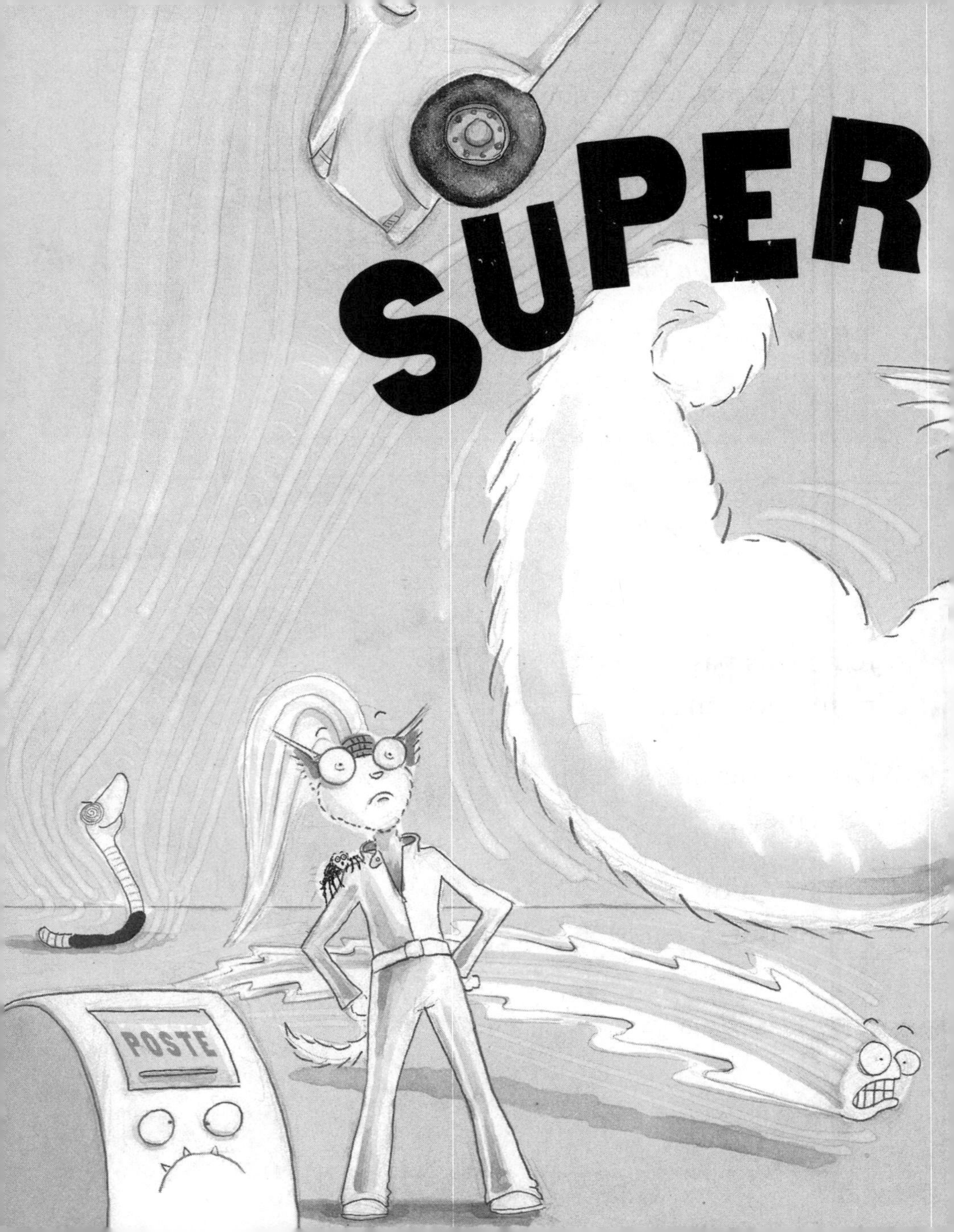
SUPER
POSTE

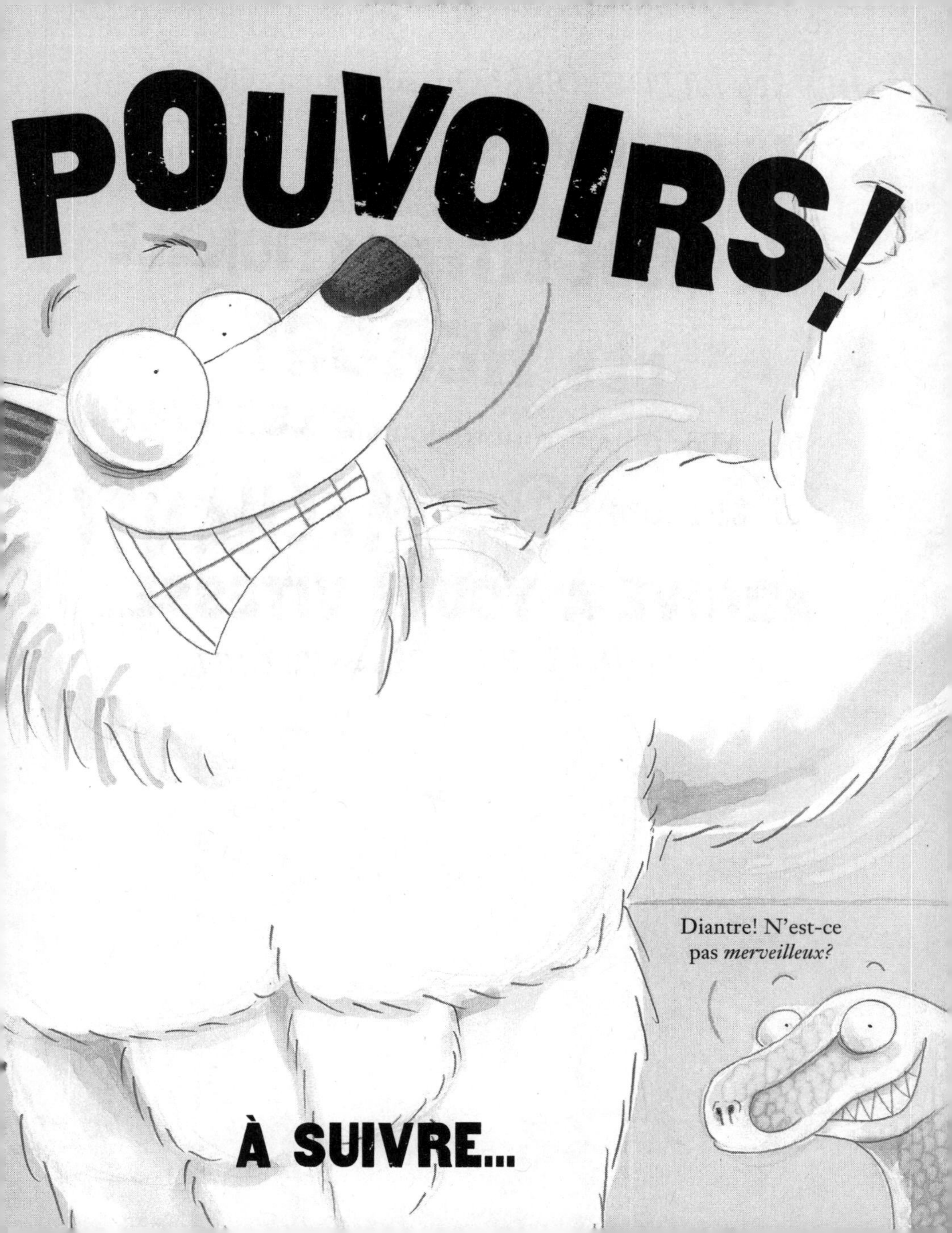
POUVOIRS!
Diantre! N'est-ce pas *merveilleux*?
À SUIVRE...

DES SUPER POUVOIRS? Qui se serait attendu à ÇA?!

LES MÉCHANTS sont peut-être plus puissants, mais est-ce que cela leur *garantit* une place dans

LA LIGUE INTERNATIONALE DES HÉROS?

Non. Mais ils pourront toujours **S'ESSAYER...**

L'ÉPISODE **8** DES **MÉCHANTS**

ARRIVE À TOUTE VITESSE...

COMME UN PIRANHA SURVOLTÉ.

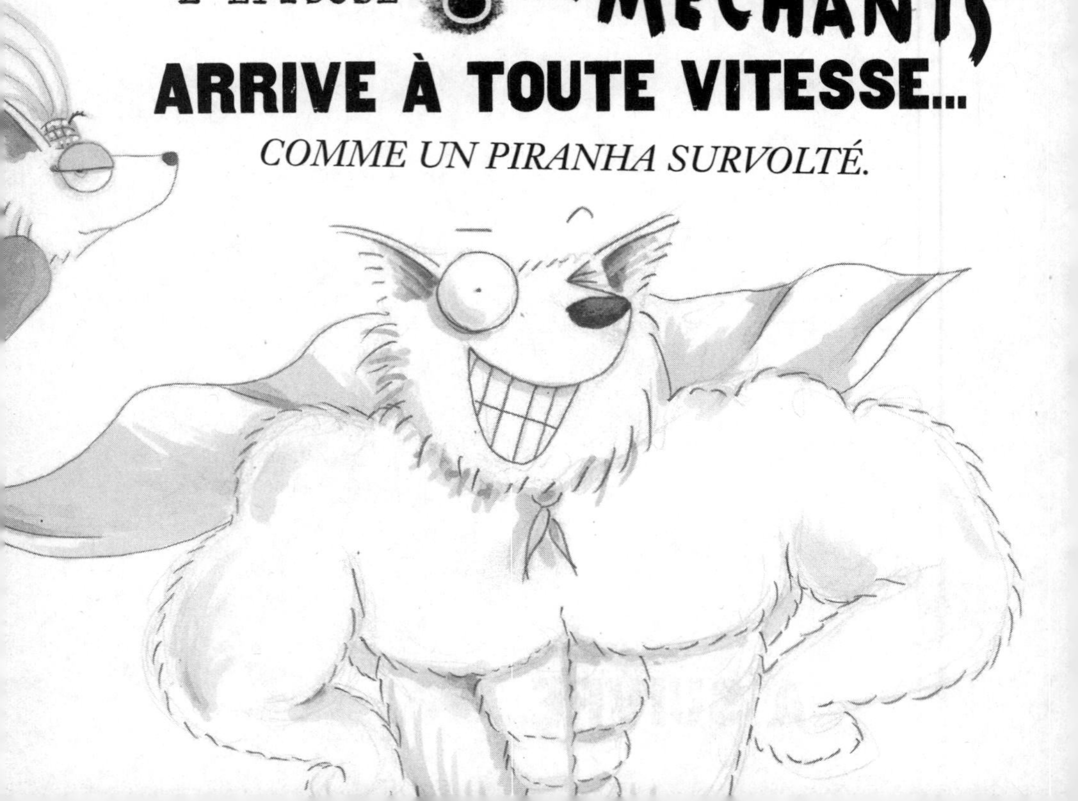

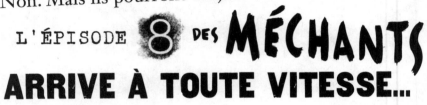

L'émission suivante a été captée par

satellite alors qu'elle était diffusée vers

la Terre à partir de l'espace...

DES NOUVELLES DE
KDJFLOER HGCOINW ERUHCGLE IRWFHEKLW JFHXALHW!

ÉPISODE PILOTE
La vie prestigieuse du Dr Robert Marmelade

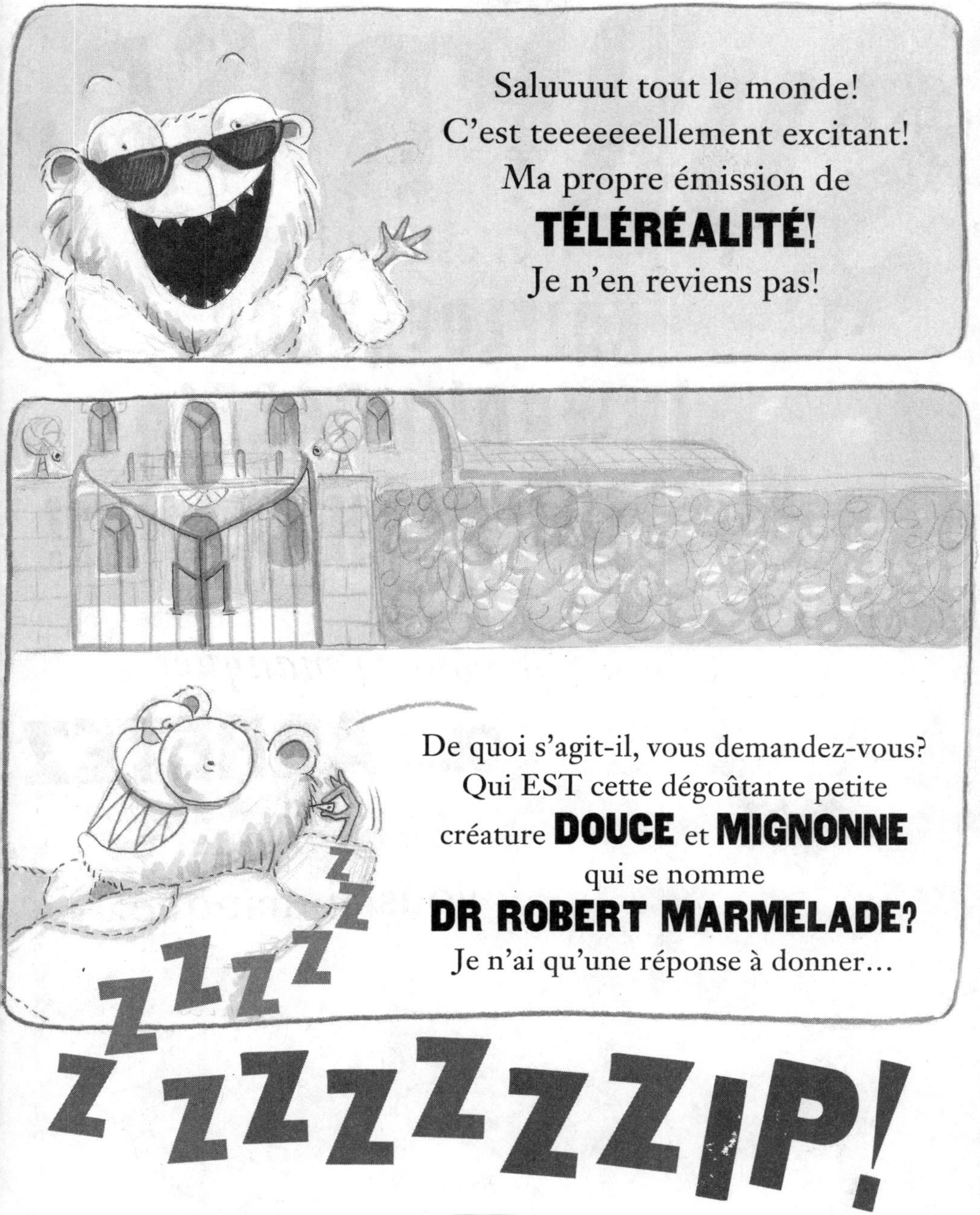
Saluuuut tout le monde!
C'est teeeeeeellement excitant!
Ma propre émission de
TÉLÉRÉALITÉ!
Je n'en reviens pas!
De quoi s'agit-il, vous demandez-vous?
Qui EST cette dégoûtante petite
créature DOUCE et MIGNONNE
qui se nomme
DR ROBERT MARMELADE?
Je n'ai qu'une réponse à donner…
ZZZZZZZZZZZZZIP!

SURPRISE!

C'est moi!

KDJFLOERHGCO
INWERUHCGLEIR
WFHEKLWJFHXALHW!

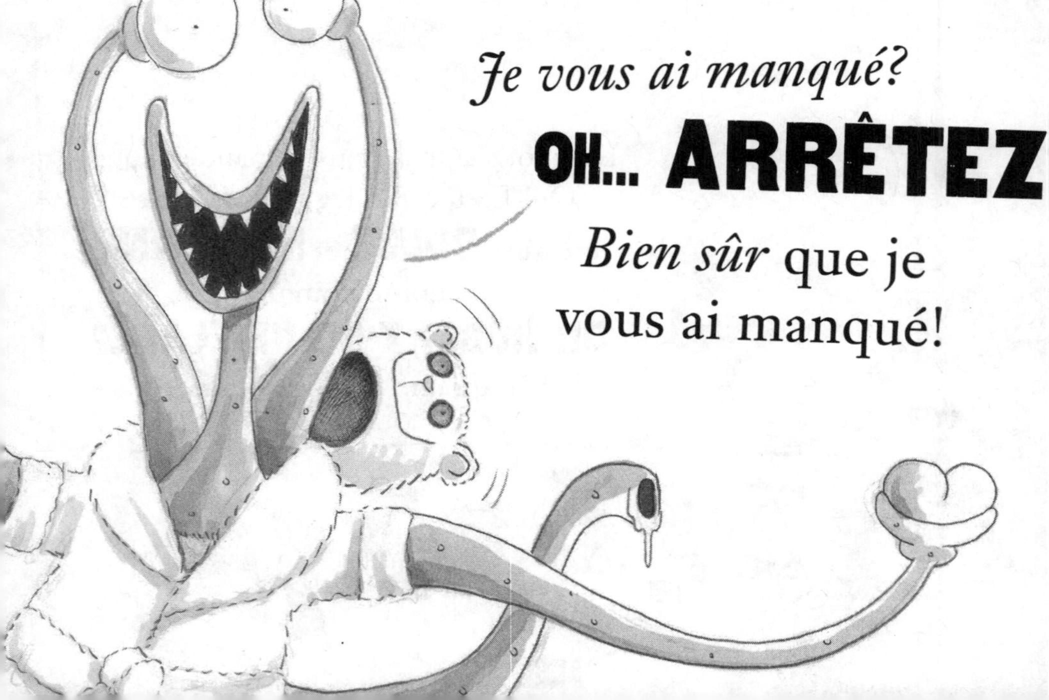

Je vous ai manqué?

OH... ARRÊTEZ!

Bien sûr que je
vous ai manqué!

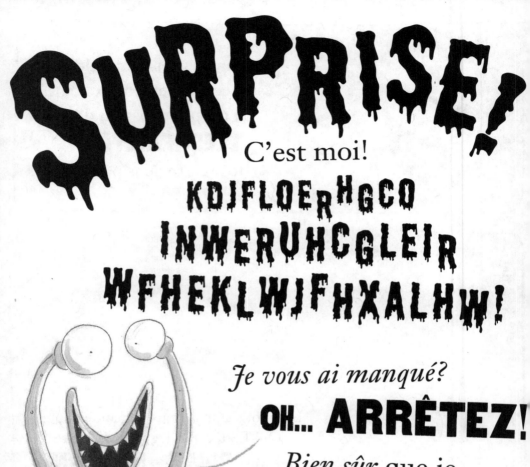

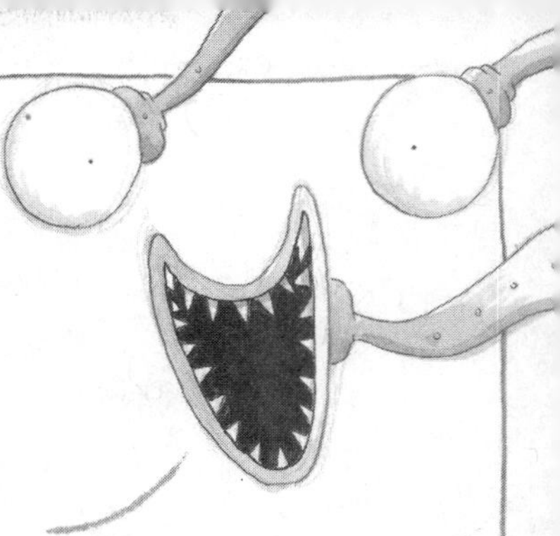

Je sais que vous vous êtes *tous* demandé

ce que je tramais depuis que j'ai quitté

votre planète avec une

ARMÉE et une flotte de

VAISSEAUX DE GUERRE.

Tout ce que je peux dire, c'est

QU'ON S'EST BIEN AMUSÉS!

Vous n'imaginez PAS à quel point…

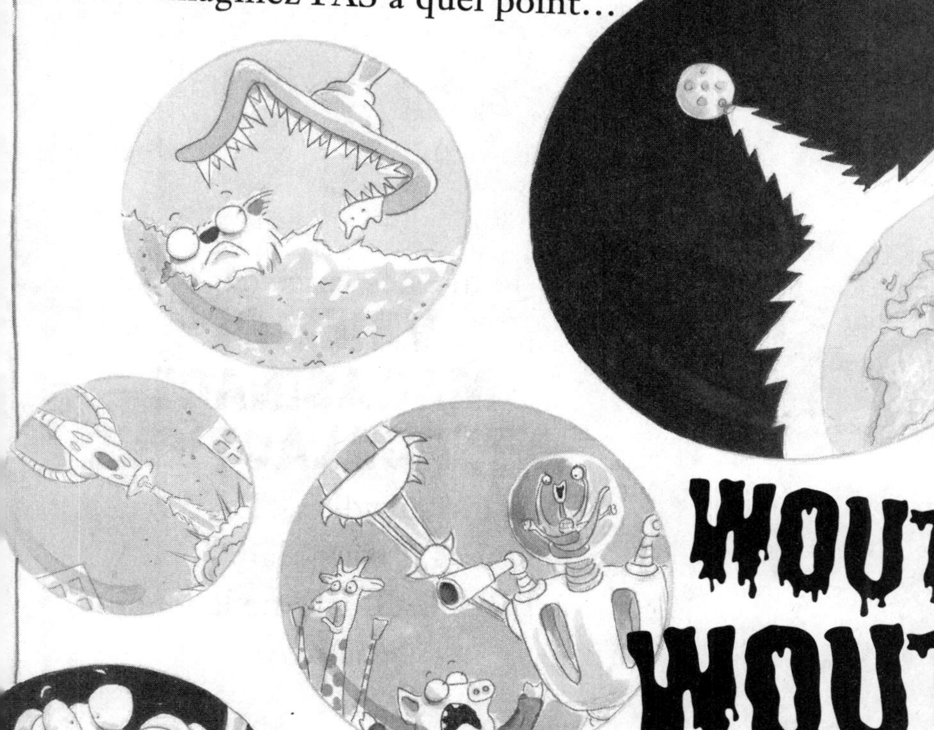

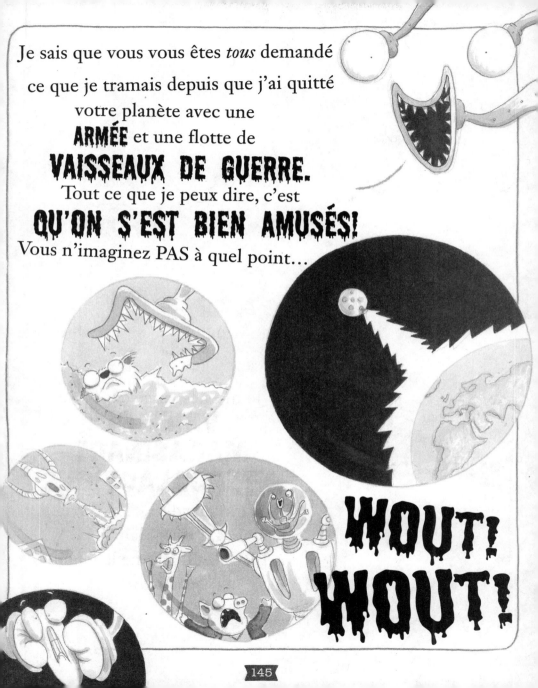

WOUT! WOUT!

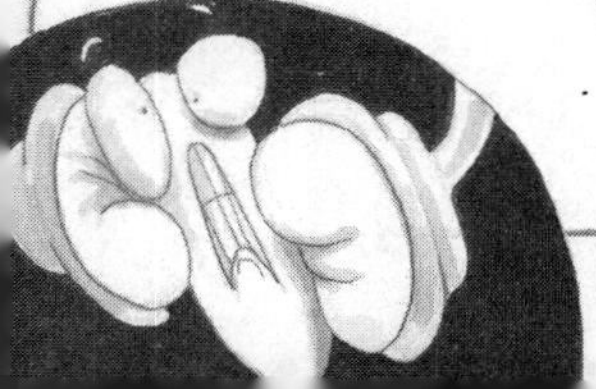

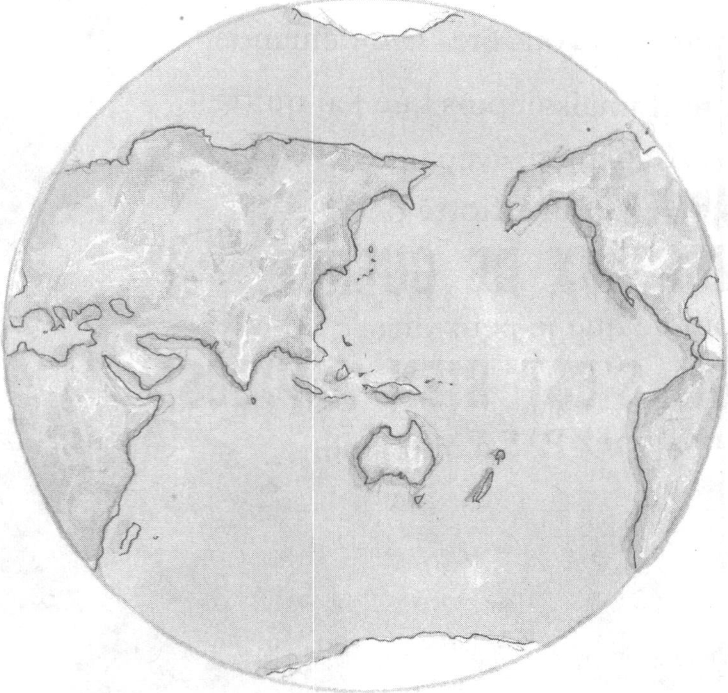

Je me suis lancé dans une

VIRÉE DE MAGASINAGE INTERGALACTIQUE.

Je me suis dit : « La Terre? Oui, s'il vous plaît! JE LA PRENDS! » Il me la fallait *absolument*..

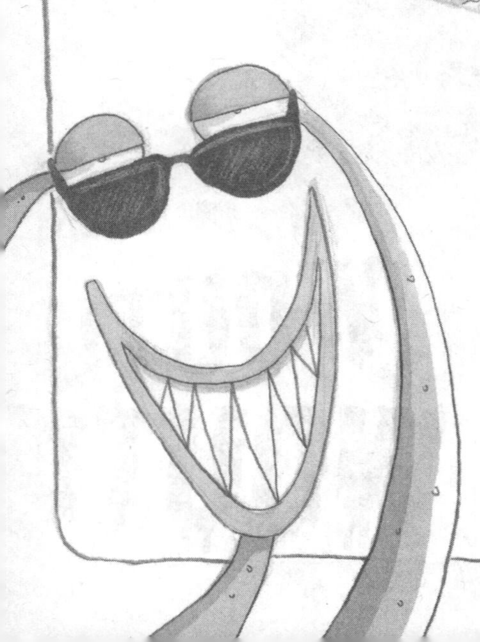

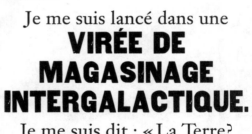

Alooooors,
VOICI ma nouvelle planète!
N'est-elle pas FORMIDABLE?
Je vais vous faire visiter…

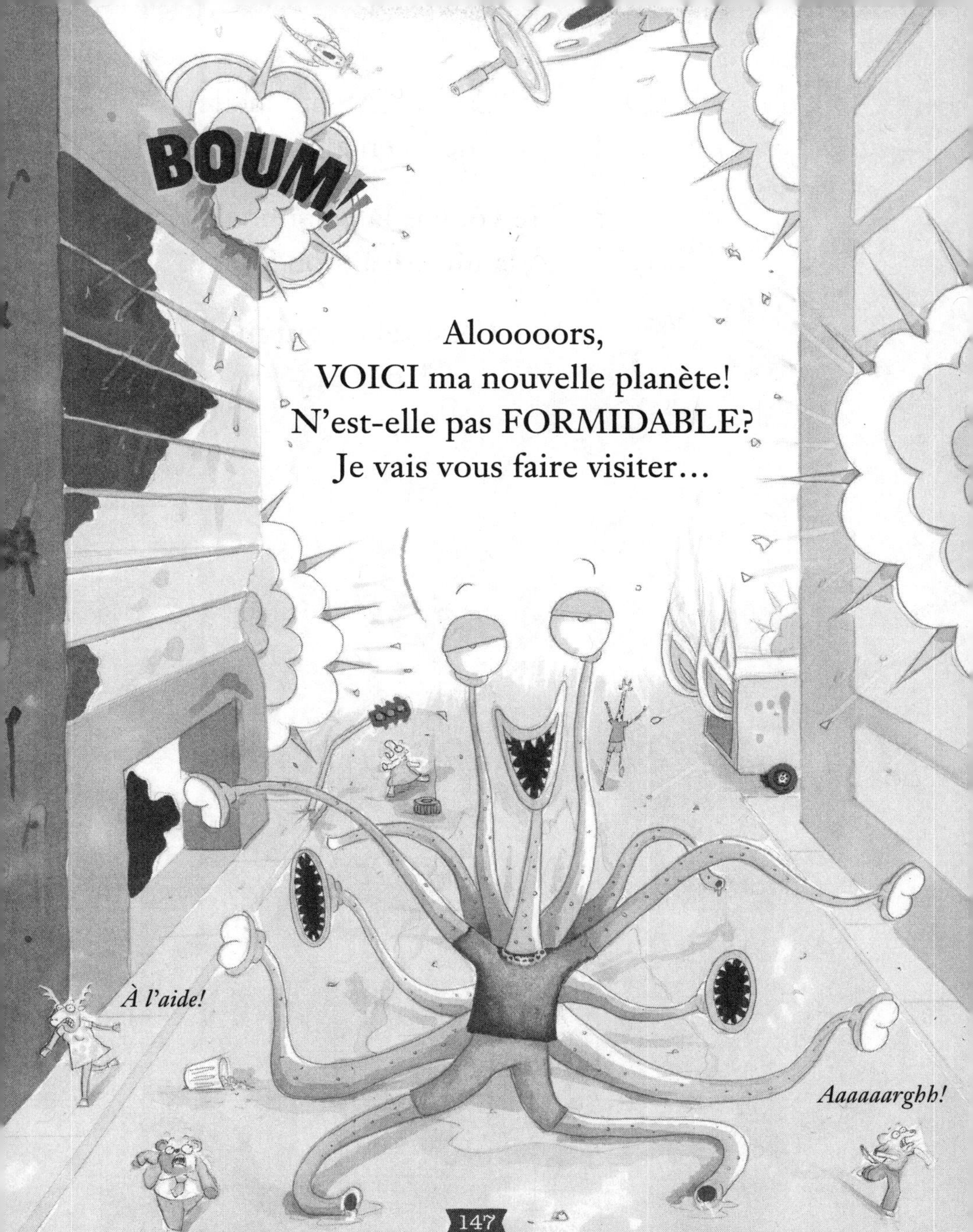
BOUM!
À l'aide!
Aaaaaarghh!

Ça n'a PAS été facile
de m'en emparer.

Je voulais la personnaliser,
la mettre à mon image.

C'est tellement moi,
tout ça…

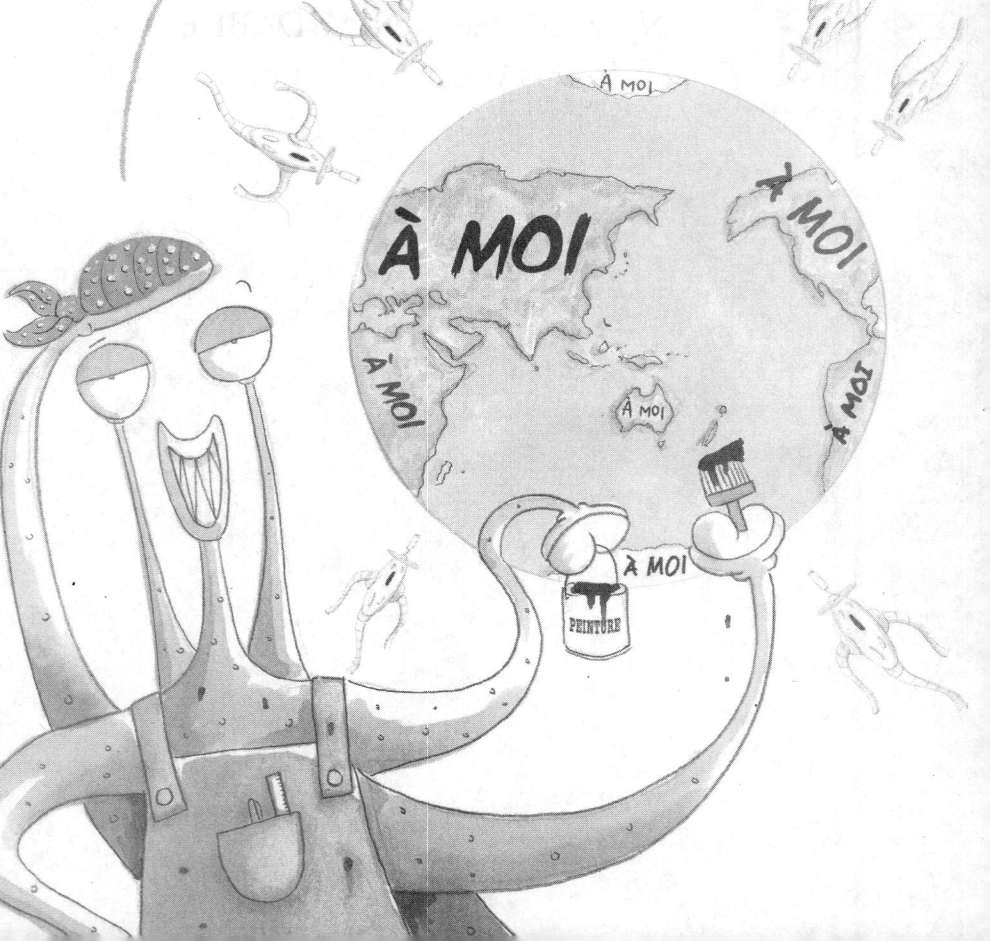

À MOI
À MOI
À MOI
À MOI
À MOI
À MOI
À MOI
À MOI
PEINTURE

Et toutes
les petites
créatures qui
y vivent sont
à moi!

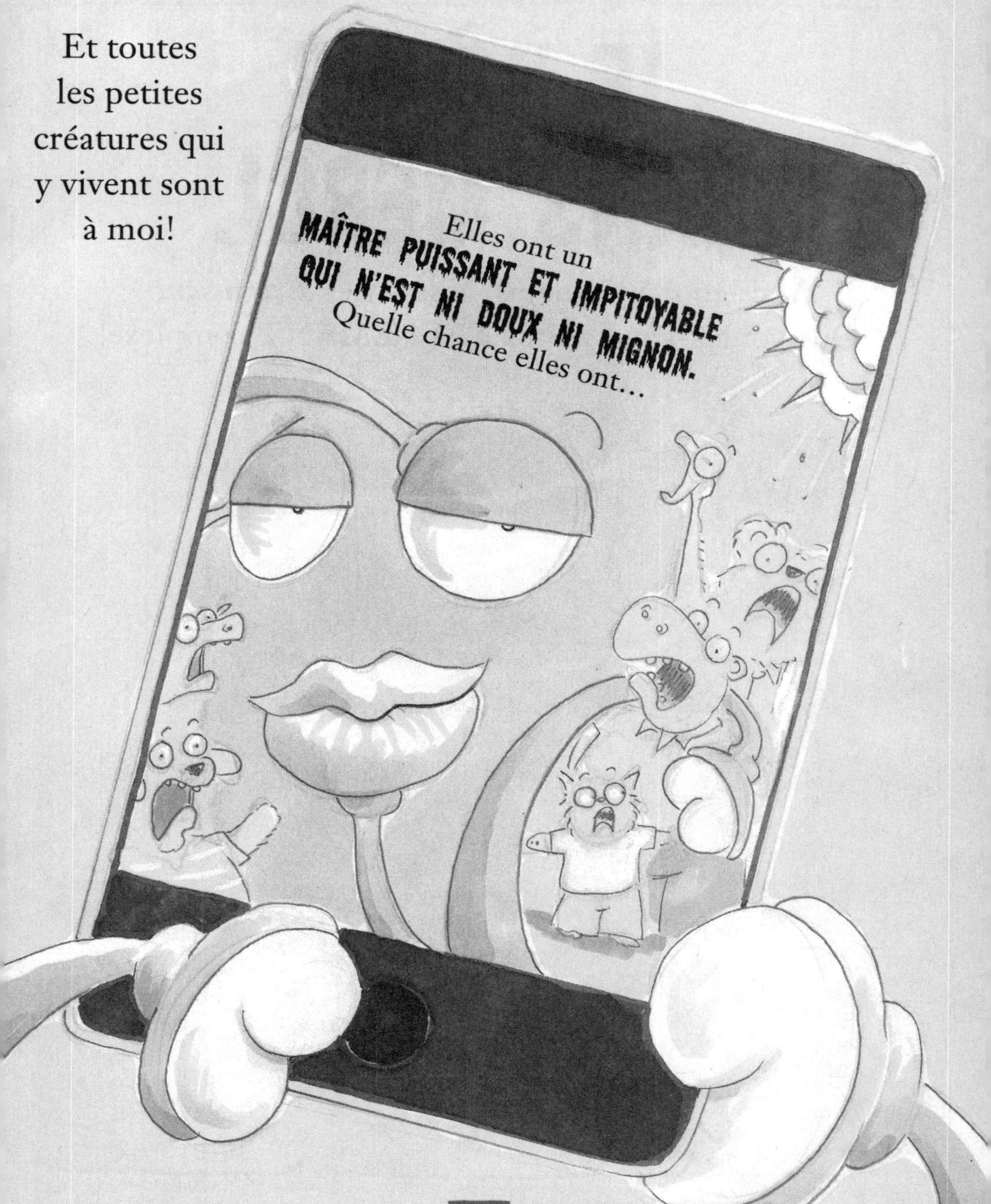
Elles ont un
MAÎTRE PUISSANT ET IMPITOYABLE
QUI N'EST NI DOUX NI MIGNON.
Quelle chance elles ont…

JE RÈGNE SANS MERCI.

Mais en même temps, je suis très *divertissant*.
Que voulez-vous, je suis TELLEMENT complexe!

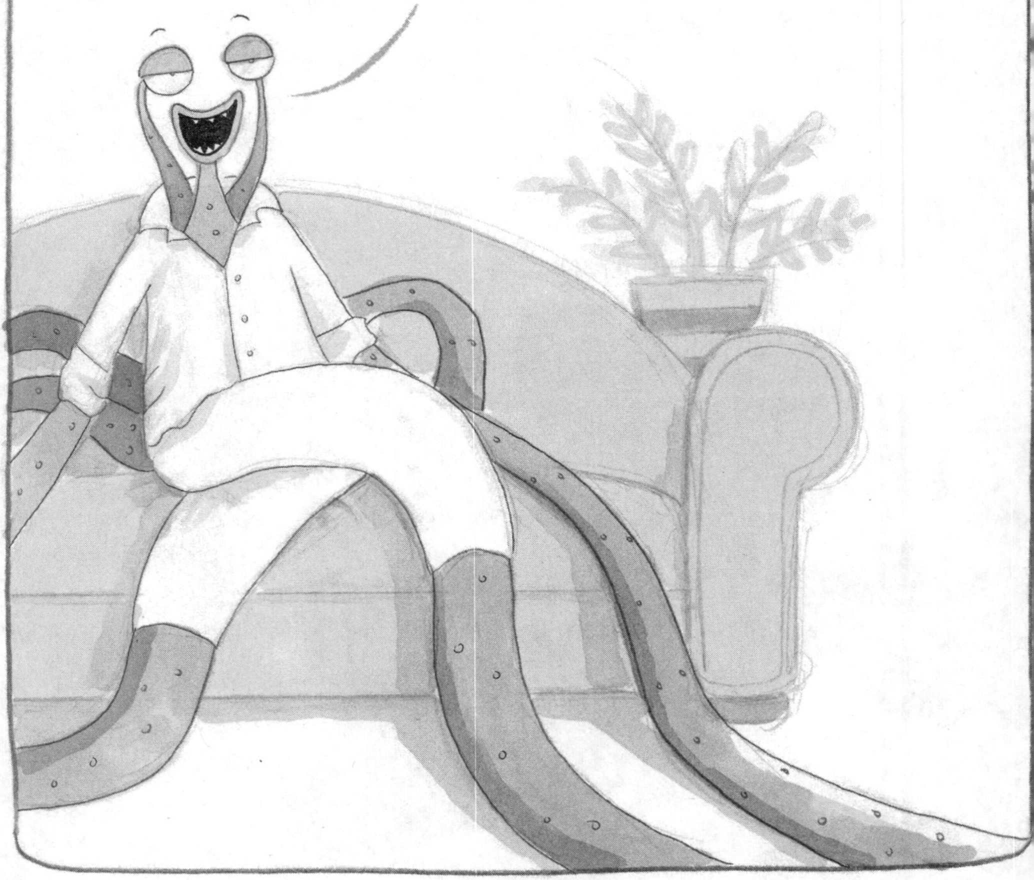

10 TRUCS QUE J'ADOOOOORE!

1. Avoir ma propre planète

2. Être impitoyable

3. Les paillettes de chocolat

4. Sentir la peur de millions de créatures

5. Mener mon armée à la victoire

6. Anéantir mes ennemis

7. Les bâtonnets de fromage

8. La domination intergalactique

9. Voir mes ennemis perdre tout espoir

10. Les jeans étroits

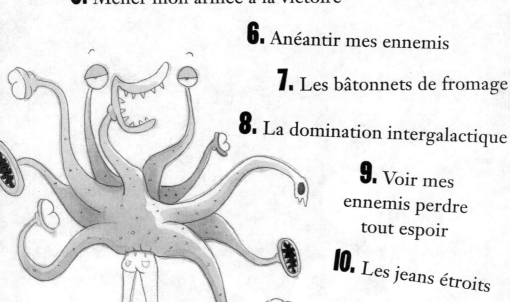

10 TRUCS QUE JE DÉTESTE

1. Me faire traiter de **MIGNON**

2. Me faire traiter de **DOUX**

3. Me faire traiter de **DOUX ET MIGNON**

4. Me faire traiter de n'importe quoi qui sous-entend que je suis **DOUX ET MIGNON**

5. Les loups, les requins, les serpents, les piranhas et les renards *(c'est un truc terrien; mais ne vous en faites pas, je m'en occupe)*

6. Les poils (ouache)

7. Manquer de bâtonnets de fromage

8. Les livres qui finissent par les mots «À suivre…»

9. Le bonheur des autres

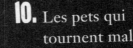

10. Les pets qui tournent mal

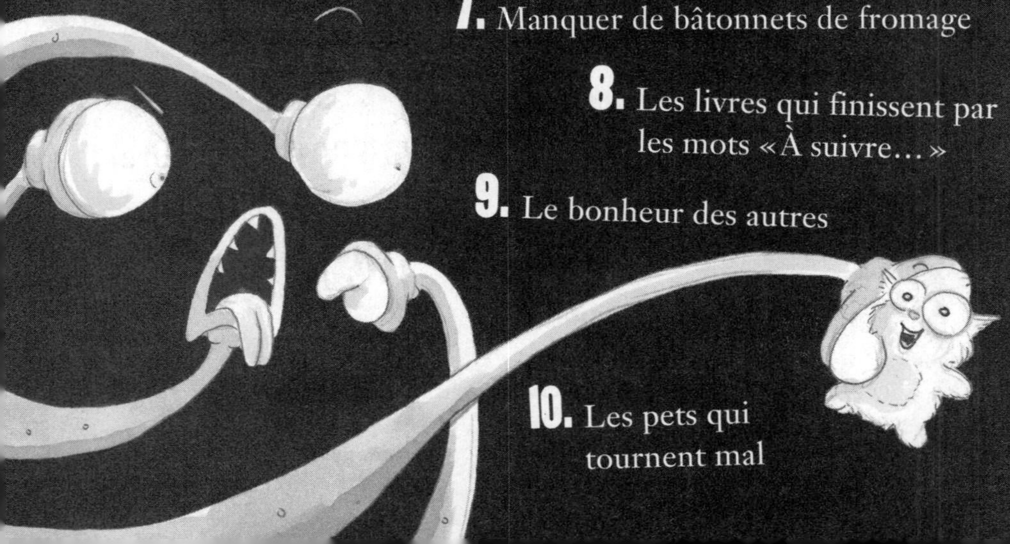

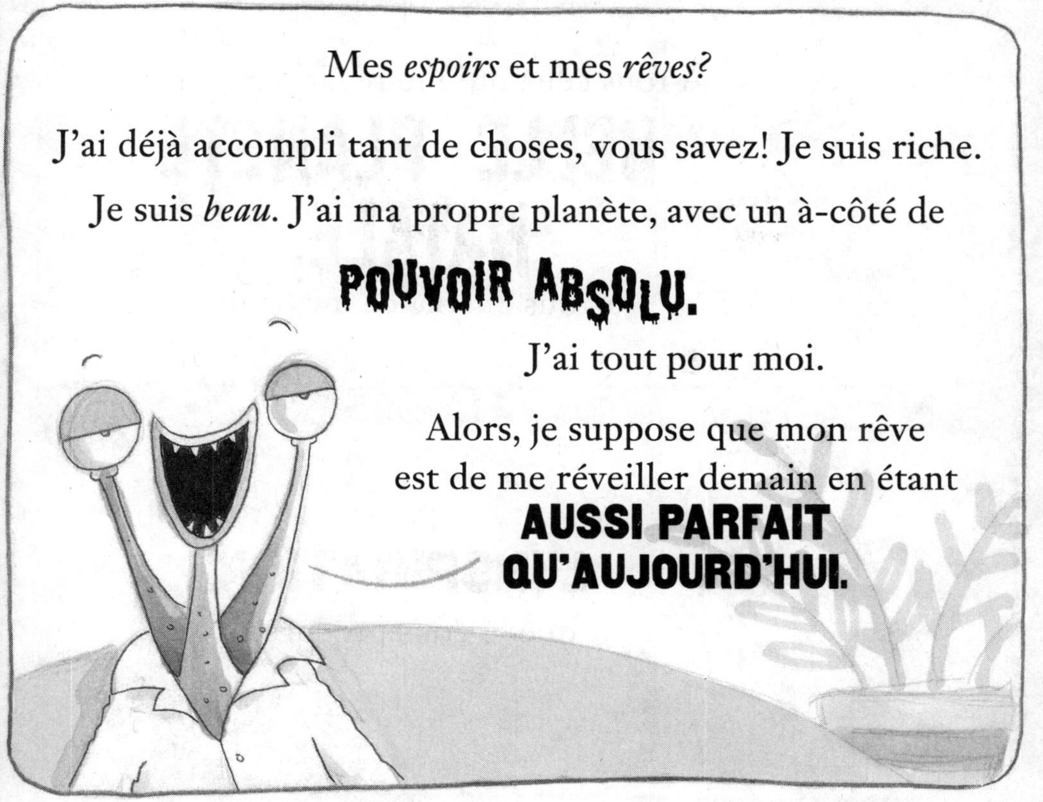
Mes *espoirs* et mes *rêves?*
J'ai déjà accompli tant de choses, vous savez! Je suis riche.
Je suis *beau*. J'ai ma propre planète, avec un à-côté de
POUVOIR ABSOLU.
J'ai tout pour moi.
Alors, je suppose que mon rêve est de me réveiller demain en étant
AUSSI PARFAIT QU'AUJOURD'HUI.

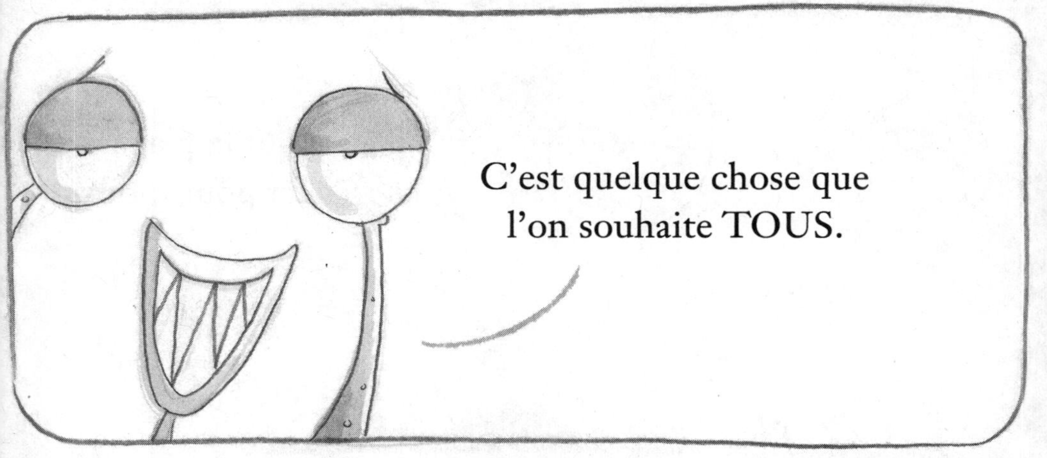
C'est quelque chose que l'on souhaite TOUS.

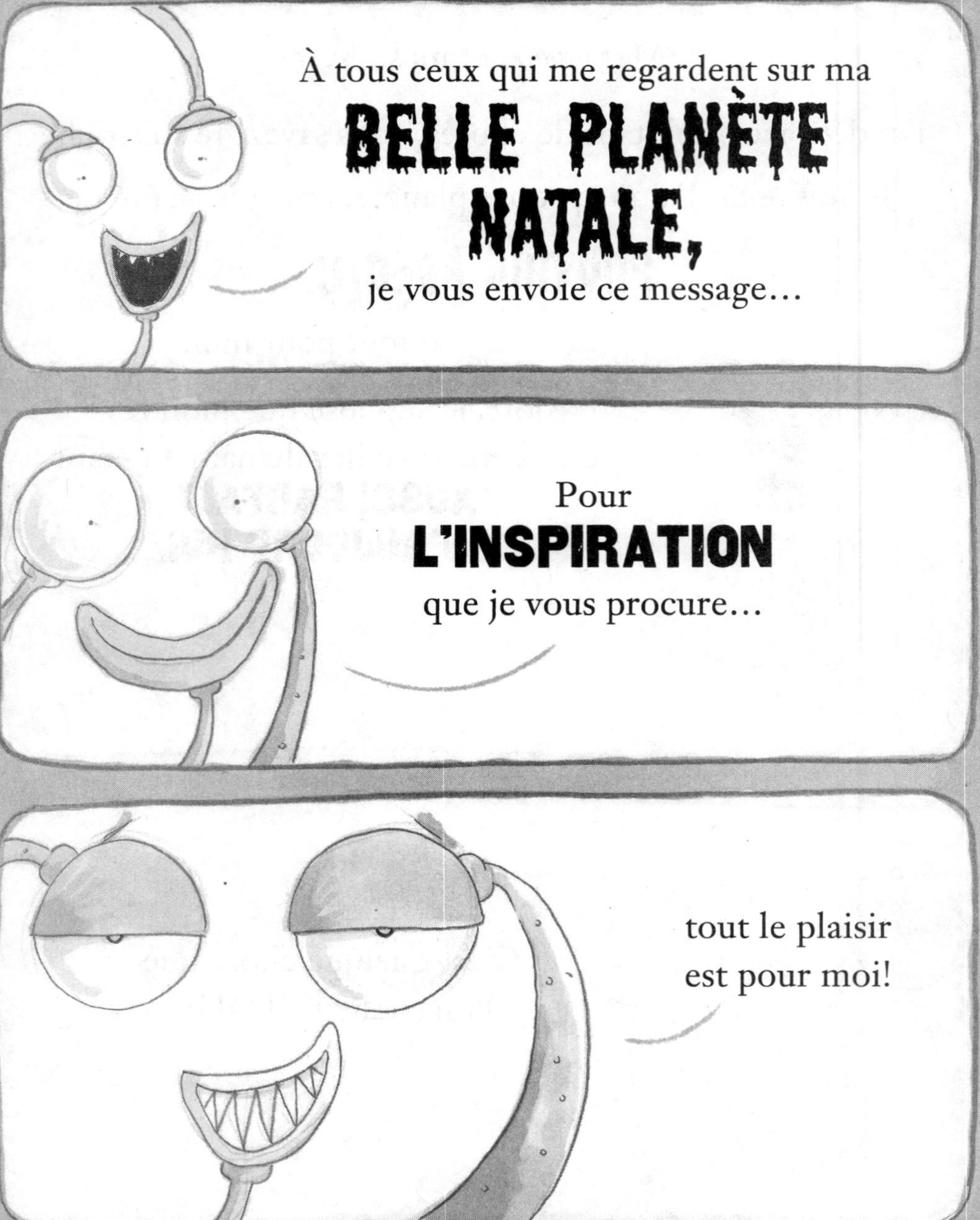
À tous ceux qui me regardent sur ma
BELLE PLANÈTE NATALE,
je vous envoie ce message…
Pour
L'INSPIRATION
que je vous procure…
tout le plaisir
est pour moi!

Maintenant, si vous voulez bien m'excuser, j'ai une journée chargée. Je produis une version cinématographique de l'histoire de ma vie.

Ça s'intitule

IL EST VRAIMENT FORMIDABILUS.

J'ai écrit le scénario. C'est encore mieux que ça en a l'air. On a embauché un beau gars pour jouer mon rôle, mais personnellement, je crois que *personne* n'est à la hauteur.

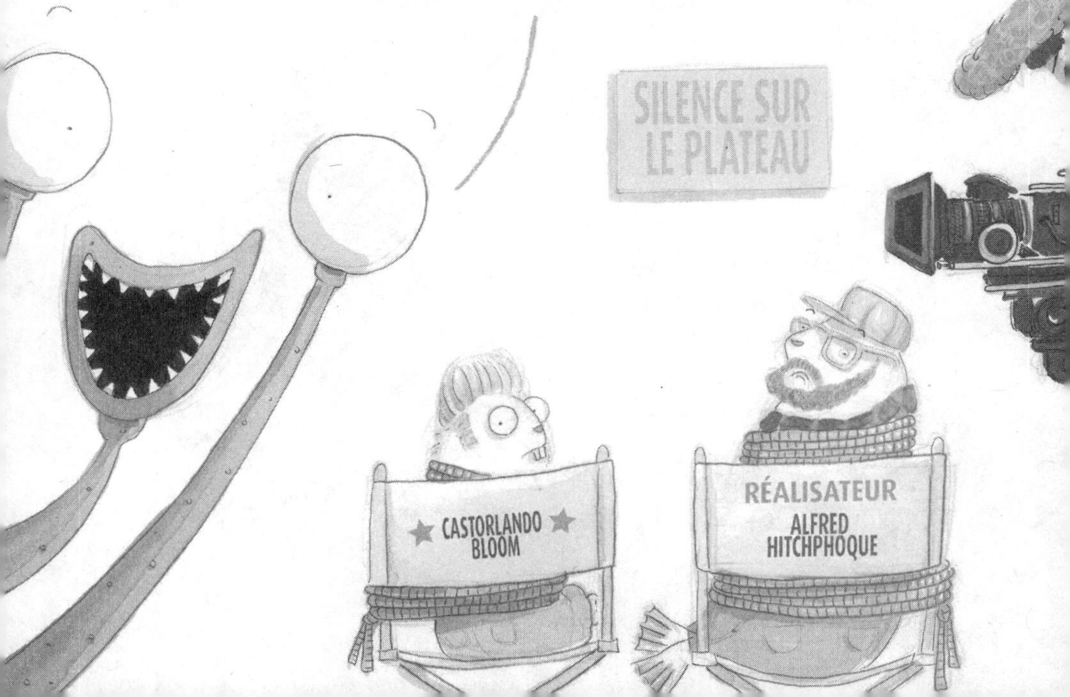
SILENCE SUR LE PLATEAU
CASTORLANDO BLOOM
RÉALISATEUR
ALFRED HITCHPHOQUE

Ils auraient dû me choisir pour le rôle!
J’aurais été formidable. JE SUIS formidable!

JE SUIS TELLEMENT FORMIDABLE! RIEN NE PEUT M’ARRÊTER!

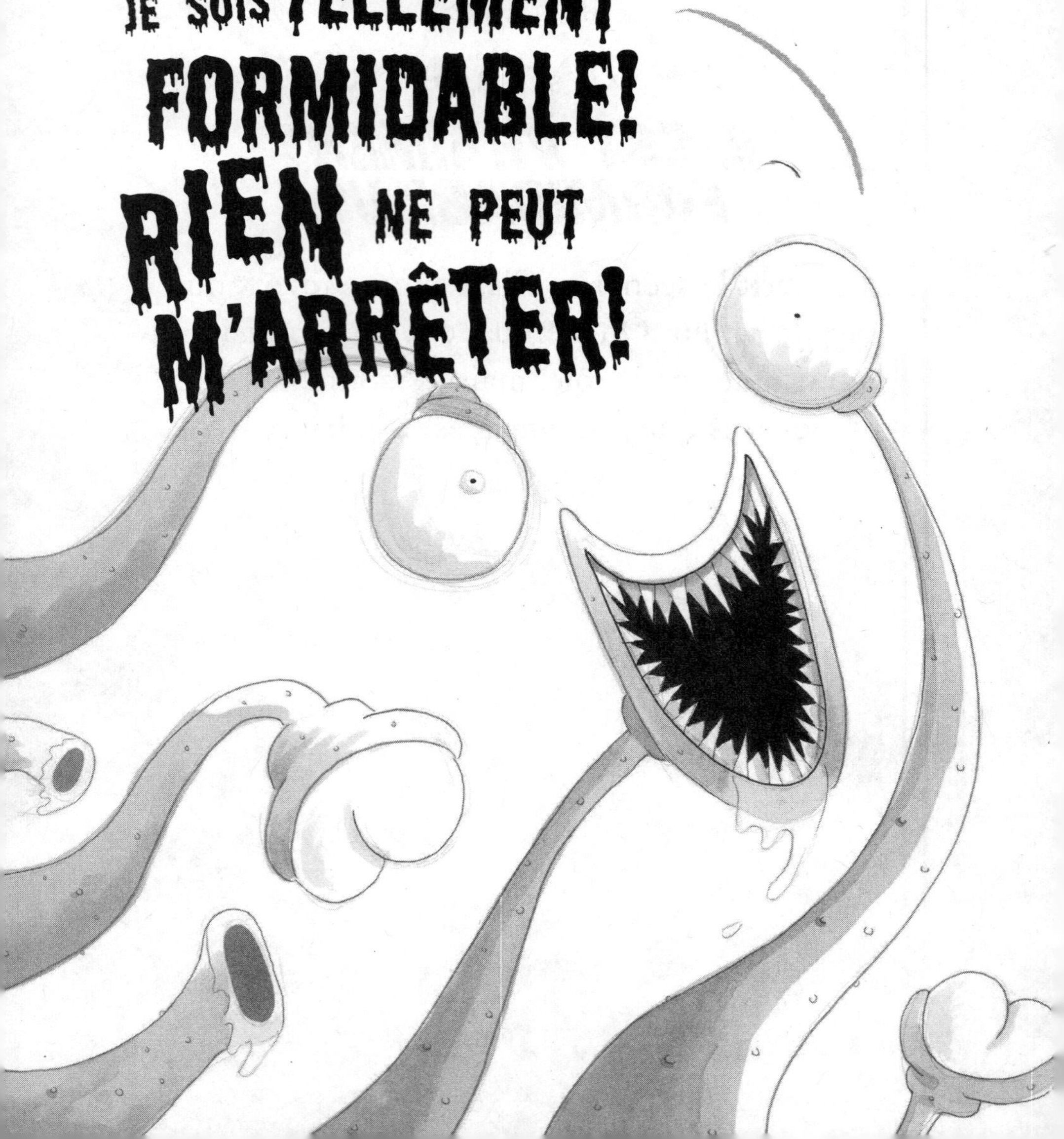